PÊCHEUR DE LUNES

ŒUVRES DE JEAN RASPAIL

Chez Robert Laffont

L'ÎLE BLEUE
QUI SE SOUVIENT DES HOMMES
LE CAMP DES SAINTS
LA HACHE DES STEPPES
LE JEU DU ROI
SEPTENTRION
LES HUSSARDS
LE TAM-TAM DE JONATHAN
SECOUONS LE COCOTIER

Chez Albin Michel

MOI, ANTOINE DE TOUNENS,
ROI DE PATAGONIE
LES YEUX D'IRÈNE

Au Mercure de France

LE PRÉSIDENT

En poche (J'ai Lu)

L'ÎLE BLEUE
QUI SE SOUVIENT DES HOMMES
LE CAMP DES SAINTS
LE JEU DU ROI
MOI, ANTOINE DE TOUNENS,
ROI DE PATAGONIE
LES YEUX D'IRÈNE

Chez Flammarion

LES PEAUX-ROUGES AUJOURD'HUI

JEAN RASPAIL

PÊCHEUR DE LUNES

Qui se souvient des Hommes...

ÉDITIONS ROBERT LAFFONT
PARIS

ISBN 2-221-06672-3

A MES LECTEURS

Ce livre est le prolongement naturel de *Qui se souvient des Hommes...* Il s'agit du même univers intemporel où l'on retrouve comme un reflet de lune le souvenir de peuples oubliés. Dans *La Hache des steppes*, paru il y a dix-sept ans chez le même éditeur, livre aujourd'hui introuvable et connu seulement d'initiés, j'avais déjà exploré quelques-unes de ces pistes que j'ai reprises ici, mêlées à toutes les autres, mais en les soumettant à un éclairage intérieur différent.

D'une certaine façon, *Pêcheur de lunes* est le livre d'une vie. En quarante ans de voyages à travers le monde, j'ai suivi de nombreuses pistes qui conduisaient aux derniers survivants encore doués de mémoire. J'ai éprouvé une émotion intense en les découvrant, comme si j'avais chevauché la lumière tombant d'une étoile sur le point de s'éteindre ou comme si j'avais retrouvé le Graal. Parfois, les cendres étaient encore chaudes, la présence des disparus encore perceptible, comme un écho, mais il n'y avait plus personne et c'est précisément à ces moments-là que j'éprouvais le plus de ferveur et de foi. La fin de la piste n'était accessible que dans l'au-delà.

J'avais pensé un moment appeler ce livre : « Jeu de pistes ». Car il y a du jeu là-dedans. Il faut décrypter des messages, courir à des rendez-vous improbables, trouver un sens au hasard. Il faut même être inspiré, faute de quoi l'on ne découvre rien. La mort du dernier chef aïnou, par exemple, ou la disparition du dernier pape des Cévennes, ont pour moi une valeur mystique.

J.R.

1er novembre 1989

1

Jusqu'où peut mener un mauvais roman • En canoë sur le lac Huron • Le rapide de l'Oiseau noir • Coureurs de bois • Ma première piste • Sagonnik, village algonquin • J'appelle pour la première fois • Les loups

Sagonnik, village algonquin.

A considérer les cheminements intérieurs de la vie, c'est là que je suis né, à l'âge de vingt-trois ans et neuf mois, par un matin glacial de printemps de l'année 1949.

C'était mon premier voyage. Je ne laissais derrière moi, à Paris, que le manuscrit d'un roman de quatre cents pages refusé par toutes les maisons d'édition et qui portait un titre ridicule, et une jeune fille que je croyais aimer. Sa photo ne me quittait pas, glissée à l'intérieur d'un cadre de poche de cuir vert qui tenait dans mon poing fermé quand je m'endormais le soir, sous la tente, exténué, mon canoë remonté sur la grève et les braises du feu couvertes. J'avais aussi emporté *La Philosophie éternelle,* d'Aldous Huxley, gage et viatique que m'avait donnés la jeune fille. J'en lisais une page chaque soir, assis en tailleur près du feu, en fumant gravement ma pipe, attitude éminemment romantique que je dédiais à l'absente. Je ne fume plus la pipe depuis belle lurette et je n'ai conservé aucun souvenir de cette lecture. C'est même le seul livre d'Huxley dont il ne me reste rien. A mon retour en France, un an plus tard, j'avais tant idéalisé la jeune fille que, naturellement, je m'en séparai. Elle n'était plus un être de chair. Quant au manuscrit du roman, abandonné chez des amis, oublié, jusqu'à son titre, mais retrouvé par hasard quarante-quatre ans plus tard, je viens de le lire. Ah, ce n'était pas le *missing ring* que j'espérais ! Un vide autobiographique consternant. A présent je comprends pourquoi j'avais tout plaqué et tourné le dos à moi-même. Je n'étais pas encore né et je crois que la jeune fille le savait...

Nous étions quatre garçons du même âge, et deux canoës — on doit dire : canots. J'avais organisé ce voyage sur les chemins d'eau qui relient Québec au Mississippi par le Saint-Laurent, l'Ottawa, la Mattawa, le lac Huron, le lac Michigan, le Wisconsin. La vieille route des découvreurs français, des coureurs de bois, des marchands et *engagés* de la Compagnie de la baie d'Hudson, *Voyageurs,* comme ils se nommaient eux-mêmes, qui d'avril à septembre pagayaient quinze heures par jour, dormaient cinq heures, martyrisés par les maringouins, les mouches noires, les brûlots, exposés aux attaques meurtrières des Iroquois et des Algonquins, *portageant* canots et marchandises à dos d'homme pour remonter les grands rapides, y laissant des lambeaux de chair et des chapelets de noyés, à la descente, canots brisés sur les rochers. Ils chantaient :

« Ah ! c'est un mariage
Que d'épouser le voyage
Jamais plus je n'irai
Dans ces pays damnés... »

Nous étions les derniers d'entre eux. J'avais décidé, pour ma part, dans un solennel renoncement de dépit, de ne plus écrire une ligne. C'est mon compagnon de canot, Philippe Andrieu, mort depuis, qui tenait le journal de bord : « Les pionniers de la Canadian Pacific Railway ont mis fin à l'épopée des coureurs de bois. Depuis un siècle, la rivière est abandonnée. Nous pagayons des journées entières sans rencontrer un être humain. Les villages eux-mêmes sont désertés. Puis demain, les rivières, les fleuves seront domptés. Des barrages à écluses en nivelleront le cours. Demain, la route des Grands Portages sera rasée par la main de l'homme et notre voyage même sera impossible... »

Il voulait dire : impossible de cette façon.

C'est fait. Il y a deux ans, j'ai remonté le cours supérieur de l'Ottawa transformé en une succession de lacs de retenue sur un *cruiser* vrombissant de trois cents chevaux. La forêt avait été repoussée loin des rives, faisant place à des villas blanches entourées de gazon, de terrains de golf, de tennis. Rayés du paysage, les grands rapides sauvages, Rocher Capitaine, les Joachims, la Vieille, le Calumet. Ils ne figuraient même plus sur la carte. Mon voyage de rêveur éveillé gisait par quinze mètres de fond, sous mes pieds, anciens sentiers de portage de la Compagnie de la baie d'Hudson encore équipés, à l'époque de mon passage, à hauteur d'homme, de doubles tréteaux de rondins vermoulus grâce auxquels à la suite de milliers d'*engagés,* je m'allégeais, à bout de force, du poids de mon canot (quarante kilos), sans devoir le poser à terre, puis le recharger sur mes épaules, exercice exténuant. Englouti, le rapide de l'Oiseau noir d'où je m'étais tiré de justesse, vidé hors de mon canot, à moitié noyé, en sang, la peau râpée par les rochers...

Penché à la proue du *cruiser,* je scrutais l'eau. Chaque vie a ses chemins parallèles.

Pierre Radisson, né à Paris, mort en forêt, au milieu des loups, fut un des plus fameux coureurs de bois du XVIIe siècle, au Canada. Grand explorateur de chemins d'eau, chaque printemps, dès la fonte des neiges, il s'enfonçait toujours plus loin vers l'ouest, habillé de pied en cap en mandarin chinois, tunique et bonnet de soie, persuadé qu'à un prochain détour de rivière il allait découvrir la Chine. En fait de Chinois, il ne rencontra jamais que des Peaux-Rouges, tribus de chasseurs et de trappeurs avec lesquelles il signait des traités de commerce, en passant, presque distraitement, pour satisfaire ses commanditaires. Mais lui n'avait en tête que la Chine. Il n'en démordit jamais, et les loups de la forêt canadienne dévorèrent un mandarin chinois. Son fief au bord du Saint-Laurent, base de ses expéditions, il l'avait même baptisé *La Chine*, se moquant peut-être de lui-même. C'est aujourd'hui une paroisse du Québec.

Fondateur de la Compagnie de la baie d'Hudson, Radisson suivit, en réalité, un chemin parallèle au chemin apparent de sa vie. J'ai souvent pensé à lui.

Plus près de nous, Jacques Deval, mort en 1972. On connaît ses comédies de boulevard : *Tovaritch, Charmante Soirée*, et *Ce Soir à Samarcande*. Hors du théâtre, il n'a publié qu'un seul livre, un roman, qui est le plus émouvant et le plus véridique témoignage jamais écrit sur les *engagés*, forçats et martyrs des chemins d'eau. Son titre : *Les Voyageurs*. Introuvable, aujourd'hui. Jacques Deval n'avait jamais mis les pieds au Canada, ni le séant sur un canot. Il n'était pas non plus historien et redoutait les voyages et tout ce qui pouvait l'éloigner de Paris. Je lui avais demandé, tombant sur ce livre, pourquoi il l'avait écrit. Il m'avait répondu : « Pour vivre. » Il ne s'agissait pas d'argent, naturellement. Sans doute un chemin découvert tardivement...

De l'Ottawa à la Mattawa, de la Mattawa à la French River qui est une rivière enchantée, divine, d'une pureté incomparable et d'une cruauté primitive à faire pleurer de désespoir et de bonheur les *engagés* les plus endurcis, nous avions enfin atteint le lac Huron. Les Grands Lacs américains sont des mers. La Manche y tiendrait plusieurs fois. Au large passent des cargos de dix mille tonnes. L'eau grise déferle, les jours de tempête, en lames courtes et meurtrières. Nous longions prudemment le rivage, abrités par des îles désertes qui formaient des chenaux plus sûrs. D'après mes relèvements à terre, nous venions de franchir une frontière invisible matérialisée par un pointillé sur la carte : *Algonquin Indian Reserve.* Ce territoire englobait quelques îles peuplées de mouettes et de ratons laveurs, une dizaine de kilomètres de rivage sans le moindre signe de vie perceptible à travers mes jumelles, et l'embouchure d'une modeste rivière, *Eagle River,* qui s'enfonçait dans la forêt jusqu'à un unique village signalé par un pictogramme solitaire, un petit wigwam — vocable précisément algonquin — accompagné d'un nom : Sagonnik.

Je me souviens de mon émotion, comme si j'entrais dans une église et que j'y retrouvais la foi. J'avais imposé silence à mes compagnons. De grands cormorans noirs tournoyaient au-dessus de mon canot. Ils me suivaient depuis Manitowanig, un autre village algonquin, depuis le fort La Cloche, voisin, à la pointe de l'île du même nom, tous deux mentionnés sur la carte, mais dont nous n'avions retrouvé, la veille, aucune trace, avec, cependant, une ambiance, des voix muettes, une présence que je ressentais fortement, à la fois très proche et désespérément lointaine. Tout en ne saisissant que le vide, je changeais de monde et de siècle, j'avais conscience d'enjamber le temps. Les guetteurs d'univers du mont Palomar, avec leurs écouteurs gigantesques braqués sur des étoiles mortes peut-être depuis longtemps, doivent éprouver un sentiment semblable...

La rivière serpentait à travers de hautes herbes qui oscillaient sous le vent. Le silence régnait alentour. Puis à l'orée de la forêt, au fond d'une crique sablonneuse, nous avons découvert Sagonnik. Quelques huttes de rondins grossièrement assemblés composaient tout le village. Des toiles à sac servaient de porte. J'en soulevai une d'où s'éleva un épais nuage de poussière. Il n'y avait personne. Personne dans les autres huttes. L'un de mes compagnons émit l'hypothèse que peut-être les Indiens nous avaient aperçus et qu'ils se cachaient pour nous épier. A sa guise, s'il voulait jouer avec eux de cette façon... Nous attendîmes donc. Rien ne vint. Les Algonquins s'en étaient allés depuis des lunes. La cendre du foyer, au centre d'une hutte, me parut si froide et si morte que j'en retirai vivement ma main avec un sentiment de frayeur. Une vieille faux rouillée, des pierres à feu, des planches pourries marquées BORDENS, vestiges de caissettes récupérées, et un peu plus loin, sous les premiers hêtres, une douzaine de croix de bois branlantes, anonymes, ils n'avaient rien laissé d'autre.

Un sentier s'enfonçait dans la forêt. Je priai mes compagnons de m'attendre. La trace en était si peu visible, que, par moments, j'hésitais sur la direction à prendre. Je restai là peut-être une heure, seul, à fouiller du regard le sous-bois et à appeler en silence. Je savais que je venais de découvrir une porte dérobée qui ouvrait sur certains chemins de la vie. Puis je fis demi-tour et rejoignis les autres qui ne me posèrent pas de questions.

Sur un panneau planté en terre, au milieu de ce qui avait pu être une place, une affiche de toile était clouée. De couleur grisâtre, effilochée, elle avait cependant résisté au temps et les lettres imprimées en noir s'y lisaient encore parfaitement :

NOTICE
TO TRESPASSERS
ON INDIAN RESERVE

Suivait un assez long texte en anglais où il était enjoint à toute personne étrangère à la nation des Algonquins de ne pas pénétrer plus avant sur le territoire de la réserve indienne de Sagonnik, de n'y point chasser, de n'y point pêcher, de ne point y couper de bois, de ne point en emporter, de ne pas fouler ni brûler l'herbe sauvage, toutes défenses exprimées avec une minutie de détails, sous peine d'être passible de poursuites, *will be prosecuted...* Marqué du sceau du Canada, à la date du 13 juillet 1923, soit deux ans avant ma naissance, c'était signé *Harold W. McGill, Director of Indian Affairs, Ottawa.*

J'ai décloué l'affiche au couteau, je l'ai pliée, je l'ai fourrée dans ma poche. Il n'existait personne au monde, à part moi, à qui elle pouvait encore *dire* quelque chose. Sous verre, accrochée à un mur de mon bureau, elle ne m'a jamais quitté.

Nous avons campé à Sagonnik, ce soir-là. Toute la nuit, les loups ont hurlé.

Je n'ai entendu hurler les loups qu'en deux occasions. Voici la seconde.

Du temps que vivait un ami, Mario, prince Ruspoli, que j'ai eu tant de peine à perdre, nous parlions souvent ensemble de loups. Ou plutôt, il parlait. Moi, j'écoutais.

Mario savait beaucoup de choses sur les loups, mais aussi sur les couteaux, les guimbardes siciliennes, les tombeaux étrusques, les cap-horniers, les bifaces, le monde souterrain de Lascaux dont il fut le dernier chantre avant la fermeture définitive de la grotte. Il savait tout des baleines, qu'il avait chassées, dans sa jeunesse, au harpon à main, à l'aviron, avec les baleiniers des Açores. Il savait également tout des carabes qu'il traquait jusqu'en Anatolie à bord d'un diplodocus automobile à bout de souffle, un antique coupé Daimler bleu comme un nuage de théâtre et qui avait appartenu à Salvador Dali. Il tenait sa science des loups d'un noble espagnol très mystérieux. Tout était toujours mystérieux, chez Mario.

A la campagne, nous habitions deux villages voisins. Flacon de vieux scotch à portée de main, nous échafaudions ensemble des romans, de ceux qu'on n'écrit jamais, des constructions extravagantes où nos fantasmes galopaient en meute. Mario et moi, nous méprisions la torpeur mortelle de nos villages quand tous les récepteurs de télévision s'éteignent d'un coup, passé dix heures, et que l'artifice sombre dans le néant. Les nuits n'avaient plus de sens. Nous les trouvions sans âme et nous y lâchions des loups affamés tandis que le niveau du flacon baissait. Les loups cassaient l'échine à tous les chiens, égorgeaient les chats et signaient leur passage d'empreintes marquées au sang dans les rues du village. Avant de disparaître, assis en rond sur la place de l'église, ils poussaient des hurlements lugubres, le cou tendu vers le clocher, réveillant au cœur des habitants glacés de peur au fond de leur lit les antiques terreurs salutaires. Au dernier verre apparaissait le curé brandissant le saint sacrement, et selon notre humeur du moment les loups détalaient la queue basse, ou bien, le plus souvent, dévoraient le curé... Mario disait : « Oui... Oui... Oui oui oui oui oui », avec accélération sur les cinq derniers oui qui ne formaient plus qu'un seul mot. C'était la manière qu'il avait de manifester son contentement. Puis il repartait sur les loups de son mystérieux Espagnol avec lesquels, à l'en croire, il avait échangé, à quatre pattes, des démonstrations d'amitié...

Tous les vrais amis de Mario savent qu'ils en ont été marqués. J'en connais qui n'utilisent, à table, que d'admirables laguioles de Calmels, jouent de la guimbarde comme un Sicilien, font lire le capitaine Lacroix et Melville à tous les gens qu'ils rencontrent, collectionnent les harpons fuégiens et sont devenus cap-horniers de cœur parce que Mario les y avait initiés et que c'était une façon de le garder parmi nous. Quant à moi, pour cette même raison, j'avais pris la piste des loups. C'était complètement irraisonné. Je me suis retrouvé dans les Cantabriques chez Manuel de Passos, l'éleveur, dont Mario avait fini par me lâcher l'adresse accompagnée d'un plan dessiné, avec châteaux, forêts et clochers, qui ressemblait à un itinéraire de croisade. L'Espagnol m'a présenté à ses loups et m'a dit : « Faites exactement comme moi. » A quatre pattes, j'ai gratté l'oreille de leur chef, un vieux loup, et le vieux loup m'a gratté l'oreille. C'est la cérémonie de la puce imaginaire. Qui sait la pratiquer devient le frère des loups. Pendant trois jours, guidé par Manuel, j'ai fait le loup. Le quatrième jour, j'ai fait le loup tout seul face à la meute, comme un pilote enfin lâché qui décolle sans instructeur. Je n'avais plus un poil de sec et le vieux me reniflait avec agacement. Manuel est venu me tirer d'affaire et nous avons quitté tous les deux, en convoi, l'orée du bois où ses loups vivaient.

Après le dîner à l'heure espagnole, nous sommes retournés en lisière de la forêt. Au loin, les loups hurlaient.

— Savez-vous où ils sont ? me dit Manuel. Plantés sur leur derrière le long de la clôture de l'autoroute. Ils sont nés ici, chez moi, dans cette forêt. Mon arrière-grand-père les chassait. Il y a trois cents ans ils terrorisaient la contrée. Ecoutez-les à présent. Funèbre ! L'autoroute coupe la forêt comme une frontière de béton. Ces marcheurs et ces conquérants fantastiques qui pouvaient abattre cinquante lieues en une nuit sont prisonniers. Ils deviennent mélancoliques et nerveux. Leurs femelles ne font plus de petits.

Et puis, cette phrase étrange, de sa part :

— Je ne crois plus aux loups.

2

Wigwams à Manhattan • A la recherche des tribus de Long Island • Les Poosepatucks n'ont pas pesé lourd • La princesse Nowadonah me donne audience • Cimetière peau-rouge chez Rockefeller • Mais qui sont les Indiens Shinnecocks ?

Se tromper d'époque, c'est un état d'âme, une disposition d'esprit. Ainsi, New York, où je suis allé souvent, pour moi, c'est d'abord un village algonquin, quelque chose comme Sagonnik, mais avec l'affiche de toile en moins, parce qu'il n'y a plus de bois à y couper ni de poisson comestible à pêcher dans les eaux de l'Hudson et de l'East River.

On sait que les premiers Blancs, en 1626, avaient acheté Manhattan aux Indiens, contre un lot d'étoffes rouges, de boutons de cuivre et de perles de verre d'une valeur de 25 dollars. Après quoi ils construisirent un mur fortifié à l'abri duquel ils s'installèrent dans le sud de l'île. Les perles plurent aux Peaux-Rouges, lesquels se mirent aussitôt à enfiler des colliers et des tresses, des ceintures et des pendentifs, dans leurs villages de wigwams, tout au long de la piste indienne qui descendait du nord jusqu'au mur. Cet exercice les occupa pendant une bonne quarantaine d'années, après quoi ils s'aperçurent qu'on leur avait volé leur pays. Pendant qu'ils enfilaient des perles, les nouveaux venus s'étaient renforcés, et lorsque Massassoit, chef des Wampanoags de Manhattan, plus connu sous le nom de King Philipp, et Canonchet, sachem des Narragansets, se soulevèrent contre les Anglais, en 1675, à la tête des tribus algonquines, le rapport des forces avait déjà largement balancé : vingt mille Indiens rebelles contre cinquante mille colons pourvus d'armes à feu. Un carnage. On exposa dans les ports de la Nouvelle-Angleterre les têtes des guerriers rescapés des combats, décapités après leur capture, tandis que par vaisseaux entiers on déportait leurs familles aux Indes occidentales où tous étaient vendus comme esclaves.

C'est toujours à cela que je pense, à New York. J'y efface les dix millions de Juifs, de Polonais, de Noirs, de Portoricains, d'Italiens, de Russes, d'Allemands, de Suédois, de Hongrois, de Grecs, de Syriens, de Libanais, etc., qui y vivent, qui ne sont même pas les descendants des colons d'autrefois, et aussi quelques Anglais. Moi, je ne vois que Broadway, à ma façon. On se demande pourquoi cette avenue célèbre est la seule à traverser en biais le damier rectangulaire qu'est New York. Parce qu'elle suit le tracé de la vieille piste indienne. Parce qu'elle *est* la vieille piste indienne qui descendait jusqu'au mur. Wall Street, la rue du Mur (*wall :* mur). Evidemment, c'est désert. On n'y croise plus un Algonquin.

Mais j'ai mon *Swanton,* bible triste, nomenclature historique des tribus, mortes ou vives, ouvrage qui rejette au néant tous les guides publiés sur les Etats-Unis [1]. Deux tribus vivaient à New York avant l'arrivée des Blancs, les Wampanoags et les Narragansets, et quatorze à Long Island. Long Island, c'est cette grande île plate qui touche à Manhattan d'un côté, pour s'enfoncer de l'autre dans l'océan, vers l'est. De nombreux ponts et tunnels la soudent à New York. Cela commence par l'univers de Brooklyn et de Kennedy Airport, tourne ensuite à la plage normande encombrée, laquelle s'aère peu à peu en villégiatures de millionnaires, pour finir au phare de Montauk, à l'autre bout, sur une lande battue par les vents. Y chassaient et pêchaient quatorze tribus d'Algonquins. Neuf d'entre elles furent anéanties par la guerre de 1675. Pour le dernier vibrato des sonorités perdues, voici leurs noms, cités par Swanton, que le lecteur *doit* prononcer avec moi, lentement, parce qu'ils ne représentent plus rien ni personne sur cette terre : tribu des Carnasees, tribu des Merricks, tribu des Rockaways,

1. John R. Swanton, *The Indian Tribes of North America,* Smithsonian Institution Press, Washington, 1952.

tribu des Masapeqas, tribu des Secatogs, tribu des Unkerchaugs, tribu des Manhassets, tribu des Corchaugs, tribu des Nissequogs.
Restent cinq :
Poosepatucks. Matinecocks. Setaukets. Montauks. Shinnecocks.

Sur la carte des réserves du B.I.A. *(Bureau of Indian Affairs)*, elles figuraient encore, signalées par un triangle, ce qui signifiait que, dans la mesure où elles existaient, elles n'en étaient pas moins mortes administrativement. Je m'étais renseigné, à Washington. Le problème indien est considéré comme définitivement réglé dans tous les Etats de l'Union à l'est du Mississippi : officiellement, plus d'Indiens ! Mes cinq tribus de Long Island, je n'avais qu'à me les trouver moi-même...

Je me suis d'abord perdu dans des faubourgs sans fin, à la sortie de Brooklyn, tandis que tonnait au-dessus de moi le carrousel aérien de Kennedy Airport et que les échangeurs de dix autoroutes ramifiées précisaient malencontreusement le siècle dans lequel je me déplaçais. Où trouver des Indiens, là-dedans ? Je demandais à l'épicier, au pasteur, au pompiste, au flic qui se tournait vers son sergent : « Joe ! Ce type-là cherche des Indiens Setaukets ! Tu connais ça, toi ? »

Je n'ai pas trouvé les Setaukets, dans le comté de Suffolk, ni les Matinecocks, dans le comté de Nassau. Personne n'en avait entendu parler. Un historien local, tapi au fond d'un petit musée tragiquement insignifiant, m'assura que toute vie tribale avait disparu de Long Island depuis 1730. Je m'obstinai. Les bureaux des mairies : muets. J'ai arpenté de long en large l'emplacement supposé de la réserve Poosepatuck, à la sortie d'une ville du nom de Brookhaven : une autoroute, un échangeur, trois supermarchés, un cinéma *drive-in,* un stade de base-ball. Tout cela très neuf. Est-ce qu'on les avait attaqués à l'aube, à coups de bulldozer, les trompettes sonnant la charge, dans la meilleure tradition de la cavalerie américaine dévalant des collines sur les villages cheyennes endormis et sabrant femmes et enfants ? Mon *Swanton* indiquait 32 Indiens Poosepatucks au recensement de 1928. Je vérifiai sur la carte du B.I.A. : les Poosepatucks y figuraient bien par un triangle, à l'exact emplacement où je me trouvais. Ils n'avaient pas dû peser bien lourd. Inutile de s'obstiner.

Je poursuivis ma route jusqu'à la pointe est de l'île, traversant au passage une ville du nom de Masapequa, ce qui veut dire, en langage algonquin, le grands pays de l'eau. Tout ce qu'il restait des Masapeqas, tribu éteinte, morte aussi charnellement qu'administrativement. Beaucoup de noms géographiques, aux Etats-Unis, ne sont que des monuments funéraires. Les Américains appellent cela : leur héritage culturel transmis par les Indiens.

La pointe Montauk, d'aspect breton, était l'un de ces monuments. Je n'y trouvai aucun des trente ou quarante Montauks qui étaient supposés y vivre, mais un très haut phare qui portait leur nom peint sur ses flancs en lettres rouges et un parking de mille voitures pour les visiteurs du dimanche. C'était un beau jour de printemps. Les sentiers conduisant à la mer grouillaient de monde : en file indienne, des centaines de New-Yorkais.

Je fis demi-tour. Sur la carte du B.I.A., un cinquième et dernier triangle signalait des Indiens Shinnecocks près de la ville de Southampton.

Southampton, la ville balnéaire la plus chic, la plus snob, la plus *exclusive,* la plus léchée, la plus jolie aussi de Long Island. Briques patinées, poutres apparentes, maisons d'avant la révolution, ce qui, aux Etats-Unis, signifie vraiment beaucoup d'argent. Antiquaires de luxe, joailliers de Paris et d'Amsterdam, jeunes femmes sophistiquées au volant de Rolls argentées. Poussant la porte de la *Chamber of Commerce* (syndicat d'initiative) installée dans une chaumière du XVIIIe siècle restaurée de façon ravissante, j'avais le sentiment qu'on allait me rire au nez. Deux élégantes ultra-mondaines fumaient derrière des téléphones blancs.

— Shinnecocks ? Naturellement. Nous avons aussi les Hearst, les Ford, les Rockefeller, les Kennedy, les Dupont de Nemours, les Vanderbilt, mais ça ne compte pas...

Elles se fichaient de moi. L'une d'elles griffonna un papier qu'elle me tendit en haussant les épaules.

— Essayez le révérend Thies, à l'église presbytérienne. Miss Hunter habite à côté.

— Miss Hunter ?

— Miss Louise Hunter, institutrice en retraite. La « princesse » Nowadonah...

J'ai placé des guillemets intentionnellement, pour marquer le ton qui n'était rien moins qu'ironique et peu charitable. Me revint une phrase de Giono : « On avait, paraît-il, sauvé toutes les princesses sans m'attendre... »

Je dénichai le révérend Thies dans l'unique quartier pauvre de Southampton. Il me sembla qu'en parlant de la princesse, au moins adoucissait-il les guillemets.

— Elle est très âgée et malade, me dit-il, mais puisque vous venez de France, je peux lui téléphoner. Il lui faut le temps de se préparer. Elle est très sourcilleuse, sur ce point...

Lorsque j'arrivai devant la petite maison de Miss Hunter, je ne m'attendais pas à une audience. Une vieille maison de bois, usée plutôt, branlante, la peinture écaillée. Pauvre. Tout ce qui est pauvre, aux Etats-Unis, a toujours l'air plus pauvre qu'ailleurs. Sur l'herbe qui n'était pas gazon, une table de jardin rouillée et trois chaises dépareillées. La chaîne d'une sonnette pendait au mur. Je sonnai, puis j'entendis un glissement lent, par efforts successifs, accompagné d'un souffle rauque, comme si un vieux chien se traînait. La porte s'ouvrit, et je compris que la princesse ne vivrait plus longtemps. Le râle, c'était elle. Il y avait une petite marche sur le seuil de sa porte, qu'elle ne pouvait descendre seule, car elle était obèse et s'appuyait lourdement sur sa canne. Elle restait immobile et muette. J'attendis quelques instants, puis vins l'aider sans qu'elle me l'ait demandé. Cela prenait déjà l'allure d'un cérémonial, mais *tout naturellement*. Je lui offris mon bras pour les quatre pas qui nous séparaient de la table. Alors elle me souhaita la bienvenue avec des mots chaleureux, d'une voix douce de jeune fille entrecoupée de longues et pénibles reprises de souffle, car elle avait infiniment de peine à se déplacer.

Elle portait une robe de daim blanc fané, frangée et brodée de perles de couleur, les fameuses perles du marché de dupes. La robe laissait nus ses grosses jambes malades et ses gros bras. Ce n'était pas grotesque mais tout à fait majestueux. On voyait également sa peau par de nombreux accrocs. La robe, me dit-elle ensuite, avait traversé cinq générations. La princesse s'habillait au musée des majestés mortes. Cependant bien vivante, malgré son épuisement, extraordinairement présente, avec ses longs cheveux blancs séparés en deux nattes, à l'indienne.

Elle tenait sous son bras une couverture pliée et me demanda de la déplier sur la table. La couverture avait le même âge que la robe et provenait du même musée privé. Ainsi déployait-on les couvertures d'apparat dans les wigwams des chefs. Cela plantait son décor. Elle avait de son indianité une conception esthétique que j'ai souvent retrouvée en visitant les grandes tribus de l'Ouest. Elle me fit signe de lui avancer un siège, puis, assise, s'enveloppa d'une autre couverture comme d'un manteau de cérémonie, s'assura que son bandeau frontal ne s'était pas incliné dans la marche, vérifia la disposition des nattes sur sa poitrine, enfin croisa ses longues et belles mains brunes allongées sur la table. J'ai le sentiment qu'elle ne cherchait pas du tout à m'impressionner, ni à se donner de l'importance. Tous ces gestes d'apparence liturgique étaient empreints de naturel et accompagnés d'une très grande gentillesse. Miss Louise Hunter avait ouvert une porte dérobée au-delà de laquelle elle apparaissait en princesse Nowadonah, dernière descendante du nom. Que sa filiation fût hypothétique, ainsi que me l'avait laissé entendre le révérend Thies, n'avait aucune importance. Elle l'illustrait magnifiquement.

— Lorsque les Blancs, me dit-elle, débarquèrent à Long Island, mon aïeul Nowadonah et ses quatre frères commandaient aux petites tribus de l'île. Ils vivaient dans des villages fortifiés, entourés de palissades. A cette époque, nous devions nous défendre presque chaque jour contre les intrusions sur nos terres des puissantes tribus du continent. Les Blancs étaient bien armés, nombreux, et s'engagèrent à nous protéger. Nowadonah n'avait pas le choix. Il signa un bail de cession de tout notre territoire aux Blancs pour une durée de 999 ans. En échange, il siégea de plein droit au Conseil de Ville de Southampton. Je devrais y siéger moi-même, mais qui s'en souvient ?

Puis vint la suite du cérémonial : les attributs du pouvoir.

Fouillant dans une sorte de carnier en daim, la princesse déposa quelques objets sur la table, qui se mit à ressembler à un autel. D'abord une dizaine de pages dépareillées, d'un épais papier jauni aux franges mangées par le temps, et qui expliquaient bien des choses : les restes d'une bible ancienne traduite en langage algonquin. Je lus :

PSALM XXIII

David's confidence in God's grace

Ukker oohhomaonk David

1. Ehovah nuffohkommooukoowaem, wanne teag woh nukquenaahikoo

2. Nuffeepfomwahik afhkofkuhkontu nutuffoowunuk ahtorapagodtut

3. Wonk omohkinau nukketahogkounoh nuttuufoowonuk mayut wummonwauffeongane newutche ooffefuonk...

Et patati et patata ! Je regardai la date : MDCLXIII. 1663. Imprimé à Cambridge, New England. Le Shinnecock Cockenoe, qui aida le pasteur John Elliot, de Southampton, Long Island, à mener à bien cette traduction, ne sut jamais qu'il avait travaillé à la construction du cheval de Troie.

La princesse me montra aussi la photographie de son arrière-grand-père, né vers 1830, cravaté à la Louis-Philippe, avec une plume dans les cheveux et le nez aussi busqué que celui de son arrière-petite-fille était épaté. Le maillon qui la rattachait au passé. La plume, décolorée, effrangée, sortit aussi du sac.

— Il avait raconté à mon père l'histoire de

Nowadonah. Comment, en 1649, quand Phoebé, la femme de Thomas Hasley, un colon, fut découverte assassinée, on accusa aussitôt les Indiens. Et comment Nowadonah s'en alla en expédition de guerre chez nos voisins les Pequots, qui étaient de mauvais sujets, d'où il ramena les trois assassins jusque devant le Conseil de Ville pour être jugés et pendus...

Il y eut d'autres histoires, fragmentaires, surnageant de mémoires successives, toutes à la gloire de Nowadonah, l'ami des Blancs, l'ami trompé.

— Voulez-vous voir sa tombe ? me demanda la princesse.

Nous partîmes dans ma voiture. Miss Hunter ne devait pas apparaître souvent hors de chez elle, car de maisons avoisinantes tout aussi pauvres que la sienne, sortirent des gens qui avaient un air de famille et qui s'avancèrent vers l'auto pour saluer la princesse. Ma voiture s'était transformée en salon d'audience ambulant, une minute pour l'un, trente secondes pour l'autre. La princesse réglait elle-même son protocole. Je ne la vis sourire et se départir de son impassibilité qu'une seule fois, lorsqu'une jolie jeune fille d'environ dix-huit ans s'approcha de la voiture, du même type ethnique que les autres, mais nattée, le front bandé de perles.

— C'est à elle que je transmettrai le grand livre, me dit la princesse quand j'eus remis en route.

Sans me le montrer, elle m'avait aussi parlé de ce livre. Elle ne le montrait à personne. Lorsqu'on venait la consulter sur des questions de généalogie, elle laissait le visiteur à la porte et s'enfermait chez elle avec son grand livre pour une espèce de messe du sang, célébrée en secret derrière l'iconostase. On pouvait se demander si le grand livre existait réellement. Le révérend Thies en doutait. Les deux pestes de la *Chamber of Commerce* également. La princesse soutenait les naufragés de sa tribu à bout de rêve au-delà d'une mort depuis longtemps accomplie...

Guidé dans Southampton par la princesse, j'eus la surprise de me retrouver dans une avenue que j'avais déjà visitée, une avenue de plusieurs millions de dollars où Rockefeller, Hearst et Cie avaient aligné leurs châteaux. Un parc privé, clos de hautes grilles, couvrait de fleurs et d'arbres une série de petites collines, avec, au fond, dominant la mer, une sorte d'écrasant manoir Tudor : *the Shinnecocks hills.* La princesse me demanda de stopper et de lui ouvrir la portière. Elle fit à nouveau quelques pas à mon bras, jusqu'à un portail monumental devant lequel un gardien armé, bouche bée, contemplait le fantôme obèse en robe de peau blanche trouée. Deux terrifiants molosses enchaînés s'aplatirent de trouille derrière la guérite.

— On m'avait raconté quelque chose comme ça, me confia à mi-voix le gardien, qui était manifestement nouveau. Mais il faut le voir pour le croire...

Les chiens gémissaient. La princesse cessa de souffler. Fortement appuyée sur moi, elle leva sa canne vers la grande villa.

— Je viens ici plusieurs fois par an, me dit-elle. Tout cela, c'était notre premier cimetière chrétien. Lorsque nous avons dû céder ces collines, la plupart des pierres tombales avaient disparu, recouvertes par le sable. Celles qui restaient ont été transférées au carré Shinnecock du nouveau cimetière de Southampton. Mais pas Nowadonah. On ne l'a jamais retrouvé. Même lorsqu'on a construit ces maisons, la terre n'a rien rendu. Il est ici, je le sais. Est-ce que vous sentez sa présence ?

Je n'éprouvais rien de tel. Puis un vieux souvenir fit surface : le cimetière des Algonquins, à Sagonnik, le sentier dans la forêt, la trace qui se perdait peu à peu...

— Savez-vous à qui appartient cette maison ? reprit la princesse. Aux Rockefeller.

C'était dimanche. Je la conduisis à l'office presbytérien de sa petite église de quartier. Tous ceux qui l'avaient saluée une heure plus tôt s'y trouvaient, plus quelques autres qui leur ressemblaient. Un étrange groupe féminin entourait le révérend Thies, diaconesses vêtues d'extravagantes chasubles rouges. On chanta. J'étais assis à côté de la princesse. Elle me désignait d'autorité les psaumes à chanter. On n'avait plus besoin depuis longtemps du Shinnecock traducteur Cockenoe : la bible était en anglais, offerte par les Gédéons. Le révérend Thies monta à son pupitre et commença son sermon :

— *We, Shinnecocks Indians...* Nous autres, Indiens

Shinnecocks... *What sort of people we are?* Quelle sorte de gens sommes-nous ?...

On pouvait se le demander, en effet. Ils étaient tous noirs. Tous nègres. De braves matrones décrêpées. chapeautées, gantées, bardées de sacs de plastique blanc, traînaient un gros derrière hottentot drapé de toile imprimée de fleurs. Les gamins roulaient des yeux en boules de loto. Les petites filles avaient des nœuds dans les cheveux, des socquettes blanches sur leurs mollets noirs. Le révérend Thies était magnifique, sa crinière crêpue toute blanche. Tout juste pouvait-on distinguer, chez la princesse Nowadonah, une nuance de peau plus dorée, un dessin des traits moins arrondi dus à une lointaine ascendance indienne, d'où le respect qu'on lui témoignait. D'où, peut-être, cette majesté, ce personnage qu'elle s'était composé.

Il y a une explication. Je la tiens du révérend Thies. Dans les temps anciens, déjà, pour survivre, la petite tribu des Shinnecocks avait dû se mélanger aux travailleurs noirs de Long Island. Puis, en 1876, dix des leurs, presque toute la jeunesse mâle, disparurent dans la tentative de sauvetage d'un grand voilier jeté à la côte par la tempête. Après quoi la tribu se fonça définitivement. Mais en même temps, paradoxalement, leur volonté d'être indiens, et non noirs, descendants d'hommes libres, non d'esclaves, s'en trouva renforcée jusqu'à l'obsession.

— Cela les torture, mais cela les soutient, me dit le révérend Thies. Au moins, de cette façon, ils existent.

Puis, me voyant songeur :

— Qu'en pensez-vous ?

Je pensais qu'ils avaient plus de chance que les autres, plus de chance que les milliards de petits hommes innombrables anonymes de la Genèse...

3

La hache perdue des Guanaquis, au Pérou • Les clefs de Grenade • Je retrouve le dernier des Mohicans • Fin de piste chez les Jackson Whites, *en Caroline du Nord*

Il y a une trentaine d'années, dans le bas Pérou oriental, j'avais été l'hôte d'une petite tribu sédentaire de la savane. Rien à voir avec certains Indiens d'Amazonie qui refusent le contact et s'enfoncent toujours plus profondément dans la forêt, tandis qu'indianistes et explorateurs s'obstinent à les y traquer et s'acharnent à établir le contact, dans le même temps qu'ils crient sur les toits qu'on doit laisser les Indiens en paix. Attitude qui m'a toujours étonné.

Mes Guanaquis vivaient dans un village de branchages et de chaume, mais sans refuser d'aucune façon l'existence d'un univers différent. Ils s'accommodaient aimablement d'une cohabitation sans osmose qui faisait leur force et leur originalité. Ils savaient ce qu'étaient un camion, une ligne de téléphone, un fusil, une paire de bottes. Le petit fortin voisin sur la frontière, où végétait entre deux siestes une garnison péruvienne, leur avait appris tout cela, mais ils s'en fichaient tranquillement. Ils imaginaient le reste, deux ou trois fois par an, quand passaient le curé, le médecin, la camionnette du bazar ambulant, ou quelques rares visiteurs débarqués de l'avion postal. Cela ne les empêchait pas de vivre sans rien changer à leurs habitudes. De mémoire de sorcier, la tribu avait toujours habité ce village, et même les combats sporadiques entre garnisons désœuvrées, ivres, ou mutinées, dont ils faisaient le plus souvent les frais, n'avaient pu les en éloigner.

Je me souviens que dans leur merveilleux outillage figuraient de nombreuses haches de pierre, admirablement polies et tranchantes. Ils s'en servaient pour toutes sortes d'emplois, avec une dextérité stupéfiante qui révélait une longue technique transmise de père en fils, en même temps que les haches et la façon de les fabriquer. Autant que la tradition orale, c'était la possession successive et l'utilisation constante de ces haches qui les maintenaient fidèles à eux-mêmes et parfaitement heureux, même s'il leur arrivait de se servir de temps en temps de techniques nouvelles qui leur semblaient un progrès, comme le fil à coudre, par exemple, la teinture d'iode, les clous galvanisés, et, quelquefois, la carabine. Du moment qu'ils conservaient leurs haches de pierre... Je suppose qu'ils en étaient conscients, mais cela ne les a pas sauvés pour autant.

Vingt ans plus tard, m'a raconté Karl von Umbolt, ethnologue allemand de mes amis, le village était presque désert. Trois familles y croupissaient dans une misère de bidonville, et cependant, alentour, rien n'avait changé. Même petite garnison végétative, même piste si peu fréquentée, la savane au même degré d'équilibre climatique et une rotation toujours aussi mesurée du curé : un déclin qui s'expliquait mal. J'avais demandé à Umbolt : « Et les haches de pierre ? » Il me répondit qu'il n'en avait vu aucune, mais que les hommes semblaient bien maladroits avec leurs hachettes de fer rouillé, si on en jugeait par l'état pitoyable de leurs dernières cabanes. Ensemble, nous avons supposé qu'un triste jour, par on ne sait quelle aberration, cédant à une offre de troc, ils s'étaient laissé tenter au passage du bazar ambulant. Dès lors, ils avaient perdu le fil d'Ariane qui leur avait fait traverser les siècles. Ce fut l'hypothèse retenue, parce qu'au moins elle avait un sens, mais il en existait d'autres encore plus désolantes. Le peuple guanaqui a cessé de vivre. Il n'y a plus que des individus.

Qu'on m'entende bien : ils ne sont pas morts. Sans doute même plus nombreux qu'avant, transplantés dans une ville ou une autre, confondus, brassés, mêlés à la grande foule anonyme, ignorante du passé et de l'avenir, petits hommes innombrables qui ont rejoint la ronde. Avec, peut-être, parmi eux, un prolétaire basané qui tripote, pensif, dans son bidonville, une hache de pierre polie, souvenir de son village, et qui sait encore qui il est : celui-là demeure un seigneur...

Le fil d'Ariane... Un jour, chez des amis marocains, à Fez, j'ai vu, à une place d'honneur, disposée sur un coussin, une clef massive et ouvragée, d'une facture manifestement très ancienne. A ma question, l'ami répondit :

— La clef de notre maison, à Grenade. C'est tout ce que nous avons pu emporter.

Prise de Grenade, 1260, dernier acte de la *Reconquista*. Il existe, m'a-t-on assuré, d'autres possesseurs de ces clefs, au Maghreb.

Il existe aussi des clefs invisibles et des haches de pierre impalpables.

Le hasard, la chance, l'obstination, et d'inlassables recoupements m'avaient mis sur la piste, il y a une quinzaine d'années, du dernier des Mohicans. Ouvrons mon *Swanton* à la lettre M.

En 1643, lorsque leur sachem Unca se fit naïvement l'ami des Blancs, les Mohicans se comptaient 2 500. En 1705 : 750. En 1744 : 206. En 1804 : 84. En 1825 : 69, et Fenimore Cooper, cette année-là, n'en voyait déjà plus qu'un. Il n'avait pas tellement tort. En 1910, Swanton recensait 22 Mohicans. En 1974, l'année où je les cherchais, on ne savait plus. Ils ne faisaient même plus de figuration dans les statistiques du B.I.A. Peut-être une centaine, dispersés sur cette même terre où Unca accueillit les premiers Blancs.

Elle avait bien changé, cette terre, depuis Unca. Les villes industrielles se touchent le long de la vallée du Connecticut : Springfield, Enfield, Hartford, New Britain, Meriden, Waterbury... De l'autoroute 91 qui longe la rivière, le spectacle était saisissant. Les fumées de toutes ces usines formaient un épais brouillard sale. Les voitures et les camions circulaient par six de front. On faisait donner les sirènes d'alarme dès que l'asphyxie menaçait. Une concentration de tout, de trop de tout, même des intelligences : l'université de Yale... Disparues, les collines sacrées où méditaient les Mohicans, les forêts où ils chassaient, les temples de verdure où ils invoquaient le Grand Esprit. Changez la nature, vous changez aussi l'Indien. Détruisez-la, vous le détruisez. Son panthéon n'est pas adaptable. Au premier coup de pelleteuse s'envole le sacré. Voilà tout le drame : *pas adaptable*. Les derniers des Mohicans n'en étaient plus là depuis longtemps, travailleurs casqués dans ces usines. Si l'on veut retrouver quelque chose de leur passé, il faut aller au musée de Middeltown, Connecticut. Encore est-il tragiquement démuni. Qui se souciait, en 1750, quand la tribu mourut, de bâtir des musées ?

Je tenais un nom, Peter O'Rourke, chef de la tribu des Mohicans, et une adresse dans le Connecticut. Cela n'avait pas été une mince affaire que de les obtenir, au terme d'une sorte de jeu de l'oie qui m'avait conduit jusqu'à un bureau poussiéreux, au fond d'une université de second ordre, où le responsable de la section d'ethnologie, surpris que j'aie pu parvenir jusqu'à lui, me lâcha le renseignement avec tant de réticences que je finis par lui demander si je devais avaler le papier qu'il me tendait après avoir appris le nom et l'adresse par cœur. Mais que risquaient les Mohicans ? « La lumière... » me fut-il répondu. Je brouille donc les pistes, moi aussi. On ne me fera pas dire où j'ai débusqué le descendant d'Unca, Peter O'Rourke, conducteur d'engins de travaux publics et sachem des Mohicans.

Lui parler sur le chantier où il travaillait fut une expérience hors du commun. Casqué de plastique rouge, les cheveux courts, ne cherchant pas à se donner l'air d'un Indien : « Cela ne concerne que nous. Personne n'a besoin de le savoir. Nous n'avons pas à revendiquer, à paraître. Nous *sommes !...* » Je lui demandai en quoi consistaient son autorité, sa tribu. « Nous nous réunissons chez moi, me dit-il. On prend mon avis sur tout, sur les mariages, le boulot, on se donne des coups de main et tout cela passe par moi... » Une sorte de Rotary Club ? De syndicat ? D'amicale de ceci ou cela ? Les Etats-Unis foisonnent de clubs sociaux en tous genres, les Américains adorent cela. Le Mohican fit la grimace :

— Rien à voir ! Pas de statuts, pas de règlements, pas de président élu. Seulement la tradition, représentée chez nous par le chef. Quand mon père est mort, j'ai pris naturellement sa place. Il ne viendrait à aucun d'entre nous de mettre ça sur le papier ni d'établir des lois écrites...

Réflexe typiquement indien. Est-ce qu'il savait comment la tribu, dispersée deux cents ans plus tôt, avait décidé de se survivre en la personne de son chef? Il ne savait rien. Son arrière-grand-père, son grand-père, son père, cela s'était toujours transmis de cette façon.

Je lui demandai si lui et les siens n'avaient pas envie de retrouver une existence légale. De se faire reconnaître comme tribu par l'Etat du Connecticut. Certaines ethnies atomisées de l'Est avaient ainsi refait surface avec l'aide de bons avocats. Cela pouvait être source de subventions, d'indemnités souvent confortables pour prix des terres spoliées autrefois, parfois même de rétrocession d'une petite portion de territoire.

— Terre? Tribu légale? Pour quoi faire? me répondit le sachem casqué. Les Mohicans ne sont pas des mendiants. Ils gagnent leur vie. Les souffrances passées n'ont pas de prix et ils méprisent ceux qui les monnayent. Quant à notre terre, la voilà! (Il désignait tout le pays autour de lui, son chantier, l'usine voisine, la ville là-bas où il habitait.) Nous ne l'avons jamais quittée. Pourquoi nous réfugier sur un petit bout de territoire? A trente familles que nous sommes, alors, vraiment, nous aurions l'impression d'avoir perdu notre pays. Tandis que dispersés, circulant constamment pour nous rendre visite, nous pouvons imaginer que tout le Connecticut est encore mohican...

Rester indien par la seule force de l'imagination... C'est exactement de cette façon que je parviens à rester français.

Descendant vers le sud des Etats-Unis, cette même année, j'avais longé la rivière Delaware, du nom des Indiens Delawares, rayés également du *Swanton*. De l'autre côté de la rivière, s'étendaient le New Jersey et les monts Ramapo, mi-collines, mi-montagnes. Malheureusement, le temps me manquait d'éclaircir le mystère des *Jackson Whites* des monts Ramapo. Aucune de mes lettres à la presse locale, aux universités, n'avait reçu de réponse positive. Personne ne savait rien des *Jackson Whites*. Etonnante histoire, pourtant. En 1946, le merveilleux guide *Odé* sur les Etats-Unis la signalait encore. Voici :

L'affaire remonte aux temps de la guerre d'Indépendance (1776-1783), et commence par des putains de garnison, c'est-à-dire qu'elle commence bien. Les putains, en ce temps-là, étaient femmes de caractère. Cela faisait des pionnières tout autant et même mieux que les puritaines du *Mayflower*. Les régiments royaux anglais, appelés de métropole, cantonnaient à New York, subissant l'antipathie, puis l'aversion de la population acquise au beau Washington. Jusqu'aux servantes d'auberge qui se refusaient à causer ! Le moral s'en ressentait, quand un solide renfort, recruté par les généraux inquiets, fit son entrée dans la ville : 3 500 femmes ! Blanches et noires. On ne sait plus d'où elles venaient. Un ratissage général des bordels de la Caraïbe, sans doute. Fiesta ! Mais de courte durée. Vent de l'histoire et rembarquement des régiments anglais. Seuls les Français en retraite s'encombrent de leurs putains et c'est noblesse vraie. La Grande Armée en fuite à travers l'hiver russe en remorquait des chariots entiers. Du Tonkin, les légionnaires fourbus ramenèrent les leurs jusqu'à Saigon. Mais un Anglais, ça se replie seul, entre mâles, on connaît. La dernière voile royaliste disparue au large de Long Island, on fit un sort à ces filles-là. Scènes peu ragoûtantes, où les femelles vertueuses et patriotes de New York ne firent pas de cadeaux aux « putains de George III ». Lorsque leurs femmes eurent assez joué des griffes, les hommes rassemblèrent le cheptel putassier, et pied au cul, crosse dans le dos, les jetèrent hors de la ville.

Ce fut une longue marche. Repoussé de toute part, sans même l'aumône du pain et de l'eau, lynché, au mieux accablé de grossièretés menaçantes, le troupeau des filles de joie errait de village en village, jalonnant sa route de moribondes épuisées que personne ne secourait. On ne connaît plus le nom de la Jeanne d'Arc des putes qui fit de ses compagnes une armée en bataille. Gourdin, couteaux, faux, griffes, dents, la grande compagnie en jupons se refit une santé aux dépens des fermes traversées, puis finit par se frayer un passage hors des régions habitées jusqu'aux montagnes du New Jersey. Blanches ou noires, les plus robustes avaient survécu, probablement un millier.

Ces montagnes n'étaient pas désertes, mais surmontées de fumées frénétiques qui se répondaient d'un sommet à l'autre. On imagine l'ébahissement des Peaux-Rouges, vite transformé en enthousiasme, lorsqu'ils virent s'approcher de leur refuge cette aubaine inespérée : mille jeunes femmes ! Car ces Indiens n'étaient pas comme les autres. Guerriers mâles sans femelles, eux-mêmes hors-la-loi, survivants de tribus traquées et chassées quelques années plus tôt de la Caroline du Nord, Cheraws, Chowanocs, Keyauwees, Occaneechis, Shakoris, Sisshipanaws, rubrique nécrologique... Des irréductibles au maquis, tenant les monts Ramapo. Firent aussitôt des petits guerriers aux putains. De vingt tribus mortes naquit un peuple unique. La grande putasserie et le tribalisme indien donnèrent quelque chose de particulièrement coriace. Pour faire bonne mesure, une bande de soldats hessois, mercenaires de George III aussi vilainement abandonnés que les filles, les rejoignirent quelques semaines plus tard. Ajoutez-y des esclaves fugitifs, un abondant gibier de potence, desperados, assassins en fuite, *outlaws*, dont l'un se nommait Jackson et fut un temps leur chef, plus des meutes de chiens errants, et vous aurez les *Jackson Whites*. Fuis de tous et fuyant tout le monde. En 1946, le guide *Odé* en signalait cinq mille ou plus, « qui vivent au cœur des monts Ramapo dans un état de dénuement total ». Imperméables à tout et à tous...

Je n'ai pas retrouvé, cette année-là, aux Etats-Unis, aiguille dans une meule de foin, Mme Bettina

Wilson qui avait signé dans le guide *Odé* le chapitre de la Caroline du Nord où étaient mentionnés les *Jackson Whites*. Les éditions Odé n'existent plus depuis longtemps, irréparable malheur, car on n'édite plus dans ce genre que des vulgarités didactiques. Mais tout de même, sur ma route, cet éclair fugitif au-dessus des monts Ramapo, un pompiste-cafetier interrogé ce soir-là, un 13 mai, au croisement d'un petit chemin secondaire non goudronné qui montait au loin vers les monts. Ce chemin ne figurait pas sur la carte. Je n'avais pas l'intention de l'emprunter. Impraticable pour ma voiture, et moi, trop pressé.

A tout hasard je demandai :

— Est-ce la route des monts Ramapo ?

— Ouais, fit le pompiste. Mais je vous conseille pas. Dès que le soir tombe, mieux vaut pas aller par là. Pas prudent. Et ce n'est pas les gens du pays, s'ils se montrent, qui vous tireront d'un mauvais pas. Ça non !

Mais les *Jackson Whites,* ça ne lui disait rien. La piste parallèle reste ouverte.

Je m'en suis gardé quelques-unes de côté, pour la soif.

4

Aux Antilles : il faut écouter le père Breton, qui sait tout des Caraïbes • Ile Saint-Christophe : des visiteurs énigmatiques • Une piste en Dominique : la jeune Arouague et le routard • La piste se perd à Nanterre

Il faut écouter le père Breton, qui passa vingt ans de sa vie, au milieu du XVIIe siècle, chez les *Sauvages* des Indes occidentales et s'était « naturalisé caraïbe ». Il laissa trois manuscrits, l'un en français, les autres en latin, qui ne furent publiés qu'en 1929 [1], par les soins d'un autre prêtre, l'abbé J. Renard, lequel présentait la particularité de n'avoir jamais mis les pieds aux Antilles. Cela n'empêchait pas l'abbé Renard de dire chaque lundi et vendredi sa

1. Paris, librairie Fischer.

messe pour le repos de l'âme de tous les Caraïbes, intention qu'il précisait aux bigotes matinales frileusement groupées sur les prie-dieu du premier rang. Il existe ainsi chez certains êtres de nature rêveuse des fidélités de rechange qui finissent par prendre le pas sur tout le reste. C'était le cas de l'abbé Renard. Quant aux saintes femmes, n'y comprenant rien, elles avaient fini par croire que les *Caraïbes* étaient une famille riche et pieuse, amie de l'abbé Renard, qui payait depuis vingt ans une messe bihebdomadaire à la mémoire de ses disparus.

Pour en revenir au père Breton, ce qu'il raconte est étrange et m'a jeté au cours de mes voyages sur bien des chemins parallèles. On sait que les Caraïbes, lorsqu'ils envahirent les Antilles depuis le delta de l'Orénoque dont ils étaient originaires, progressant d'île en île, de Trinidad, au sud, jusqu'aux Bahamas ou Lucayes, au nord, exterminèrent les premiers et légitimes occupants de l'archipel, Arawaks ou *Arouagues* selon l'orthographe francisée du père Breton, également appelés Lucayens aux Bahamas. Les Caraïbes employaient un autre nom pour désigner leurs victimes arouagues, ce qui épaissit encore une confusion assez mystérieuse. Ils les appelaient : Igneris. Et voilà qu'au début de la colonisation des Antilles, le père Breton écrivait « que c'était un bruit commun parmi les Sauvages et les vieux habitants français qu'il existait dans les montagnes des *Igneris* rescapés du massacre qu'en avaient fait les Caraïbes ».

De temps en temps, ces Igneris descendaient

furtivement de leurs repaires montagneux et ravageaient les cases et les jardins potagers des Caraïbes. Pierre Belain d'Esnambuc, fondateur des colonies françaises aux Antilles et premier gouverneur de l'île mère de Saint-Christophe, en 1635, avait certifié au père Breton qu'il existait encore des Igneris dans cette île et que l'on ne pouvait expliquer certains vols et assassinats nocturnes et impunis que par leur présence invisible au sommet de la montagne.

Cette légende a la vie dure. Elle a traversé quatre siècles, en Haïti, à Saint-Domingue, en Dominique, aux îles Caïques, tout en se confondant parfois avec celle des nègres *marrons*, ces esclaves en fuite qui se réfugiaient eux aussi dans les montagnes où des fumées de bivouac mystérieuses et inaccessibles signalent encore, dit-on, la présence mythique et lointaine de leurs derniers descendants...

Suivant le fil de la légende, j'ai visité Saint-Christophe. Le massif volcanique de Belletête occupe toute la partie nord de l'île et culmine à près de 1 400 mètres. Au-dessus de 1 000 mètres, les pentes et les cuvettes de son cratère éteint sont recouvertes d'une végétation peu élevée mais très dense qui forme une muraille presque impénétrable. J'avais débarqué là sur la foi d'un court récit de Saint-John Perse, lequel appartenait, sous le nom d'Alexis Léger, à l'une des plus anciennes familles françaises de la Guadeloupe dont il utilisait la mémoire pour nourrir son inspiration. Il racontait qu'une race de grands singes peuplait le sommet du mont Belletête et qu'il n'était pas rare, en des temps encore récents, de voir l'un ou l'autre de ces animaux pénétrer dans les jardins et jusque dans les maisons des colons, s'emparer prestement de nourriture, de vêtements — il parle même d'une poupée volée dans une chambre d'enfant et emportée dans ses bras par une guenon maternelle —, sans que les propriétaires des lieux s'opposassent à ces larcins par une sorte d'accord tacite, qui, ainsi que le souligne Saint-John Perse, relevait d'une crainte superstitieuse. En réalité, personne n'en avait vu depuis longtemps, mais les vols n'avaient pas cessé pour autant. On entendait quelquefois les cris rauques, inarticulés, des grands singes regagnant leur volcan. Au moins le supposait-on. Il y avait seulement eu transfert de légende, les Igneris assassins se métamorphosant en grands singes chapardeurs, ce qui est parfaitement inconcevable : il n'a jamais existé de grands singes aux Antilles, mais de petits sapajous à longue queue qui deviennent de plus en plus rares... Alors, qui ?

Car, s'ils ne se manifestent plus guère, l'on m'a assuré, à Saint-Christophe, que les inconnus descendent encore du volcan jusqu'aux premières régions habitées, à mi-pente. Quittant ma voiture à l'extrémité de la piste carrossable, j'étais donc monté à pied jusqu'à la dernière maison, à environ un quart d'heure de marche des premières défenses végétales du sommet du mont Belletête. C'était une case en bois occupée par un vieux nègre qui y vivait seul en compagnie de ses poules et d'un cochon, et cultivait son carré de manioc. Il faisait grand vent sur la montagne, ce jour-là. Venant de l'amont, une sorte d'étrange concert de casseroles me fit tendre l'oreille. Le vieux nègre souriait d'un air énigmatique.

— Aujourd'hui, ce n'est que le vent, dit-il.

J'avais apporté une bouteille de rhum, des cigarettes. Il recevait rarement des visites d'en bas.

— Et d'en haut ? demandai-je.

Sans répondre, il me conduisit à une trentaine de mètres de son potager, jusqu'à un réseau de ficelles tendues sur des bâtons à trente centimètres du sol. Des boîtes de conserve vides y pendaient et s'entrechoquaient sous le vent.

— La nuit, dit-il, le vent cesse. S'ils viennent, je les entends.

J'entrai dans le jeu. Ma règle est de ne jamais manifester d'étonnement et de limiter mes questions comme si tout allait de soi.

— Et quand vous les entendez, que faites-vous ?

— Je m'enferme dans ma maison et je boucle mes volets.

— Ils vous volent ?

— Peu de choses. Je suis pauvre.

Je sentis très précisément que je n'avais plus droit qu'à une seule question. A moi de la formuler au mieux.

— Mais pourquoi les entendre sans réagir ? Pourquoi vous laisser voler ? Vous pourriez vous défendre, installer des pièges...

— Certes, répondit le vieux. Mais alors, je saurais... Est-il permis de savoir ?

Il n'est jamais permis de savoir. Cela, j'en ai la conviction. C'est ainsi que les mythes demeurent, plus nécessaires à l'homme que le pain. D'ailleurs, aucun nom n'avait été prononcé, seulement : « ils ». Nous avons bu un autre coup de rhum, en silence, à la santé des inconnus, et je suis redescendu dans la plaine...

En Dominique, j'eus plus de succès. L'étoile s'alluma, puis s'éteignit, au firmament des peuples perdus, mais au moins l'avais-je entrevue.

Je cherchais des nègres marrons, quête improbable, traversant pour la énième fois cette île sauvage et luxuriante d'est en ouest, par une route de montagne déserte, au sein d'une épaisse forêt, lorsque le mythe me rattrapa au tournant sous la forme d'une espèce de Sioux blond d'une sous-tribu particulièrement dépenaillé, aux cheveux longs serrés par un bandeau rouge au front. Un sac à armature était posé à ses côtés sur le bord de la route où le Sioux se tenait accroupi, agitant mollement un poing prolongé par un pouce tendu. Un routard... Espèce quasi inconnue aux Antilles. Routard d'élite, loin de Katmandou et du Machu Picchu. Et puis sa tête me plaisait. Il y avait de la génération spontanée dans sa présence insolite en ces lieux.

— D'où venez-vous ? lui demandai-je, en ouvrant la portière de ma jeep.

— De là.

Il me désignait du doigt une vague trace sous un

massif de fougères arborescentes géantes et qui disparaissait aussitôt dans la forêt.

— Qu'est-ce que c'est ?

— Un sentier. Vous m'emmenez à Roseau (la petite « capitale » de la Dominique) ? Je vais me chercher un bateau...

— Montez. C'est vraiment de là que vous venez ? Où conduit le sentier ?

— Dans les montagnes du nord.

J'examinai ma carte. Pour ceux qui connaissent la Dominique, j'avais pris la route de l'intérieur, une vertigineuse succession de nids-de-poule, baptisée *transinsular road*, et nous nous trouvions dans la *central forest*, au centre géographique de l'île. Tout le pays au nord de la route était classé *inhabited*, ce qui n'avait rien d'étonnant à considérer l'extraordinaire fouillis de collines et de montagnes, le relief tout à fait fou et la végétation somptueuse qui dressait d'épaisses murailles successives de toutes les gammes du vert jusqu'au morne Diablotin, la plus haute montagne des Petites Antilles dont on ne voit jamais le sommet, toujours couvert d'épais nuages seulement traversés d'arcs-en-ciel. Sur la carte, pas la moindre indication du sentier. Je la montrai au routard.

— Il n'y a personne par là. Pas de sentier, pas de maisons, pas de villages.

— On le dit. Regardez.

Il me tendait sa propre carte, simple feuille de cahier où étaient tracés à la main la route où nous nous trouvions, un repère fait d'une croix avec l'indication d'un arbre pour identifier le tournant — immense mahogany planté là et que j'avais d'ailleurs remarqué — et le départ du sentier qui figurait sur la carte du routard en pointillé, traversant des rivières en des points marqués *gué* et se glissant entre des sommets au profil dessiné à la façon des anciennes cartes, jusqu'à un point rouge simplement indiqué : *hameau (huit heures de marche)*. Aussitôt après le hameau, le pointillé se finissait en flèche avec l'inscription suivante : *Marcher vers le nord pendant vingt heures en franchissant sept rivières, puis suivre le cours de la huitième vers l'ouest pendant une heure.*

— Vous avez trouvé le trésor ? lui demandai-je.

— Il ne s'agit pas de trésor.

— Etes-vous allé jusqu'au bout ?

— Non. Je me suis arrêté au hameau. C'est déjà crevant comme parcours. Il faut grimper. Ça glisse. J'ai failli me casser la gueule vingt fois. Il y a des précipices terribles. Quand il pleut, les rivières gonflent d'un coup. Il faut les traverser à la nage, dans le courant. J'ai failli me noyer. Au retour, elles avaient baissé.

— Le hameau est habité ?

— Il l'est.

— Qui a dessiné cette carte ? Est-ce vous ?

— Pas moi. Un copain.

— Il a vécu ici ?

— Deux ans. Il lui a fallu un an pour se faire admettre par les marrons de la montagne, ceux de la huitième rivière. Le hameau, c'est quelque chose comme leur poste frontière, leur tour de guet.

— Comment les avait-il trouvés ?

— Je n'en sais rien. Il n'est pas bavard. Il m'a seulement donné la carte et demandé de retrouver une fille.

— Où est-il aujourd'hui ?

— A Nanterre. Il s'est marié. Il travaille. Il vit dans un quatorzième étage. Il ne reviendra plus.

Le testament du routard... On passe le témoin, on disparaît dans une H.L.M., mais la vie parallèle continue. Il en est ainsi depuis la nuit des temps, en marge du troupeau. Je n'avais aucune raison de douter de ce témoignage, pas plus que je n'en avais de le croire, hors de toute preuve. Mais dans cette alternative, j'écarte toujours le doute. Je choisis la foi, j'embrasse la naïveté, je cours à l'illusion. Il existe des nègres marrons dans les montagnes de la Dominique...

Entre deux cahots de la route, tandis que nous descendions vers Roseau, je demandai à mon passager :

— Cette fille ? L'avez-vous retrouvée ?

— Oui, au hameau. Elle allaitait un bébé presque blanc qui devait avoir six mois. Elle tenait une sorte d'auberge dans l'une des trois cabanes du village ; plutôt un relais ; une case où l'on pouvait dormir et se reposer à l'abri avant de se taper les sept rivières. On n'y dormait jamais seul. C'est ainsi qu'elle subsistait. Une jolie fille, d'ailleurs... Elle attendait.

— Qu'attendait-elle ?

— Mon copain. Il avait dû lui promettre de l'emmener, quelque chose comme ça. Quand je lui ai dit qu'il ne reviendrait plus, elle n'a pas ajouté un mot. Elle a empoigné son bébé et a pris le chemin des rivières. Pauvre Arouague! Je l'aurais bien emmenée, moi, mais qu'est-ce que j'en aurais fait?

Tilt! Au jeu des vies parallèles, il arrive qu'on gagne une partie gratuite, par hasard...

— Arouague! dis-je. Qu'est-ce que cela signifie?

— Ben son prénom, quoi! Elle s'appelait Arouague.

— Savez-vous ce que cela veut dire?

— Non.

— Et votre copain, le savait-il?

— Il ne m'a rien dit.

C'est moi qui tenais le fil, avec le brave père Breton à l'autre extrémité. Restait à tirer dessus pour vérifier sa solidité.

— Cette Arouague? Comment étaient ses cheveux? Crépus?

— Non. Lisses et longs. Elle en était très fière et les lavait souvent à la rivière.

— Et sa peau? Noire?

— Plutôt cuivrée. Pour moi, vous savez, toutes les peaux douces se valent.

— Mais ses yeux? Ses pommettes? Un peu bridées? Tirées vers les tempes?

— Elle avait des yeux magnifiques, comme vous le dites. Pourquoi ces questions? Il y a eu de sacrés mélanges, aux Antilles.

— Sans doute, mais celui-là est rare. Votre Arouague était... une Arouague. La race était devenue prénom. J'imagine qu'elle n'en savait pas plus.

Comme je lui racontais l'histoire des Igneris, il dit seulement :

— Mon Dieu...

De l'avoir tenue dans ses bras et d'avoir pénétré dans son ventre, elle, une Arouague, dernier maillon d'une race, peut-être lui venait-il après coup la sensation nouvelle d'avoir accompli une sorte de rite religieux. J'ai dit que ce routard, sous des apparences contraires, me semblait de noble nature. Au demeurant, j'ai connu, moi aussi, ce sentiment. Avec Rose... Je me suis confessé là-dessus, il y a déjà quelques années, dans un autre livre, mais je trouve cette histoire si... précieuse (c'est le meilleur qualificatif qui convienne) que je crois que je n'hésiterai pas à parler de Rose une seconde fois. Elle n'imagine certainement pas, ni pourquoi, la place qu'elle a tenue dans ma vie...

— Puisque vous rentrez en France, me dit le routard, racontez tout cela à mon copain. Moi, je fais le tour du monde.

Il me donna une adresse à Nanterre, une de ces adresses à vous dessécher le cœur, bâtiment D, escalier F, quatorzième étage, couloir C, porte... Je déposai mon passager à l'entrée de Roseau, devant le mouillage des yachts, puis m'en fus au quartier général de la police où je savais trouver une grande carte détaillée de l'île et où, le jour de mon arrivée, on m'avait reçu aimablement. Elle occupait tout un mur du bureau du *chief constable* et datait d'une dizaine d'années, du temps où les Anglais, préparant leur repli, s'efforçaient de transmettre deux ou trois choses utiles avant de filer en se lavant les mains. Une bonne carte... La dernière : il n'existe plus de service topographique dans l'Etat indépendant de la Dominique. Au tournant où j'avais ramassé mon routard, pas le moindre sentier ne figurait. Plus loin, au nord, on distinguait nettement les huit rivières successives, s'intercalant entre les lettres d'une inscription qui précisait en anglais : *Terres inhabitées*.

Revenu en France, je m'en fus à Nanterre, bâtiment D, escalier F... Nous ne jouerions point d'autre partie gratuite. Le père du dernier bébé arouague s'était envolé vers quelque autre volière de béton sans laisser la moindre adresse. Chacun l'avait oublié. On ne se souvenait même plus de son nom. Plusieurs locataires avaient dû se succéder dans le logement qu'il avait occupé. Celui qui m'entrouvrit la porte était un Kabyle aux yeux bleus. Lui aussi avait perdu sa propre piste...

5

Les Taïnos, Arawaks d'Haïti • Chasse aux « Zip-Zip » et aux « Viens-Viens » • Lucile, Indienne de nation • Une piste sérieuse • Des hurlements dans la montagne • Et ce ne sont pas des singes que j'ai vus ! • Seul en jeep et tout près du but • J'appelle • Fin de piste

Là, il faut s'avancer prudemment ; à la lisière du rêve et de la réalité.

Hormis les recherches personnelles que j'ai menées en Haïti et qui furent loin d'être couronnées de succès, je ne puis m'appuyer que sur deux témoignages. Le premier, datant de 1862, était une lettre signée par un historien de Saint-Domingue nommé Carlos Nouel. L'autre, verbal, me fut à moi-même certifié par un pilote d'hélicoptère de la F.A.O. Je ne sais si cela suffit pour en déduire que des hurlements et des silhouettes perçues au sommet d'une montagne attestent l'inconcevable survivance d'une race morte.

Il faut savoir qu'en 1517, déjà, soit vingt ans seulement après le deuxième débarquement en force des frères Colomb, il n'existait plus que mille Indiens dans toute l'île d'Hispaniola (Haïti et Saint-Domingue). On suppose que ces survivants appartenaient au peuple amérindien des Taïnos, de la famille des Arawaks, Arouagues ou Igneris, indigènes d'un naturel doux et pacifique, colonisés par les Caraïbes avec lesquels ils formaient une sorte de nation dont ils étaient les serfs. Les terribles guerriers caraïbes, c'est-à-dire l'ossature de cette nation, avaient presque tous été tués au combat, ou encore s'étaient suicidés en se précipitant dans la mer, le reste étant exécuté à la hache par les Espagnols, comme Caonabo, cacique du Xaragua, et Cotubanama, cacique du Hughey. Désemparés, les derniers Taïnos avaient été réduits en esclavage et mêlés aux nègres d'Afrique dans les plantations où la plupart périrent de tristesse et de mauvais traitements. Le dernier sursaut vint trop tard, lorsqu'un tout petit nombre d'entre eux, rejetant la docilité congénitale de la race, prit le maquis dans les montagnes et les vallées inaccessibles du massif de La Selle, au sud de l'île.

Voilà, résumé, à peu près tout ce que j'en savais en débarquant en Haïti. Ecrivain français, j'y fus très bien reçu. On y rencontre des gens délicieux qui tiennent salon comme au XVIIIe siècle, déclament du Mallarmé ou jouent aux bouts-rimés.

— Indiens ! me dit une charmante vieille dame de la bonne société de Port-au-Prince à laquelle je m'étais confié, mais dans les meilleures familles, nous le sommes tous un peu !

En ce qui la concernait, ce pouvait être vrai. L'album de famille de la vieille dame recelait une mine de daguerréotypes louis-philippards où de beaux mulâtres avantageux, cravatés jusqu'au menton, semblaient tenir de longs discours fleuris. Parmi eux, une femme âgée, à la mine figée, qui, pour sa part, n'avait pas l'air de prononcer un mot.

— L'arrière-grand-mère de ma mère, dit la dame. Une Indienne Taïno.

Hormis ses cheveux lisses et ses pommettes saillantes, rien ne la distinguait des autres. Mais, traversant cent vingt années, son regard exprimait encore le silence, seule de son espèce et noyée dans les flots de rhétorique de cette race d'orateurs. La vieille dame égrenait son gotha :

— Les Rossignol, à Pétionville, descendent également d'une Indienne, de son nom chrétien Eléonore Pierre. Les Sylvain, les Madiou prétendent aussi au sang taïno. La famille Dartigue vénère Catherine Marcy, dite Dartigue-Longue, métisse libre de la ville des Cayes...

J'interrogeai tous ces gens-là. Hors de la revendication d'une hérédité taïno, rien n'était parvenu jusqu'à eux. Des Indiennes muettes, ils n'avaient rien reçu, rien retenu. Une sorte de snobisme, sans plus, celui de chasser le sang africain de leurs veines.

— Des Marabouts, oui ! exactement comme moi ! Voilà ce qu'ils sont le plus souvent, me dit un ami haïtien fort mondain, témoin amusé des manies et travers de sa classe. Voyez mes cheveux, mon nez, mes pommettes. Tout cela en provenance directe de Mauritanie. Une race superbe ! Rien du nègre ! Arrivage limité ; aux enchères, on se les arrachait, tandis qu'ils récitaient leur Coran sans jeter un regard aux acheteurs blancs. D'où leur nom : Marabouts. Mon cher ami, croyez-moi, ce n'est pas là que vous trouverez vos Indiens. Cherchez plutôt du côté des « Viens-Viens », des « Zip-Zip »...

Je n'en vis point, naturellement, mais cette fois, on m'en signala partout ! A Kenscoff, à Saltrou, à Gressier, Morne-à-bateau, Petit-Goâve, et jusque dans le Nord, à Grande-Rivière, Pignon, Maïssade. Je sillonnais Haïti en tout sens et Dieu sait que même à bord d'une jeep neuve, ce n'est pas un exercice de tout repos ! Un jour, lors du passage d'un gué particulièrement périlleux à travers une rivière en crue, j'avais fait affaire avec une trentaine de braves types qui portèrent ma jeep, à bras, jusqu'à l'autre rive, et la hissèrent sur le talus comme un énorme paquet tandis qu'à ma portière, dans l'eau jusqu'aux épaules, un nègre hilare dont je ne voyais que la tête me racontait comme une bonne blague qu'il était polonais ! Une étrange histoire napoléonnienne de lanciers du corps expéditionnaire de

Saint-Domingue ayant fait souche dans le pays. Il y en avait tout un village, Crisqui (Kriski, je suppose), dont je signale l'existense aux amateurs de chemins parallèles. Mais, sur le coup, j'enrageais ! Dénicher un nègre polonais, à dix mille kilomètres de la Pologne et trois jours de piste de Port-au-Prince, se révélait finalement plus facile que d'apercevoir au moins *un* descendant d'Indien, fût-il Zip-Zip ou Viens-Viens.

Avec les Zip-Zip, je me lassai vite. Un poème que ce nom-là ! En Haïti, le patois créole déploie ses images. Ce sont les mouches qui font « zip », zébrant l'air de leurs traits capricieux. Et « zip » font aussi les mains des Zip-Zip, agitées de tremblements incontrôlables. D'après ce qu'on m'en avait dit, le croisement de survivants indiens et de nègres, du côté de Petit-Goâve, n'avait pas donné les meilleurs résultats. Atteints d'une maladie nerveuse héréditaire, les Zip-Zip étaient connus pour trembler du chef, de la voix et des mains. Ils avaient eu si peur, jadis, lors des grands massacres de Taïnos pacifiques, qu'ils en tremblaient encore à la quinzième génération. Le sang des esclaves fugitifs auxquels ils s'étaient mêlés n'avait fait qu'aggraver leur panique rétrospective. Une histoire à dormir debout...

Je dormais au volant, sous une chaleur écrasante de juillet, marmonnant par habitude « Zip-Zip ? » au passage d'un village de chaume desséché envahi de mouches et de moustiques, lorsqu'on poussa devant moi un couple de trembleurs baveux. Depuis le temps que je clamais ma bizarre quête de Zip-Zip à cinquante kilomètres à la ronde autour de Petit-Goâve, on s'était débrouillé pour m'en trouver. Vingt chasseurs de prime se battaient aux portières de ma jeep, réclamant une récompense que je n'avais nullement promise. « Zip-Zip », dirent stupidement les deux baveux, à qui on avait appris leur leçon. C'était trop en faire. Métis (et non mulâtres, on connaît la nuance), ils l'étaient certainement, mais de quoi et de qui ? Si leurs traits avaient pu présenter naguère un quelconque caractère taïno, on n'en distinguait plus rien sous les ravages de leurs visages en ruine, agités de tics épouvantables. De peau cuivrée, certes, mais c'était bien leur seule référence au passé. Et vérolés jusqu'à la moelle, la cervelle bouffée ne commandant plus à leur corps. Je les emmenai boire un rhum sous la case-bistrot. Tandis que les chasseurs de prime faisaient cercle, je tentai de les interroger. Ils ne savaient même plus leur nom. Je leur tendis quelques dollars et m'en fus, dégoûté.

Dehors, près de ma jeep, sitôt qu'il m'aperçut, un costaud parfaitement normal quelques instants auparavant se mit à trembler de tous ses membres, sauf la main ferme qu'il me tendait. Je m'enfuis.

Chez les Viens-Viens, même échec, mais pas de même nature. Je marchais sur un terrain plus solide où m'avaient précédé quelques historiens raisonnables. Pas de raison de douter de l'existence de Viens-Viens, ainsi nommés par corruption du mot

« indien », à moins que ce ne fût par analogie à leur cri de ralliement habituel. Autre chose plaidait en faveur de leur authenticité : leur goût à s'établir sur les hauteurs, loin des agglomérations, sur des pentes raides, la tête dans les nuées d'orage. De leur passé de gibier traqué, ils avaient conservé cette méfiance congénitale à l'égard de tout être humain étranger à leur clan, fût-il nègre : au temps de la colonie, lors des battues à esclaves fugitifs, les maîtres blancs poussaient devant eux, à coups de fouet, des armées de rabatteurs noirs. Mes informateurs en avaient tous rencontré, autrefois, quand la route de La Selle était encore vaguement carrossable au-delà du dernier village de Furcy. Ils me les décrivaient comme ayant la figure large, les pommettes saillantes, le nez fin, morphologie classique de l'Indien, avec, en plus, un menton pointu orné d'une barbiche, détail surprenant chez cette race presque imberbe. Grimpant jusqu'à Furcy, à plus de 1 600 mètres d'altitude, grâce aux quatre roues motrices de ma jeep, je n'aperçus pas la moindre barbiche.

Il est vrai que tous ces renseignements faisaient appel à des souvenirs anciens : « En 1932, au pied du versant sud de La Selle, j'ai entretenu des relations d'amitié avec des Viens-Viens de Saltrou [1]... » Ou bien : « Sur l'habitation Lamarque, à vingt kilomètres à peu près de Kenscoff, j'ai encore vu des Viens-Viens en 1941... » Rien de plus récent. Le temps avait passé, puis l'effroyable tunnel du

1. Aujourd'hui rebaptisé Belle-Anse.

régime Duvalier, pendant lequel le pays, retournant au Moyen Age, avait vu son maigre réseau routier réduit à l'état de nature et le massif de La Selle s'estomper dans le lointain des terres inaccessibles. Je cessai mes recherches. Je cessai même de rêver, ce qui, chez moi, a toujours été le signe du découragement. Depuis 1941, l'année de la plus récente de mes informations, mon rêve avait eu largement l'occasion de mourir, ou bien de se dissoudre dans les bidonvilles côtiers, comme mes Indiens Guanaquis du bas Pérou oriental. A moins qu'il ne fût mort depuis plus longtemps encore, le 5 mai 1833.

A cette époque, sous la longue présidence du général Boyer, la république d'Haïti connut son unique période d'ordre et de prospérité avant de sombrer sous les dictatures en série d'une effroyable succession de guignols. Notamment, au moins dans le Sud, les archives nationales furent scrupuleusement gérées.

C'est ainsi que l'historien haïtien Jean Fouchard [1] put y chercher lui-même la réponse au mystère des survivances taïnos : « Nous avons poursuivi ce travail épuisant dans les registres existants, écrivait-il, pour avoir la chance de trouver enfin l'acte de décès le 5 mai 1833 de Lucile, Indienne de nation, morte à environ cent vingt ans. » Il ajoutait mélancoliquement : « L'obscur officier d'état civil qui enregistrait ce décès eut-il jamais le sentiment qu'il dressait pour

1. *Les Aborigènes d'Ayti,* Editions de l'Ecole, Paris, 1972.

l'histoire le procès-verbal de l'extinction de la plus ancienne race aborigène d'Ayti à travers son ultime survivant ? »

Arouague, Lucile, Rose, et Anna, dont je parlerai, vestales d'un feu mort... Je décidai de quitter Haïti rapidement, le temps seulement de reprendre haleine et de me refaire une santé à l'air frais des montagnes.

J'allai donc m'installer quelques jours dans une petite villa qu'on m'avait prêtée à Kenscoff, à 1 500 mètres d'altitude, sur ce plateau planté de pins qui précède les grands escarpements de la Cordillère méridionale. Et le soir, contemplant de ma chaise longue le massif de La Selle, je relisais pour la centième fois, à la lueur d'une chandelle, la correspondance de Carlos Nouel qui avait motivé mon voyage, cette lettre qu'il avait adressée de Santo-Domingo, là-bas, de l'autre côté de la montagne, à son ami le docteur Dehoux, à Port-au-Prince. Affirmant comme certaine l'existence d'Indiens réfractaires, « en nombre assez considérable », dans les solitudes de la Cordillère, le signataire de la lettre les décrivait se nourrissant de racines, de chasses et de rapines. Il ajoutait, de façon précise : « En 1862, mon beau-frère J. Bodabilla, commandant de la commune de Barahona, au pied du versant dominicain de La Selle, eut l'occasion de s'emparer d'un couple de Viens-Viens. Ils étaient vieux, et, dans leur baragouin, prononçaient quelques mots français. L'homme connaissait le biscuit et en mangea.

La femme avait des instincts d'anthropophagie. Ils furent conduits à Santo-Domingo où je les ai vus. Ils moururent quelques mois après leur arrivée. Lorsque ces deux Viens-Viens furent pris, leurs compagnons se groupèrent le soir sur le pic d'une montagne et poussèrent de hauts cris et des hurlements. »

Dans les archives de *La Naciòn,* le plus vieux journal de Saint-Domingue, où j'avais passé quelques jours, nulle trace d'autres captures de ce genre... En dépit du « nombre assez considérable » de Viens-Viens de la montagne avancé par Carlos Nouel, j'avais dû me rendre à l'évidence. Le silence des hurleurs, c'était le silence de la mort. Après plus de cent vingt années, cela n'était guère étonnant. Mais pourquoi persistais-je, contre toute raison ? Je ne pouvais détacher mes yeux de cette montagne magnifique. Des Alpes sans neige, parcourues de ruisseaux, des forêts touffues sur les plateaux, puis des pentes herbeuses s'élançant vers les arêtes rocheuses acérées des sommets. Dépaysement total. Région inhabitée. Les nègres qui s'y aventuraient trop haut ou trop loin en redescendaient bien vite, saisis de terreur à la vue de l'eau qui gelait parfois, l'espace d'une petite heure, par les nuits les plus froides, en une fine pellicule de glace à la surface des flaques. Pour eux, trop de génies maléfiques hantaient et hantent toujours cette montagne. J'y reçus quelques visites d'amis français, souvent de jeunes coopérants aussi rêveurs que moi, à qui je ne manquais pas de lire la lettre de Carlos Nouel. Après quoi nous contemplions longuement le morne de La Selle, le plus haut sommet d'Haïti avec ses 2680 mètres, comme s'il s'agissait d'une autre planète habitée en d'autres temps, sur laquelle nous ne savions rien et que nul être humain ne pourrait atteindre.

L'avant-veille de mon départ, l'un de ces jeunes gens, collaborateur volontaire de la F.A.O., m'amena un collègue anglais, conseiller technique pour les eaux et forêts, et pilote d'hélicoptère, spécialiste des reconnaissances aériennes en montagne de régions à développer. Lui aussi quittait Haïti, mais pas pour les mêmes raisons que moi, écœuré par l'incurie et la corruption qui régnaient à tous les niveaux. On l'avait envoyé survoler le massif de La Selle pour dresser le plan de ce qui pouvait être sauvé des forêts laissées à l'abandon, étudier d'autres zones de boisement ou d'élevage bovin en altitude. Mon pilote s'en foutait, désormais. Les ministres s'étaient déjà partagé le terrain sur le papier, réclamant l'octroi à eux-mêmes des subventions de la F.A.O. prévues pour le projet de La Selle. Mais ce n'était pas cela qu'il était venu me raconter.

— Voyez, là-bas, me dit-il en tendant le bras vers les montagnes, juste avant le grand morne de La Selle, il y a deux sommets jumeaux un peu moins élevés, avec, entre les deux, une échancrure rocheuse. On ne peut pas s'en rendre compte d'ici, mais il s'agit d'une véritable vallée tout en longueur, très verte, probablement à cause d'une source. Sur ce versant-ci, elle se termine brutalement par un précipice. Sur l'autre, par des amas de rochers qui forment une sorte d'escalier de géant.

Je distinguais mal, même à la jumelle. A vol d'oiseau, une quarantaine de kilomètres nous en séparaient. Mais je regardais passionnément, pressentant ce qu'il allait me dire.

— Je ne me suis pas trop approché, continua le pilote. Les vents sont violents, là-haut, avec des rabattants très dangereux. Et ce ne sont pas les couillons d'ici qui seraient venus m'y rechercher. Avec quoi, d'ailleurs? Il n'y a plus le moindre sentier, là-bas, et mon hélico était le seul du pays. Je suis donc resté à distance prudente; environ cent mètres. Cela suffit pour ne pas prendre un singe pour un homme. Et ce ne sont pas des singes que j'ai vus!

J'étais prêt à le croire. Encore une fois, je le répète, il n'existe aucun grand singe aux Antilles. Personne n'en a jamais vu. Les sapajous à longue queue ne peuvent prêter à confusion. Au demeurant, en Haïti, ils sont tout petits, et fort rares.

— Ils étaient trois, poursuivit le pilote. Je ne les avais pas repérés tout de suite car un taillis me les cachait. En fait, je ne les ai vus réellement, mais de dos, que lorsqu'ils se sont enfuis. Cela n'a pas duré cinq secondes. Ils ont filé vers des anfractuosités de rochers, comme des lézards. Je crois qu'ils étaient entièrement nus, mais je n'en suis pas certain. En tout cas, leur peau était d'un brun sombre. Je me souviens parfaitement d'une très longue chevelure noire; une femme, probablement. Je suppose aussi qu'ils n'étaient pas très vieux, car ils couraient dans les rochers avec une agilité extraordinaire. Mais pas des singes, encore une fois. Je vous jure que je n'ai pas vu la moindre queue. Ce jour-là, je suis passé cinq fois de suite au-dessus de cette vallée, mais ils n'ont plus bougé de leurs trous. Je n'ai pas vu non plus de trace de feu, ni quoi que ce soit qui pût marquer un établissement humain. Seulement, près du taillis, à l'endroit le plus plat de la vallée, une sorte de circonférence où l'herbe semblait avoir été piétinée. Le lendemain, je suis revenu, mais pas de front. J'ai fait un long détour le long de la montagne pour essayer de les surprendre. Je n'ai vu personne. Ils avaient dû m'entendre et se terrer dans leurs tanières. A moins qu'ils n'aient quitté les lieux. Mais comment ? Même l'escalier de géant, sur la rive nord de la vallée, donnerait du fil à retordre à une cordée de grimpeurs confirmés. Mais puisqu'ils étaient montés jusque-là, ils pouvaient tout aussi bien redescendre. L'aire piétinée avait également disparu, comme s'ils avaient redressé chaque touffe d'herbe une à une avec les mains. Une semaine plus tard, juste avant de démonter mon hélico, j'ai effectué un dernier passage. Rien n'avait changé. Comme si j'avais rêvé...

Voilà, transcrit à peu près fidèlement, le récit du pilote anglais. C'était un homme discret qui en avait par-dessus la tête d'Haïti et souhaitait n'y revenir jamais. Il n'en avait soufflé mot à personne, sauf à notre jeune ami français. Nous parlâmes encore longuement de cette vision, la nuit tombée, alors que nous ne distinguions plus sous la varangue que les points rouges de nos cigarettes. En dépit des certitudes de mon interlocuteur, je ne concevais pas d'autre définition que « vision » pour apprécier la scène fugitive dont il avait été le témoin. Cinq secondes. Peut-être trois ou quatre. Peut-être l'ombre mouvante de son hélicoptère sur le taillis battu par les vents. Selon lui, impossible de confondre. Nous nous demandâmes pourquoi ces naufragés de la montagne n'avaient pas appelé, ou tout au moins adressé de grands gestes au passage de l'hélicoptère que pilotait un de leurs semblables parfaitement visible dans sa bulle transparente. Et si, précisément, c'était leurs semblables qu'ils fuyaient ?

Regagnant Port-au-Prince, l'Anglais et le jeune Français me quittèrent tôt, le lendemain matin, sous une lourde pluie de juillet. Leur départ me convenait. Pour ce qu'il me restait à faire, je préférais être seul. Lorsqu'on les pousse à l'excès, il devient impossible de partager ses rêves. Certaines actions dépourvues de logique ne trouvent de résonance qu'en soi-même. Je savais parfaitement qu'il était inutile de prolonger mes recherches, que les quelques heures qui me restaient n'y suffiraient pas, qu'une vie n'y aurait pas suffi, que même une expédition lourde organisée spécialement n'aurait pas trouvé d'autre terme que de revenir bredouille du massif de La Selle. Je savais tout cela, mais, tout ce que je souhaitais, c'était simplement *m'approcher*. Qui me comprendra, lorsque je parle d'approche et que le but en est justement un mythe inaccessible ? Dieu, religions, mystères de la destinée, l'homme approche sans avancer. Qui peut-il gagner ? Rien. Si ce n'est justement la volonté de s'approcher ; c'est-à-dire la foi. J'y fourrais aussi mes Viens-Viens de la montagne.

Sous la pluie, je montai encore une fois à grand bruit de moteur jusqu'au village de Furcy, franchissant sous leurs regards incrédules le dernier barrage des tontons macoutes qui veillaient aux frontières du néant. Une dizaine de kilomètres plus loin, parvenu au point où la piste devenait tout à fait impraticable et que je n'avais jamais dépassé, ma jeep se cabra comme un cheval, et, cependant, je continuai.

Très vite, ce qu'il restait de la piste disparut complètement. Accroché à mon volant, je roulais dans le lit d'un ruisseau qui commençait à grossir, au milieu d'une clairière à la végétation basse hachée par la pluie. Voilà des années, sans doute, que personne n'était plus venu là. Chaque mètre que je gagnais m'éloignait du monde des hommes. J'ignorais où les inconnus de la montagne plaçaient leur frontière invisible, et jusqu'où, de leur côté, ils avaient osé s'aventurer vers ce monde que je quittais. Tout ce que je souhaitais, encore une fois, c'était éprouver en moi-même la sensation presque sidérale de croiser leurs pas aux portes de l'imaginaire. S'ils existaient, ils ignoraient tout de nous, et nous, nous ne saurions jamais rien d'eux. C'est le confluent de ces deux ignorances que je voulais atteindre, sans avoir aucune chance de le voir se matérialiser. Peut-être l'air que je respirais allait-il prendre une autre saveur? Ou bien allais-je me sentir subitement oppressé, comme un enfant qui s'avance, la nuit, dans un jardin vide, et s'enfuit parce qu'il s'y croit observé?

Toujours dans le lit du ruisseau, avec de l'eau au ras du moteur, je pénétrai sous la forêt qui montait en pente douce vers le flanc d'un petit morne. Une centaine de mètres plus loin, le ruisseau prenait sa source à une cascade et je dus abandonner ma jeep et poursuivre à pied, enjambant les troncs d'arbre pourris de cette jungle alpine. Je marchai environ une demi-heure jusqu'au sommet du petit morne, et là, à travers un rideau de verdure d'où tombaient d'épaisses gouttes de pluie, j'entrevis à nouveau, au loin, les sombres pentes du massif de La Selle. En dépit de mes efforts, il ne semblait même pas s'être approché, et puis ses sommets disparurent au milieu de lourds nuages gorgés d'eau.

Je restai là un long moment, transi, ruisselant, les yeux fixés sur la muraille de pluie. Il me vint l'étrange idée d'y dresser une tente et d'attendre, parce qu'il m'était bon d'être ici, en compagnie de l'invisible, comme Simon Pierre, au mont Thabor, le soir de la Transfiguration.

J'en fus quitte pour un énorme rhume. Le lendemain, j'avais quitté Haïti.

6

Début de piste à Lausanne • Une superbe créature • Où l'on fait connaissance des Kalliganos • Les Caraïbes de la Grande Vigie, en Guadeloupe • Pauvre Nestor ! • La supplique de 1882 • Nuit avec Rose, sauvagesse libre

Ce n'est pas l'usage masculin de fixer son attention sur les ailes du nez, le pli des paupières et le lobe d'oreille d'une superbe créature entièrement nue sur la scène d'un cabaret. Surtout lorsqu'elle cambre jusqu'à l'horizontale son corps souple à peau de caramel pour le difficile exercice du *limbo*, la pointe de ses seins effleurant la baguette enflammée tendue à vingt centimètres du sol, et que, ses pieds reposant seuls à terre, elle se glisse et se love comme un serpent sous l'obstacle.

C'était il y a une vingtaine d'années. Je cherchais

fortune à Lausanne, au sortir d'une conférence que je venais de donner au palais Beaulieu. Familier de cette charmante ville, j'avais retrouvé les yeux fermés le chemin montant bordé de boîtes qui prend juste au pont Central, près de cette église Saint-François qui a vocation de station d'autobus. Rose offrait, je l'avoue volontiers, tout ce qu'il fallait pour orienter le jeu complet d'une libido de bon aloi. Mais ce furent l'aile du nez et la paupière oblique qui emportèrent mon choix, et aussi le délicieux accent créole que Rose avait eu en chantant, car elle chantait aussi et fort joliment. Je l'invitai à ma table et lui posai tout de suite une question :

— Guadeloupe ou Martinique ?

J'avais déjà ma petite idée et j'étais sûr de ne pas me tromper.

— Guadeloupe. Vous connaissez ?

Si je connaissais la Guadeloupe ? Mais je ne connaissais que cela, et toutes les Antilles par-dessus le marché ! Je connaissais aussi ce genre de filles, artistes autant que putains et tenant à la nuance, trop belles pour se proposer comme une vulgaire marchandise. Avec ces filles-là, cela allait de soi ou cela n'allait pas. Une seule difficulté, car ces beautés ne sont pas fatalement stupides et Rose ne l'était pas du tout : trouver un bon sujet de conversation qui vous garde éveillé jusqu'au terme, entre deux verres et deux danses. Avec la Guadeloupe, je tenais le bon bout. Rose y était née et ne l'avait quittée qu'à vingt ans, dans les bagages d'un imprésario de cabaret en vacances. Je dois reconnaître qu'elle était bien tombée. Fille de paysans pauvres de la pointe de la Grande Vigie, en cinq ans, bien drivée, elle avait beaucoup appris. Elle savait aussi s'habiller, ne se laquait pas les ongles en bleu ou en argent, lisait un peu, écoutait volontiers, ne riait pas comme une pouffiasse, ne levait pas le petit doigt en buvant et recevait l'amour sans proférer de mots grossiers.

Nous parlâmes donc de la Guadeloupe, mais j'évitais la Grande Vigie, bien que cette région me fût familière, pour ne pas lui mettre la puce à l'oreille. Ce que je connaissais d'elle parce que je l'avais déduit de son physique, que j'avais tant cherché vainement en arpentant il y avait peu de temps encore la savane de la Grande Vigie, je voulais qu'elle me le dise elle-même, spontanément. L'expérience ne pouvait être probante que de cette façon. L'important n'était pas ce qu'elle représentait, puisque je l'avais déjà deviné, mais si elle en avait conscience ou non : tout était là. Tout juste m'autorisai-je, en dansant, une remarque à propos de son joli nez sauvé de l'épatement négroïde, de ses longs cheveux noirs à reflets bleus, une vraie chevelure et pas de la laine décrêpée. J'affectai de découvrir aussi l'oblique élégant de ses yeux, pour la mettre sur la voie, en passant, si toutefois elle la connaissait, mais me gardai de la moindre allusion à son originalité première : Rose était douée d'un ravissant petit derrière rond, discret et charnu à la fois, et pas d'un de ces faramineux culs que tant d'Antillaises traînent dans leur sillage comme si on les y avait attelées.

— Vous connaissez les filles de là-bas ? me demanda-t-elle.

Je répondis qu'à l'occasion cela m'était arrivé, mais que, le contre-racisme se développant en Guadeloupe, leur approche devenait de plus en plus malaisée.

— Evidemment, me dit-elle. Avec tout ce sang africain d'esclave qui leur remonte à la cervelle...

Rose, ma chère, pensai-je, je crois que nous brûlons. Elle enchaîna.

— Kalligano ? Vous savez ce que c'est ?

Je le savais, naturellement. C'était le nom de la tribu caraïbe qui occupait autrefois la Grande-Terre, en Guadeloupe. Le cacique Caonabo, en Haïti, était aussi un Kalligano.

— Ma mère était une pure Kalligano, reprit Rose. Je suis née près de l'habitation Pistolet, à la pointe de la Grande Vigie...

Et voilà ! La chance l'avait placée sur ma route ; et aussi l'inclination que j'avais à suivre les chemins parallèles. Le dernier maillon caraïbe que j'avais tant cherché sans succès, en Guadeloupe, voilà enfin que je le tenais ! Et le tenir aussi dans mes bras sous une apparence aussi harmonieuse ne faisait qu'ajouter un peu de merveilleux à l'affaire.

En fait, la population guadeloupéenne n'a jamais été marquée par la race amérindienne. Après cinq ans d'une guerre impitoyable contre les colons du gouverneur L'Olive, un combat sans merci de trente heures, les 16 et 17 mai 1640, scella le destin des Caraïbes de Guadeloupe. L'histoire et l'analyse des recensements au XVIIIe siècle ne laissent aucun doute à cet égard et attestent la rapidité de leur disparition. Rose ! ma Rose, écoutez la fine fleur des agrégés de géographie, entendez le professeur Lasserre qui sait tout de la Guadeloupe et dont je possède l'œuvre complète... A sa façon, c'est votre famille, votre clan, votre race qu'il salue : « En 1664, 15 sauvages et sauvagesses sur 11 347 habitants. 61 en 1671. En 1696, 8 sauvages et 8 sauvagesses. Le dernier recensement où ils sont comptés date de 1730. Passé cette date, les Caraïbes ne sont même plus mentionnés... »

Rose écoutait gravement. La trace qui menait jusqu'à elle semblait s'être perdue depuis plus de deux cents ans.

— Mais la Grande Vigie ? me dit-elle. Ce n'est pas par hasard que j'y suis née. Que ma mère y était née, épousant ensuite mon père, un bon nègre, ouvrier à l'ancienne sucrerie Pistolet, car il n'existait plus aucun homme de ma race...

Je notai le choix délibéré, pour la seconde fois. A cinquante pour cent, Rose pouvait opter d'un côté comme de l'autre : le sang des guerriers ou celui des esclaves.

— Rose, lui dis-je, allons nous asseoir. Je vais vous raconter la suite de votre histoire...

La danse n'avait plus rien à faire entre nous, échelle de valeurs périmée. Rose repoussa le maître d'hôtel qui tentait d'imposer la seconde bouteille de champagne et commanda bravement deux scotches, avec beaucoup de glace, ce qui, pour une danseuse qui fait la salle et travaille aussi au bouchon, représente pratiquement un acte de rébellion. Rien ne comptait plus que la Grande Vigie.

Aujourd'hui parc régional, aire de pique-nique, la Grande Vigie, en effet, *était* une réserve indienne. Par une sorte de traité signé le 20 mars 1660, les derniers Caraïbes survivants de Guadeloupe avaient obtenu, ou subi, l'isolement dans une concession située au nord-est de la commune de l'Anse-Bertrand, sur le plateau calcaire et sec des « Hauteurs caraïbes » de la pointe de la Grande Vigie. Je n'avais rencontré personne, en Guadeloupe, même dans la ville voisine de l'Anse-Bertrand ni dans les services de la Préfecture, qui en eût conservé le souvenir. Pour l'exhumer de l'oubli, il fallait un génial rat d'archives. Et je racontai à Rose comment, dans l'austère et monumentale thèse du professeur Lasserre sur la géographie de la Guadeloupe, j'avais découvert la copie d'un relevé topographique de la « Terre des Caraïbes », dressé avec procès-verbal d'arpentage, le 14 septembre 1884, par un certain L. Bon, conducteur de travaux...

Rose ouvrait des yeux immenses.

Je réclamai du papier, un crayon, et la lampe électrique du maître d'hôtel, laquelle me coûta, en pourboire, au moins dix fois sa valeur. Comme nous approchions du terme vaudois de la nuit (à cette époque-là, deux heures du matin, selon les règlements de police), la direction de la boîte tamisait si sauvagement les lumières qu'on ne distinguait plus une bouteille pleine d'une vide, but recherché. Je dessinai de mémoire : le cap en mer et son éperon nord, la ligne pointillée des cinq cents pas à partir de la côte, délimitant le territoire de la réserve, les bâtiments de l'habitation Pistolet, à cheval sur le pointillé, et enfin, non loin du rivage, un petit groupe de cabanes disposées le long d'un sentier et que l'auteur du relevé indiquait comme « maisons et plantations des descendants des Caraïbes ». Rose s'empara du crayon :

— Nous habitions l'une de ces maisons. Là, il y avait une mare, et là, une grosse pierre taillée.

Et c'était vrai ! Dès lors, elle et moi, nous nous promenâmes ensemble à travers le hallier qui couvre toute cette partie du plateau. Un itinéraire qu'en ces temps de Lausanne j'avais déjà parcouru deux fois auparavant. La première en lisant le professeur Lasserre et ce n'était pas le moins émouvant : « En 1960, écrivait-il, toute trace d'occupation humaine a disparu. Seules quelques clairières à vivres et à charbon de bois trouent le taillis à campêches et à acacias. Près de l'une de ces clairières, nous avons rencontré le seul métis à traits caraïbes évidents qu'il nous ait été donné de voir en Guadeloupe. Une case triangulaire rappelait le *mouinan* ou carbet caraïbe. Là se trouvent, peut-être, les ultimes traces d'une civilisation... »

La seconde fois, sept ans après Lasserre, j'avais entrepris ce même pèlerinage, avec beaucoup moins de chance que lui. Le plan à la main, j'avais retrouvé les ruines des « maisons des descendants de

Caraïbes », la mare et la pierre taillée de Rose, sorte de petit menhir lisse sans le moindre dessin pictographique, mais pas trace du *mouinan* à toit de chaume, et, surtout, plus âme qui vive. Pendant une heure, j'avais appelé à tous les vents le dernier survivant, le « métis à traits caraïbes évidents » de Lasserre. On verra peut-être dans cet exercice vocal à complaisance dramatique un excès de romantisme, ou bien l'une de ces tragédies artificielles que les écrivains aiment à provoquer en eux-mêmes, on dirait aujourd'hui : leur cinéma perso... Pourquoi ne pas admettre simplement qu'il y avait quelque chose d'extraordinairement émouvant, sur ce vaste plateau balayé par un alizé violent, à hurler l'appel du dernier des vivants. En vain...

— Personne ne serait venu, me dit Rose. Nestor était déjà mort depuis cinq ou six ans. Pauvre Nestor ! Comme il avait la cervelle dérangée et que personne ne voulait l'employer, à la ville, il était resté seul à la Grande Vigie après le départ de mes parents. Il vivait de rien. C'est lui qui habitait le *mouinan*.

L'idiot du village ! Telle avait été l'incarnation de « l'ultime trace de civilisation ». J'appris que les parents de Rose avaient définitivement quitté les lieux lorsque leur fille avait eu douze ans, s'installant à Pointe-à-Pitre où le « bon nègre » avait trouvé un emploi de cantonnier au service hautement pléthorique de la voirie municipale. Rose avait habité le quartier de l'Assainissement, aujourd'hui disparu, « assaini », et remplacé par un Sarcelles tropical de béton, jouant sous les pilotis de sa maison dans les caniveaux d'eau noire où nageaient des têtards et des rats. Sa mère y était morte, emportant dans la tombe l'esprit de famille de Rose, barmaid au Rive-Gauche Bar. Plantant là le « bon nègre », elle avait suivi son destin. Il y avait autre chose que je voulais lui faire dire, le dernier sursaut d'un peuple, un fait oublié découvert au ci-devant ministère des Colonies, à Paris :

En 1882, les derniers descendants des Caraïbes de la pointe de la Grande Vigie avaient adressé une supplique au gouvernement français, dans laquelle ils se plaignaient qu'on violât sans cesse le territoire de leur réserve. Dix noms suivaient ce texte désolant, pour la plupart signés d'une croix. Les « sauvages libres » des recensements du roi ne savaient toujours pas écrire sous la IIIe République. On n'a pas de peine à imaginer combien les vieillards radicaux-socialistes qui dirigeaient la France à cette époque-là se contrefichaient dans leur barbe des Indiens de la Guadeloupe... La seule réponse qu'obtinrent ces malheureux, ce fut justement la levée du plan topographique de la réserve par le conducteur de travaux L. Bon, deux ans plus tard, en 1884, mais au seul bénéfice des compagnies sucrières métropolitaines qui exploitaient les domaines voisins des habitations Pistolet et Berthaudière. La ligne des cinq cents pas, arbitrairement tracée, n'englobait plus que du taillis rocheux impropre à la culture et scellait l'expropriation illégale, au mépris du traité de 1660, de la quasi-totalité de la réserve, soit près de deux mille hectares de bonne terre à canne. Les pitoyables signataires de la supplique n'avaient plus eu d'autre ressource que de se louer comme travailleurs agricoles et cultiver leur propre terre pour un salaire de famine. Ce que je voulais apprendre de Rose, c'était si sa mère la Kalligano avait eu conscience de cette affaire, laquelle avait dû précéder sa naissance d'environ une trentaine d'années.

Rose réfléchit, puis me répondit :

— Je ne l'ai jamais entendue prononcer le mot de « réserve », ni de « territoire caraïbe ». Elle disait seulement : « chez nous », ou bien : « le village ». Un village de quatre habitants, dont une enfant de dix ans, un nègre et un demeuré... Je crois qu'elle se sentait très seule dans sa peau, si bien que je me demande à présent si ce n'est pas la mélancolie qui l'a tuée. Elle parlait peu du passé et je me souviens que c'était uniquement lorsque nous étions seules, elle et moi, et jamais en présence de mon père. Mais même de cette façon, elle restait évasive, comme si cela l'épuisait d'entrer dans la vérité. Si je n'avais pas été là, elle se serait définitivement tue...

La mère de Rose (et je m'aperçois que je ne sais même pas son nom...) formait à elle seule un tout et une fin. Rien n'était donc plus transmissible puisqu'il n'existait plus personne en état de recevoir. Peut-on imaginer la profondeur sépulcrale du silence auquel est condamnée la dernière représentante d'une race ? J'en avais, et j'en eus, d'autres exemples, si bien que j'ai acquis la conviction que ce silence était volontaire, et que la mère de Rose, comme Anna, comme Lucile, comme Arouague, comme Lola (la dernière des Onas de Terre de Feu dont je raconterai aussi l'histoire), s'y était condamnée elle-même...

— Je ne connaissais pas cette supplique de 1882, reprit Rose, mais, maintenant que vous m'en avez parlé, je comprends mieux certaines phrases de ma mère : que l'on n'avait jamais cessé de persécuter les Kalliganos et que la grande douleur de leur peuple ne prendrait fin qu'à la mort du dernier d'entre eux

Curieusement, elle en souriait, un sourire doux, presque attendri.

— Lorsque Nestor est mort, dit-elle, nous habitions déjà l'Assainissement. Ma mère apprit sa mort six mois plus tard. Elle murmura, comme pour elle seule : « Le dernier des hommes. » Moi, cela me semblait comique. Pauvre Nestor ! Cela lui allait si mal, cette oraison funèbre... Comme je n'étais qu'une fille, je suppose que ma mère avait simplement voulu exprimer que, tout métis qu'il était, Nestor n'en représentait pas moins le dernier mâle kalligano. De ce jour, elle se mit à haïr mon père, et cela aussi hâta sa mort.

La fin de soirée tournait à l'office des trépassés. Nous n'étions pas tristes, cependant ; complices dans le souvenir et ce souvenir nous rapprochait. L'heure vaudoise nous surprit sur la piste de danse, tandis que le maître d'hôtel tournait autour de nous comme un ours de cirque, avec l'addition dans sa grosse patte tendue.

— Ne me laissez pas seule, me dit Rose. Venez avec moi, je vous invite.

Elle habitait un petit hôtel tout proche, d'allure sympathique, plongé dans l'obscurité à cette heure et dont elle avait la clef.

— Ne faites pas de bruit, me souffla-t-elle. Vous, je ne veux pas que le concierge vous voie.

Il faut comprendre ce genre de délicatesse. Les concierges d'hôtel prélèvent la dîme nocturne au passage des pigeons. Rose m'invitait. Je n'étais pas assujetti à l'impôt. Elle prit une douche et se démaquilla, tandis que j'examinais toutes ses photos d'artiste épinglées sur les murs de la chambre. Une belle fille, en vérité !

Plus tard dans la nuit, je lui demandai :

— Rose, connais-tu le dieu des Caraïbes ?

Nous avions laissé la lampe de chevet allumée et le caramel de sa peau prenait des reflets rouges.

— Caïman, me dit-elle. Je crois que c'était Caïman.

Je jure que je ne lui en avais pas parlé. A mi-voix, je lui chantai, tout en caressant doucement un sein rouge : « Assi, macounaré, assi madoucané, pissiâ, mitzi quani caïcou, caïman ! mitzi quani caïcou, caïman. O Caïman... » La chanson du vieux roi Pierre Fernandoir, cacique des derniers Caraïbes de l'île de la Dominique. Je l'avais enregistrée une dizaine d'années plus tôt lors de mon premier voyage aux Antilles. Le vieux roi Pierre est mort et enterré. Au cimetière ravagé par un cyclone, je n'ai pu retrouver sa tombe. Trois caciques s'étaient succédé depuis. Le dernier en date, Frédéric, un jeune homme, a écouté les larmes aux yeux la cassette que je lui avais apportée ; et je me suis aperçu, tout aussi ému que lui, qu'il s'agissait de l'unique témoignage sonore conservé de cette langue si douce, mélodieuse, harmonieuse, que personne ne parlait ni ne comprenait plus. C'était en 1987...

Plus tard encore, Rose me dit :

— Jean Raspail, un jour tu me feras un petit garçon kalligano...

C'était un mot gentil, une de ces grâces éphémères qu'échangent des amants de rencontre qui ont bien servi l'amour mais ne se reverront plus. Evidemment, nous le savions tous deux, mais cela prenait quand même une nuance indéfinissable.

Sans doute Rose a-t-elle épousé — je le lui souhaite, c'était son désir — un riche et solide négociant suisse qu'elle a rendu très heureux, mais qui n'aura même pas eu conscience, en se penchant sur le berceau de son fils, qu'y dormait à poings fermés le dernier mâle kalligano. J'ai naguère rencontré dans le haut Valais, sur la route des invasions qui déferlaient jadis d'Europe centrale et d'Asie, d'excellents Suisses aux yeux bridés. Je me souviens en particulier de l'un d'eux, maire d'un de ces petits bourgs fortifiés qui commandaient autrefois le passage des cols, auquel j'avais demandé au cours d'un dîner, l'ayant longuement observé, surtout l'étirement de ses yeux vers les tempes par le pli épicanthique des paupières : « Avez-vous une tache brune au bas des reins, large comme une pièce suisse de cinq francs ? » Et lui, à la stupeur générale : « Mais oui ! Comment le savez-vous ? » Il l'avait, la tache mongole ! Et je le savais ! Je ne me trompe jamais. Ses ancêtres étaient venus d'Asie, d'où vinrent aussi en leur temps, trente-cinq mille ans avant notre ère, mais dans une direction opposée, les ancêtres de Rose, par le détroit de Béring, comme tous les Amérindiens. Il aurait fait, ce Suisse mongol, un père idéal pour le petit Kalligano. N'en demandons pas trop. Dans l'histoire de Rose, l'écrivain n'a pas tous les pouvoirs...

Je n'ai jamais revu Rose. Au matin, je suis parti après l'avoir embrassée, tandis qu'elle faisait semblant de dormir. C'est ainsi qu'il faut abréger des adieux qui n'ont déjà plus de sens. La sauvagesse libre a agité vaguement la main, avec une ombre de sourire, après quoi je ne doute pas qu'elle se soit assoupie pour de bon.

7

Début de piste rue Saint-Louis-en-l'Ile • Quand les Bahamas s'appelaient Lucayes, et les Arawaks, Lucayens • Aux îles Caïques • Le Sahara sur la mer • Anna la Lucayenne • Exploration aérienne • Fin de piste : les Texans arrivent !

C'était il y a une quinzaine d'années, cinq ans après Rose, environ...

De Lucile, je n'avais connu que l'acte de décès. D'Arouague, une trace dans la montagne et un souvenir perdu à Nanterre comme un ruisseau dans les sables. De Rose, quelques souffles de vie recueillis avant qu'ils s'éteignent. Avec Anna, je manquai de peu le rendez-vous, dans l'archipel des Caïques, sur la mer des Sargasses, me retrouvant dans un cimetière de misère, sous un soleil implacable, face à une croix de bois anonyme que le vent commençait à déraciner. Alors que plusieurs siècles nous séparaient tous deux, il ne s'en était fallu que de trois petites semaines...

J'avais découvert l'amorce cachée de cette piste en fouillant d'épais buissons de vieux livres chez Catherine Domain, dans l'île Saint-Louis, à Paris. Sa librairie, à l'enseigne d'Ulysse, représente sous un espace minuscule le plus inextricable réseau de chemins parallèles que je connaisse. Mémoires d'initiés, antichambre qui précède l'oubli, univers magique où les morts ne ressuscitent d'entre les pages jaunies que pour disparaître ensuite à jamais... Encore faut-il *savoir* leur redonner la vie, le temps de remonter la piste, qui, à nouveau, va s'effacer. Affaire de cœur, d'enjambement de temps par l'imagination, de volonté de l'âme. De prédispositions aussi, et de hasard.

Le livre ne payait pas de mine. Vilaine édition. Mauvais papier. Il n'avait pas beaucoup de valeur. Son titre : *Caraïbes et Arawaks, deux peuples étranges aujourd'hui disparus*. Publié aux Editions Bourrelier, 55, rue Sainte-Placide, à Paris, en 1938, et signé Henry de Lalung, c'était un travail de compilation, de vulgarisation ethnologique. Une centaine de pages, quelques reproductions de gravures du XVIIIe siècle, aimables sauvages grassouillets, à la Boucher, des croquis de poteries ou d'armes, rien que je ne connusse déjà. Je m'apprêtais à le refermer et à le remettre à sa place dans cette jungle de papier, quand Catherine Domain me dit : « Page 66. »

Naturellement, elle *savait* déjà. Elle savait qu'à la première occasion je sauterais dans un avion pour les Bahamas, puis de là dans un autre pour les Caïques, à condition qu'il en existât un, impatient comme un enfant à qui on a promis une surprise. Je rouvris le livre, page 66. Une photo un peu floue, passée. Tirage et impression de mauvaise qualité. Photo d'amateur, sans doute. Elle représentait une femme d'une trentaine d'années, au regard doux sous les paupières bridées, les cheveux plats très noirs, vêtue d'une robe sans forme, et pieds nus. La légende mentionnait seulement : *Femme lucayenne des îles Caïques (collection particulière)*.

Rappelons-le, on connaît les Arawaks comme le seul peuple *légitime* des Antilles. Pour l'entendement de ce chapitre, il faut savoir que les archéologues sont formels : dans l'état actuel des recherches, il n'existe pas, aux Antilles, de gisement arawak postérieur au Xe siècle. Aux Bahamas et aux îles Caïques, cependant, des documents du XVIe siècle font état de leur présence, sous le nom de Lucayens, nom qu'ils laissèrent aux Bahamas, longtemps appelées Lucayes sur les cartes des rois, soit qu'ils y étaient déjà établis, soit qu'ils y avaient cherché refuge après l'envahissement des Antilles par les Caraïbes. Aussitôt signalés, aussitôt disparus. L'histoire, ensuite, devient muette à leur sujet. On ne trouve plus trace de Lucayens après cette résurgence posthume déjà assez inexplicable. Il était donc difficile de croire, en dépit de la photographie, que du XVIe au XXe siècle, la race s'en fût perpétuée, et cependant... cela *sonnait* vrai, ne serait-ce que le peu d'importance que l'auteur attachait à sa découverte, comme s'il n'en avait pas mesuré la valeur. Tout de même, l'information était à recouper. Je demandai l'annuaire du téléphone.

— Inutile, me dit Catherine Domain avec le petit sourire entendu de celle qui sait. Rue Sainte-Placide, vous trouverez une banque. Déjà passablement inconnues, les éditions Bourrelier n'ont pas survécu à la guerre.

— Donnez quand même...

A la lettre L, aucun Lalung à particule, et un unique roturier, qui habitait rue Etienne-Marcel.

— Inutile, répéta Catherine Domain. J'ai déjà essayé. Ce devait être quelque vieux prof célibataire et impécunieux qui compilait pour arrondir ses fins de mois. Il doit être mort depuis longtemps. Aucune trace, ça devrait vous plaire ?

C'était vrai. Pour moi, la piste idéale. Tout le bonheur est dans la traque, même si l'on revient bredouille. Surtout si l'on revient bredouille : les destinées gardent leur secret, et le secret est éternel...

J'expédiai quand même quelques lettres aux Antilles où je dispose d'un incomparable réseau d'informateurs, chercheurs de trésor, contrebandiers, aventuriers de tout poil. Je leur dois de précieuses découvertes. Je n'avais donc aucun motif de douter de l'information que je reçus un mois plus tard, me donnant les îles Caïques, au moins jusqu'à la guerre, comme le seul et dernier habitat des quatre ou cinq derniers Lucayens.

Qu'on veuille également considérer que je ne suis pas et que je n'étais pas un homme riche et que le prix de location d'un avion bimoteur privé pour me transporter dans ces îles perdues représentait un bel acte de foi.

Les Caïques étaient presque désertes, en ce temps-là, à l'écart des routes aériennes et maritimes, aux confins de la mer des Sargasses, quelque part entre les Bahamas et la République d'Haïti. Déjà, en les survolant, on comprenait immédiatement que c'était l'endroit idéal, qu'on me passe le mot, pour qu'un groupe ethnique anéanti, épuisé, puisse enfin mourir en paix.

Une seule des îles était habitée. C'est là que siégeait un inénarrable gouverneur britannique dans son petit palais de tôle peinte, souverain au nom de la reine de l'Etat autonome des Caïques associé à la couronne : une demi-douzaine de Blancs descendants de colons loyalistes américains repliés après 1783, et quelques dizaines de Noirs extrêmement originaux, sauniers et pêcheurs, très pauvres, mais qui s'offraient le luxe de mépriser cordialement leurs voisins riches des Bahamas indépendantes. Cinq autres îles en arc de cercle, beaucoup plus vastes, s'étendaient sur deux cents kilomètres de longueur et dix de largeur, environ. La carte offrait encore le mystérieux pointillé des incertitudes. Iles plates et désertes, Caïques du Nord, de l'Est, de l'Ouest, elles n'avaient pas inspiré de noms plus expressifs, et, d'ailleurs, personne n'y mettait jamais les pieds. On y repérait quelques masures abandonnées, essais de colonisation avortés. Sur deux de ces îles, tout récemment, on avait dégagé une piste sommaire d'aviation pour y attirer les requins de l'immobilier touristique. S'y posaient quelques heures par mois arpenteurs et brasseurs de loisir. Le reste du temps, c'était le relais des avions fantômes de la mafia des Bahamas, nullement troublée par les trois *constables* à bicyclette qui formaient toute l'armée de la lointaine Caïque du Sud.

Mais à l'intérieur de cet arc de cercle des Caïques s'étendait un extraordinaire paysage jaune clair, cent kilomètres sur cent, au moins, et là-dessus, du sable, rien que du sable émergé à perte de vue, un désert sur la mer, un Sahara sur l'océan, si aride que les oasis sur trois côtés ne faisaient que l'entourer de très loin et sans qu'y pénétrât jamais la moindre trace de vie végétale. Lorsque je compris, à la fin de mon séjour, qu'Anna l'avait probablement traversé, j'allai y passer de longues heures, ne rencontrant que des cadavres de crabes trompés par la distance et quelques échassiers migrateurs familiers de l'immensité. A rendre fou ! Imaginez le Sahara sans relief, rigoureusement plat, rectiligne. Planté là, vous êtes le Grand Erg à vous seul, la Grande Dune, le point culminant. A un mètre soixante-dix de hauteur, vos yeux errent dans l'infini des altitudes. L'horizon lointain est tout proche, en réalité, mais, si vous vous déplacez, vous n'en changez pas pour autant, vous êtes entouré de vide, et, cependant, vous êtes enfermé. Aux marées hautes — très faibles dans ce canton des Sargasses —, le Sahara devient liquide. Immergé d'une vingtaine de centimètres, il ne vit plus que par transparence, irréel comme ces chaussées romaines qui apparaissent sur certaines côtes de la Manche aux jusants d'équinoxe. Le reste du temps, légèrement strié par les vents, le sable est parcouru d'ondes immobiles se répétant à l'infini, identiques, jusqu'à la confusion de l'éloignement. Un dément s'y prendrait pour une mouche immobilisée au centre d'une toile d'araignée sans limites. Cela ressemble aussi à un jardin zen, mais sans rochers, implacable de rigueur esthétique. Cette espèce de Sahara exhale un goût d'éternité. Et voici, en passant, une histoire tragiquement merveilleuse :

On raconte aux îles Caïques qu'il y a peu d'années, un insulaire de race noire, profondément mystique, voulut prendre la mesure de l'immensité et la prendre seul et nu, comme la créature lorsqu'elle paraît devant son créateur. Ces gens-là nous font souvent l'honneur, en ce qui concerne les choses du sacré, de relayer nos âmes débiles. Il disait à qui voulait l'entendre que le désert n'avait pas de fin et qu'il y trouverait Dieu en chemin, et que les ondes de sable ne conduisaient pas vers l'océan, mais vers le ciel et l'enfer. Devant le peuple assemblé qui ne cherchait pas à le retenir mais qui priait et chantait, il partit un matin. On ne le revit jamais. S'il comprit son erreur, parvenu face à l'océan après cent kilomètres de sable brûlant, sans eau douce, de toutes les façons il ne lui restait plus la force de rebrousser chemin. Mais je le vois mieux s'abattant, épuisé de ravissement, le nez dans les vagues salées venues d'un autre infini, et murmurant : « O Dieu ! Merci ! Voici enfin ton paradis... »

Les naturels de la Caïque du Sud ne s'intéressaient nullement aux races perdues. On regarda poliment la photo que je présentais d'un seuil à l'autre, arpentant l'unique rue de l'unique village. Cela pouvait être elle, en effet. Il fallait demander aux vieux qui l'avaient connue à cet âge. Interrogés devant un verre de rhum, sous la paillote-bistrot, les anciens hochèrent la tête : oui, ce pouvait être Anna. Ainsi, elle s'appelait Anna. Si tout le monde me confirma son aspect différent des autres, ses yeux bridés et ses cheveux plats, personne ne s'était posé de questions particulières à son sujet. Les quelques Blancs de l'île n'avaient pas prêté plus d'attention à cette vieille femme qui lavait leur linge et leur vaisselle, qu'ils nourrissaient dans leur cuisine, et qui disparaissait ensuite dans une soupente où elle terminait sa vie. On ne lui savait pas d'enfants morts ou vivants. Elle n'avait aucune famille. Personne ne se souvenait qu'elle eût jamais eu un père ou une mère au village, et je reviendrai sur ce point.

Je rendis visite au gouverneur britannique. Ce ne fut pas une mince affaire de lui tirer trois mots. Alternant le scotch et le rhum, ce digne gentleman ne se réveillait qu'une fois par jour de son demi-sommeil d'ivrogne, au coucher du soleil, se dressant du fond de sa chaise longue pour saluer l'Union Jack qu'amenait cérémonieusement, au fronton de la résidence, la *constabulary* des Caïques. A propos d'Anna, il lâcha tout de même le mot de « Lucayenne ». Son prédécesseur lui avait laissé une note à son sujet, mais impossible de remettre la main dessus, ce qui n'était guère étonnant, à considérer l'inextricable fouillis qui régnait dans son bureau.

Anna semblait avoir parlé un anglais plutôt primitif, mais suffisant pour se faire comprendre. Cependant, chez les Blancs du village, personne ne s'était jamais entretenu avec elle d'autre chose que de linge à laver. J'insistai, mais en pure perte. Tant d'ignorance ! D'incuriosité ! D'indifférence crasse ! Même sur la date de sa mort, personne ne semblait vraiment renseigné. A croire qu'elle était devenue transparente, et je me suis pris à supposer que c'était ce qu'elle avait désiré. « Il y a un an », me dit l'un. « Peut-être six mois, ou sept, je ne sais plus », me dit un autre. Seul, le fossoyeur se le rappelait précisément. Consultant un vieux carnet graisseux, il me dit : « Demain mardi, cela fera trois semaines... » Rendez-vous manqué. Morte sans s'être servie de sa mémoire, sans que personne ait jamais songé à fouiller dans ses souvenirs. Mais ainsi, probablement, avait-elle trouvé la paix. Me construisant peu à peu une certaine idée de son caractère, je doutais même qu'elle eût accepté de répondre à mes questions, si j'étais arrivé à temps.

Le fossoyeur me conduisit jusqu'à la tombe toute récente d'Anna, mais rien ne la distinguait plus des autres tombes au milieu de cette fournaise où la terre fraîchement remuée se desséchait à nouveau dans l'heure. J'eus l'impression que le soleil et le vent avaient remis les choses à leur vraie place : Anna n'était pas morte il y a trois semaines, mais depuis des siècles et des siècles. Le fossoyeur m'expliqua combien il avait de peine à creuser ce sol dur mêlé de roc. Il y cassait une pioche pour trois morts, ce qui entraînait des frais, et, pour Anna, personne ne l'avait payé. Flairant un remboursement inespéré de sa sueur, il me demanda si j'étais de la famille. Je répondis que oui, naturellement. Pour vingt dollars, je lui recommandai de peindre la croix en blanc, de la redresser, de l'enfoncer plus profondément et d'y inscrire le nom d'Anna. Ce n'était pas si mal payé. Je ne sais s'il l'a fait...

C'est en revenant du cimetière, passant devant la résidence, que j'obtins le renseignement qui me manquait. Le gouverneur n'avait pas retrouvé la note perdue, mais se souvenait d'une précision qui, pensait-il, m'intéresserait, si je voulais bien accepter un verre. Son prédécesseur avait interrogé Anna, essayant de lui faire dire d'où elle venait, puisqu'elle n'était pas née dans l'île, ainsi que je l'avais moi-même appris. Elle s'était bornée à répondre qu'elle était arrivée *à pied*...

Mais d'où ?

De l'autre côté de ce que j'ai appelé le Sahara, de l'une de ces Caïques lointaines et inhabitées. Sans doute quitta-t-elle son refuge natal après la mort du dernier des siens, père, frère, mari, de la même façon que se livra le pathétique Ishi, l'unique survivant des Yanas, un matin de 1911, en Californie. Eut-elle conscience d'une fin lorsqu'elle tourna le dos au passé des Lucayens ? Je le crois. N'est-ce pas la seule explication de son mutisme ? La mère de Rose s'était laissée mourir. Anna avait choisi de vivre, mais en silence. Je n'y vois que peu de différence.

A imaginer une famille à Anna — et comment ne pas le faire ? — issue d'autres Lucayens, fils de la plus vieille race des Antilles, je n'apporte cependant aucune preuve matérielle. Il aurait fallu chercher, fouiller ces Caïques du Nord, de l'Est, de l'Ouest, dont j'ai indiqué les vastes dimensions. Jusqu'à l'épuisement de mes ressources, j'ai survolé toute cette platitude. Sans succès.

Au cours de mon dernier vol, cependant, très au nord, au bord de l'eau, je repérai une hutte de branchage effondrée. L'endroit était ravissant. Une petite crique d'eau transparente avec quelques arbres et de l'ombre. Peut-être un abri de pêcheurs... Ou qui sait ? Qui sait si les brasseurs de loisirs ne découvriront pas bientôt, dans les tranchées de leurs chantiers, les vestiges modestes d'un monde perdu ? Si modestes que personne n'y prendra garde et que par-dessus leur souvenir, le ciment des villas neuves durcira comme celui d'une tombe qu'on a scellée pour l'éternité.

Juste avant que je quitte les Caïques, était arrivé le messie, un milliardaire texan, l'homme d'où coulent des flots de dollars et qui, à coups de carnets de chèques magiques, vous transforme une île misérable en villégiature de rêve. Voilà deux jours que le gouverneur l'attendait en fouillant l'horizon aux jumelles pour y guetter l'apparition de la nouvelle *flota plata :* un Chris-Craft démesuré, couvert de tant de nickel étincelant que l'on se demandait comment le poids de tout ce feston ne l'entraînait pas vers le fond. Quel homme ! J'aurais été désolé de le manquer. Petit. Gras. Chauve. Vulgaire. Mains poilues baguées d'or, bagué aussi l'énorme cigare aux lèvres. Rase-bitume, les jambes pliées en marchant et avec ça terriblement laid. Est-ce ainsi qu'ils naissaient tout harnachés, au Texas ? Derrière le roi du nickel se déhanchait la maîtresse platinée haute d'un mètre quatre-vingts, monumental sablier enrobé de voiles mauves, et, dans le sillage du couple abominable, c'était à la douzaine que la coupée nickelée vomissait du secrétaire privé, de la secrétaire privée du secrétaire, de l'attaché de direction, de presse, de publicité, de comptabilité — celui-là tenait à deux mains une machine calculatrice —, de l'architecte, de l'homme de loi, du gorille fermant la marche, tout ce monde-là épouvantablement dynamique et sinistre, obséquieux jusqu'à la bave et Mr. Schmull par-ci et Mr. Schmull par-là, j'ai vu le résultat quinze ans plus tard, sur les pages glacées d'un magazine qui s'est fait une spécialité de ce genre-là : *Votre villa de rêve aux îles Caïques, le dernier des paradis...*

Anna des Lucayes, ma pauvre Anna, on peut dire que tu étais morte juste à temps !

8

Un an de ma vie dans les Andes • Dévotion et offrandes aux esprits • Terreur de mes guides • La bible des Indiens Urus • Les Hommes d'avant les hommes • Où l'on fait connaissance de Manuel Inta • L'Uru blond • Bivouac dans un village désert • J'appelle • Mes guides s'enfuient • Nuit à Iru-Itu • On me chasse • Adieu à Manuel Inta

J'ai passé une année de ma vie dans les Andes.

Lumière, couleur, silence, immensité y composent un ensemble écrasant. Dans l'air transparent, si léger que l'homme a dû s'y gonfler une cage thoracique sur mesure pour survivre, des milliards de détails se découpent sur les lointains avec la netteté d'un couperet de guillotine, dessinant une armée de pierre immobile qui a l'éternité du sacré.

Vert, bleu, violet des oxydes métalliques, grès rouge dévonien, gris des cinérites, noir volcanique et blanc funéraire des glaciers cuirassent des milliards de guerriers figés aux flancs des dieux des sommets. La toponymie y refuse la simplicité. Elle est à l'image de la crainte et de la vénération des hommes : la Nef resplendissante, le Faucon étincelant, la Montagne aux épaules d'argent... Et tout se nomme silence.

Dans les Andes, on ne compte pas quatre éléments, mais cinq : l'air diaphane, l'eau insondable des lacs, le feu des volcans, la terre qui tremble, et le silence. Un silence de sépulcre, d'ordre divin, que seule trouble la voix des esprits en soulevant des trombes de poussière qui emportent l'âme des humains : le vent. L'homme écoute le vent, dans les Andes, comme la voix de son créateur. Confondu dans sa petitesse, relégué à l'état d'épisode, conscient de son impuissance, il s'est cherché des alliés dans l'au-delà. Soleil, lune, lacs, montagnes, cascades, rivières, rocs et vents, glaciers, et toutes les forces de la nature, tout est déifié.

A Tiahuanaco, sur les rives du grand lac Titicaca, à plus de 4000 mètres d'altitude, la porte du Soleil s'ouvre sur le néant. S'il y avait un temple, il a disparu en totalité, comme escamoté. Des dieux de pierre d'un bloc, qui pèsent cinq cents tonnes, sont couchés sur le flanc. Le sol n'est que poterie broyée, sur des mètres d'épaisseur. A chaque fouille, on découvre d'autres couches. Sur le fronton de la porte du Soleil est sculpté le toxédon, poisson des océans antédiluviens. On ne sait rien de tout cela. On ne saura jamais rien. Civilisations et religions inconnues se superposent à Tiahuanaco comme les strates du plus vieux chêne du monde, avec, au cœur de l'arbre, le noyau originel vivant, la première race, celle qui avait précédé les hommes, celle d'*avant* la création des hommes : les Urus, c'est le nom qu'on leur donne, *ceux qui ne sont pas des hommes*. En langue aymara : *Hake-Waka*, demi-dieux, dieux parias, objets de crainte et de répulsion sacrées...

Encore vivants, si l'on peut dire, en 1952, d'après les renseignements que j'avais : cinq vieillards exténués, un village fantôme, une minuscule chapelle, dans les marais du rio Desaguadero, non loin de Tiahuanaco.

J'y fus en 1955.

J'avais abandonné mon petit camion à Guaqui, poste frontière bolivien au sud du lac Titicaca. Là où je me proposais d'aller, même avec ses quatre roues motrices, il ne m'aurait été d'aucun secours. Le colonel du régiment de cavalerie de Guaqui (tunique blanche immaculée, à la prussienne, sabre à gland d'or, sous ce climat de fin du monde, au milieu de populations arriérées !) m'avait offert une escorte et un cheval. Je les avais refusés. On ne se présente pas chez des parias en grand arroi militaire. Je m'étais contenté de deux porteurs indiens, et c'est à pied que j'avais pris la piste qui monte au col de la Locochata, la *Montagne folle*, point de passage obligé entre Guaqui et les marais du Desaguadero. L'effort était accablant. On ne grimpe pas, dans les Andes, on se hausse. Le métal des montagnes broie les tempes et les tripes. On a les yeux traversés d'étincelles, la tête vide de sang. Cela s'appelle le *soroche*.

La Locochata a mauvaise réputation. L'ionisation excessive de l'atmosphère et la présence de radiations diverses mettent en fureur, si l'on n'y prend garde, des hordes de démons. Lanière de cuir au front, portant mon petit campement comme un joug, mes deux Indiens aymaras traînaient les pieds, se laissant volontairement distancer. La trouille... Ils avaient des têtes à me planter là au premier signe hostile de la divinité. Je titubais, cherchant des yeux, au sommet du col, le cairn de rochers signalé par Métraux. Ce cairn abritait le *Huaca,* le mauvais génie du lieu. L'ayant trouvé, j'y déposai des feuilles de coca. Ensuite, ouvrant un livre que j'avais tiré de mon sac (j'emploierai pour la seconde fois le mot *bible*), je lus à haute voix :

« Achachila Locochata, nous sommes bien arrivés. Je t'offre cette petite coca, cette libation. De l'autre côté aussi, donne-moi bonne chance et bon souffle pour descendre et pour arriver à mon but. Fais qu'il ne m'arrive rien, que j'arrive bien à destination. Je te remercierai en baisant la terre et les pierres... »

Puis je repris en puquina, qui est la langue des Urus, lisant le texte original. Enfin, sa traduction en aymara. Pour clore cette liturgie selon les règles, ainsi que Métraux l'indiquait, je ramassai une pierre sur le chemin, l'ajoutai aux centaines d'autres qui composaient le cairn du *Huaca* et l'aspergeai copieusement d'un pisco de première qualité. Puis je bus et je me sentis mieux.

La conduite de mes deux Indiens est intéressante à noter. Tant que je psalmodiais en français, ils me regardèrent comme si j'étais devenu fou. Assurément, mon sacrilège allait déclencher quelque chose d'épouvantable, ma pulvérisation sur place ou n'importe quoi d'aussi terrifiant à en juger par la façon dont ils avaient pris leurs distances. Ils reculaient tout en paraissant immobiles. C'est-à-dire qu'ils glissaient sur leurs pieds avec discrétion et précaution, sans quitter le cairn des yeux, comme on fixe une bête féroce. La prière en puquina les faucha en pleine déroute. Se cachant la tête dans les mains, cette fois ils disparurent de ma vue, aplatis derrière un rocher. Encore maintenant, il me semble me souvenir de leurs dents qui claquaient, à moins que ce ne fût le *Huaca* qui manifestât quelque humeur. Entre le *soroche* et le pisco, j'étais prêt à tout admettre... A la troisième prière, en aymara, leur propre langue, ils finirent par retrouver le sens des choses et joignirent leurs salamalecs aux miens. La moitié de ma gourde y passa. Il n'y a pas de vraie religion qui tienne sans alcool, saké, chicha, rhum, pisco, vin... sauf la religion protestante, mais est-ce que c'est une religion ?

A présenter mes dévotions au *Huaca,* étais-je sincère ou non ? Trente-cinq ans plus tard, c'est un point qui mérite attention. L'attitude était sincère, voilà ce que je puis affirmer. Souvent, l'attitude vaut la foi. Il y a des gens qui sont morts pour cela. Dieu, la Vierge, tous les saints, tous les calvaires des chemins, les statues de tous les oratoires, les chapelles commémoratives, expiatoires, dédiées, tous les ex-voto, la croix sur le pain, l'eau bénite, l'acte de se signer, le Diable, les démons, les archanges noirs et blancs, la double nature de l'homme, le combat du bien et du mal, j'appelle et j'ai appelé toute ma vie, à tous les vents, dans tous les coins. Avant que je meure, quelqu'un ou quelque chose se décidera peut-être à me répondre. Disons qu'au col de la Locochata, j'avais posé ma question de routine.

Cette attitude non préméditée me servit.

Mes deux porteurs appartenaient à la communauté indigène de Jesus de Machaca, voisine de Iru-Itu, le village des Urus où ils étaient supposés me conduire. J'ai dit tout à l'heure leur terreur en m'entendant prier en puquina, avec un livre à la main qu'ils avaient toutes les raisons de croire sacré, ou magique. Ces Indiens ne parlaient pas le puquina. Le puquina n'est pas la langue des hommes, comme l'espagnol ou l'aymara. Si l'on est homme et qu'on l'emploie, il porte malheur. Sachant, mais sans me l'avoir dit, que le village que je cherchais était abandonné depuis deux ans et que tous ses habitants étaient morts, on imagine le désordre de leur esprit en entendant un étranger *ressusciter* la langue des demi-dieux, ces *Hake-Waka* dont ils se croyaient enfin débarrassés ! A partir de ce moment-là, j'ai la conviction qu'ils se mirent à me considérer comme une espèce nouvelle et tout à fait étrange d'Uru blond, d'initié uru, venu d'on ne savait trop où et conduit par une sorte de fatalité jusqu'à eux. Cette conviction se répandit ensuite dans toute la communauté aymara. Impossible d'expliquer autrement le mélange de respect et de méfiance, d'obéissance et de menace, d'obséquiosité et de mépris qui fut mon lot durant mon court séjour au Desaguadero. Mélange si détonnant que je n'y fis pas de vieux os...

Ma bible uru avait été éditée par le musée de l'Homme pour le compte de l'Institut français d'études andines, tout de suite après la guerre, en des temps difficiles. Mauvais papier jauni, photographies mal tirées, pages tombant en lambeaux, couverture gondolée : un trésor. Cette bible s'intitulait : *Contribution à l'étude des Indiens Urus ou Kot-Suns (Hommes du lac)*, signée par nos trois plus remarquables américanistes de l'époque, le professeur Vellard, Alfred Métraux et Posnansky, ce même Posnansky, qui en 1932, à La Paz, avait initié Paul Morand aux mystères du lac Titicaca et dont l'homme pressé parle dans *Air indien*. Tout de suite, le caractère religieux de ce livre m'avait frappé. On n'imagine pas l'extraordinaire ébullition de sacré qui crève la surface apparente de certains travaux anthropologiques. Au demeurant, son principal auteur, le professeur Jehan Vellard, que j'avais rencontré à Lima, sans s'écarter de la rigueur scientifique, n'avait pas cherché à brider ses élans de voyant de passé. Les dieux des Andes l'inspiraient.

D'où ces pages admirables composées de chants et de versets, comme la bible. Ecoutons l'exergue :

Pour avoir violé la loi de la Race,
s'être mêlé aux hommes
et avoir parlé la langue des hommes,
le peuple Uru a été puni et achève de s'éteindre,
dans ses marais,
au cœur de la cordillère des Andes.
Avant leur disparition complète,
nous avons voulu recueillir de leur vie,
et de leur souvenir,
ce qu'il était encore possible de sauver.

Et puis les deux premiers versets du chant premier, le testament du dernier Uru initié :

« Nous autres, le peuple du Lac, nous ne sommes pas des hommes.

« Bien avant les Incas, avant que le Père du Ciel, Tatitou, eût créé les hommes, les Aymaras, les Quitchuas et les Blancs, avant même que le soleil éclairât le monde, avant la dernière aurore qui précéda les jours nouveaux, quand la terre était encore plongée dans une demi-obscurité, illuminée seulement par la lune et les étoiles plus brillantes qu'aujourd'hui, le lac Titicaca, bien plus vaste que celui que tu connais, s'étendait sur tout le plateau.

« Déjà nos pères vivaient ici.

« Nous ne sommes pas des hommes. Notre sang est noir. C'est pourquoi nous ne pouvons pas nous noyer.

« Nous ne sentons pas le froid du Lac pendant les nuits d'hiver. Les brouillards glacés qui pénètrent les hommes et les font périr ne nous font pas de mal.

« La foudre ne peut nous frapper.

« Nous ne parlons pas la langue des hommes et ils ne comprennent pas ce que nous disons.

« Notre tête est différente de celle des autres Indiens.

« Nous sommes un peuple à part, très vieux, le plus vieux. Nous ne sommes pas des hommes... »

Puis Vellard prenait la parole :

« Momifié dans son poncho noir, recroquevillé sur la banquette de terre qui faisait le tour de l'unique pièce de sa misérable chaumière, l'un des derniers Urus, Manuel Inta, nous contait ainsi, un soir de juin, la genèse de sa race.

« Un petit feu de plantes résineuses, de thola, rougeoyait sa vieille face ridée.

« Le conteur était accompagné par d'autres vieilles gens, Luis Inta, presque centenaire, Rafael Wila, plus de quatre-vingts ans, Carlos Kispé, le plus jeune, qui ne dépassait guère soixante ans, et la très vieille dépositaire de bien des traditions, Jesusa Salinas, qui rarement se décide à parler... »

En ces temps-là, quand je découvrais un texte pareil, je veux dire un de ces textes qui traversent la nuit des temps comme l'étoile qu'on vient seulement d'apercevoir alors qu'elle est morte depuis des millions d'années, je n'attendais pas une seconde, j'étais déjà parti ! S'il restait un survivant, je voulais le voir et lui parler, lui saisir la main, savoir à quoi cela ressemblait, un homme vieux de milliers d'années et qui le *savait*.

Voilà pourquoi, mes pas dans les pas de Jehan Vellard, en route pour Iru-Itu, je franchissais à mon tour le col de la Locochata.

Cinq survivants... Le professeur Vellard n'en avait plus retrouvé que cinq, au dernier de ses voyages, en 1952. Cinq vieillards qui avaient été ses informateurs fidèles, la voix du livre, la révélation. Les autres, plus jeunes, à peine une dizaine, avaient filé sans laisser de trace, absorbés au sein de la communauté aymara (d'où l'abandon de la langue sacrée et la perte de la demi-divinité), ou dans les bidonvilles de La Paz. A ces cinq-là, le professeur Vellard avait offert son dernier cadeau : un exemplaire du livre que je tenais entre les mains. Ainsi qu'il me le raconta lui-même, ces malheureux avaient déposé cérémonieusement le livre sur l'autel de leur chapelle. Ils allaient souvent en contempler les images. Le livre fut appelé « Livre des Urus » et vénéré comme tel. Les cinq vieillards en tournaient les pages, debout devant l'autel, comme les officiants d'une messe. Ils ne pouvaient rien lire, mais savaient que tout s'y trouvait contenu : le chant du rituel, le chant du passé, le chant du Lac sacré, le chant de la vie et des coutumes, le chant des roseaux du marais, le chant des mots, le chant de la mort. Ils considéraient gravement leurs photographies, demi-dieux s'invoquant eux-mêmes...

Il y avait un plan topographique au début du Livre des Urus. Je m'orientai. Devant moi, l'immense plaine de sable et de roseaux du Desaguadero, autrefois recouverte par les eaux. Je cherchai des yeux deux points de repère signalés par Vellard et Métraux. Je trouvai le premier facilement, un monticule isolé, comme un grand sarcophage, dominant d'une dizaine de mètres la plaine absolument plate. Je le désignai du doigt à mes Indiens et je dis : « Tana-Kunto. » Non ! Non ! fit l'un avec ses mains, tandis que l'autre se cachait le visage. Ma bible racontait que la pierre sacrée des Urus était ensevelie au Tana-Kunto. Elle indiquait aussi la prière qui convenait : « Sainte Pierre, notre nid, notre Créateur, que cette heure nous soit favorable... » Un lieu tabou. A la jumelle, je distinguai les renflements de nombreuses sépultures. La piste se dessinait cinq ou six cents mètres plus au sud, avec, beaucoup plus loin, le second repère, presque invisible à cette distance, le minuscule clocher blanc de la chapelle d'Iru-Itu. Je la désignai à mes compagnons.

— En route ! leur dis-je. Nous devons y être avant la nuit.

Ils ne bougeaient pas. Enracinés près du *Huaca,* ils semblaient peser cinq cents tonnes, comme les gisants de Tiahuanaco. Je m'impatientai. Ils faisaient toujours non de leurs mains, le regard vissé au sol.

Impossible, dit enfin l'un d'eux. Le chemin est

coupé par un marécage. Tu t'y noieras. Il fait très froid. Tu y mourras.

Je brandis ma bible sous leur nez.

— Le livre sait tout. Le livre sait le bon chemin.

Le bon chemin, je l'avais repéré à la jumelle, contournant le marécage par une petite levée de terre que je pouvais suivre du doigt sur le relevé topographique. Mes Indiens se dressèrent d'un bond, soudain dociles, prêts à partir. Je crois que mon savoir les impressionnait. L'Uru blond dictait sa loi. Comme le chemin descendait, nous atteignîmes rapidement la grande plaine grise du Desaguadero. Le marécage fut franchi sans dommage. Il était presque à sec. En revanche, je dus faire un long détour pour éviter le Tana-Kunto. Le livre qui savait tout enjoignait expressément aux hommes de ne pas troubler le repos des demi-dieux ensevelis. Tout fatigué que j'étais, je m'y conformai. En vue du village d'Iru-Itu, il me restait une heure de jour. N'entendant plus le pas de mes compagnons derrière moi, je me retournai. Ils avaient déposé leur charge.

— Va seul, maintenant, dit le premier.

Et le second se signa.

Je les saluai de la main et m'en fus vers le village. Avant de me mettre en route, j'eus le temps de les voir tous deux qui crachaient dans ma direction. Il n'y avait pas à se méprendre : signe de croix et crachat, terreur et mépris. Je marchai environ trois cents mètres jusqu'à la petite chapelle, à l'entrée du village, un peu à l'écart, puis me retournai. Mes deux porteurs n'avaient pas bougé et m'observaient.

Poursuivant mon chemin, j'entrai dans Iru-Itu. Une dizaine de maisons basses faites de blocs de terre séchée tranchaient à peine sur la grisaille du sol. Ramassées sur elles-mêmes pour résister aux ouragans des Andes, elles semblaient solides, mais leurs toits de roseau s'en étaient allés en lambeaux. Il n'y avait personne. L'homme et le toit qui l'abrite sont inséparables, comme l'âme et le corps. Toits béants, Iru-Itu était un village mort.

Alors, seul au désert, selon la disposition qu'à présent l'on me connaît et que je qualifierai de religieuse, j'appelai. J'aime infiniment sécréter ce genre d'émotion. C'est la seule machine à remonter le temps dont j'aie éprouvé l'efficacité. J'ouvris le livre et fis l'appel, à haute voix : « Carlos Kispé ! Manuel Inta ! Rafael Wila ! Luis Inta ! Jesusa Salinas !... » Au clocher de la chapelle, petite tour carrée de cinq à six mètres de hauteur, en terre séchée et blanchie, j'avais aperçu une cloche, une seule, une cloche de pauvre, presque une clochette. J'y retournai. La porte de la chapelle était ouverte. Une moitié manquait. L'autre ne tenait plus que par un gond rouillé. J'entrai et levai la tête. Du clocher pendait une corde. Enfant de chœur dans mon enfance, je retrouvai le coup de poignet. La cloche produisit un son fêlé. Une pluie de terre en poussière se répandit sur ma tête, comme si je me couvrais des cendres de la pénitence. En même temps, je répétai les cinq noms. Au dernier, celui de Jesusa, j'étais gris de poussière de la tête aux pieds. Sortant pour me secouer, j'aperçus deux silhouettes qui détalaient sur la piste. En sonnant l'appel au clocher, je n'avais pas ressuscité les morts et j'avais fait fuir les vivants.

J'étais seul. Cela me convenait.

En s'enfuyant, mes deux porteurs m'avaient quand même laissé mon bagage. J'entrepris de le rapporter au village afin de m'installer pour la nuit. Ainsi n'aurais-je rien à craindre du froid, de la soif et de la faim. Il me fallut faire deux voyages. Je ne pensais pas qu'il fût si lourd, et puis me rappelai soudain l'altitude. Mon cœur battait très fort et je soufflais dangereusement, mais c'est lanière de portage au front, *Hake-Waka* solitaire, que je pénétrai dans ma capitale retrouvée.

La nuit tombait. Le vent, déjà, me glaçait. Je l'entendais qui grondait la charge sur l'immensité de la plaine. La chapelle m'offrit le seul refuge possible sous un pan de toit encore intact. Je profitai des dernières lueurs du jour pour examiner mon domaine. Il était tel que la bible le décrivait. Je distinguai sur tous les murs, les deux marches de l'autel, l'autel lui-même, d'innombrables traces brunes, éclaboussures ou aspersions. Par le livre, j'en connaissais la nature. C'était le sang séché d'animaux immolés. La chapelle n'avait jamais servi au culte catholique officiel, seulement au rituel uru. Surmontée d'une colombe, une croix de bois vermoulu dominait l'autel, entre deux chandeliers de fer-blanc. Accrochées aux murs, se faisant face, une image de saint Jacques à cheval et une autre du Saint-Esprit irradié de rayons dorés achevaient de se déliter. Le sol était recouvert de nattes de roseau que je repoussai du pied dans un coin, craignant la vermine. Manifestement, après la mort du dernier des demi-dieux, personne n'était entré là. Personne ne l'avait osé. Le livre, le Livre des Urus, celui que le professeur Vellard avait apporté avec lui à son dernier voyage, était posé, fermé, sur l'autel. A force d'avoir été feuilleté, palpé, aspergé, ce n'était plus qu'un débris délavé. Tournant les pages avec précaution, je remarquai que quatre des photographies manquaient. Elles avaient été maladroitement découpées. La cinquième était celle de Manuel Inta, celui à qui le Livre des Urus devait tout parce qu'il avait accepté de parler. Je compris qu'il était mort le dernier et que les quatre autres vieillards avaient été ensevelis en compagnie de leur image...

Lorsque j'évoque, trente-cinq ans plus tard, cette nuit d'Iru-Itu, j'ai quelque peine à admettre l'exaltation religieuse où je m'étais trouvé emporté. De quelle religion ? Celle qui conduit au Dieu créateur par la conscience aiguë de l'immense chaîne des hommes. A présent, je la retrouve intacte, surgissant après tant d'années de mon cœur et de ma mémoire jusqu'à ma main qui court sur le papier. Je me revois, tirant de mon sac un paquet de bougies. Les chandeliers de fer-blanc ne comportaient que deux branches. J'y piquai quatre bougies et l'autel s'éclaira comme un tombeau sous la lune. Tant bien que mal, avec une couverture, je masquai la porte béante, bénissant les Urus d'avoir orienté leur chapelle contre le vent dominant qui soufflait en tempête depuis le lac Titicaca, remontant au galop le Desaguadero. Puis je me livrai sans affectation à une série d'actes extravagants. Cherchant dans le rituel ce qui convenait le mieux à ma situation présente, j'y trouvai l'invocation aux esprits du lac et la récitai pieusement, en puquina :

> « Samptinay Malkoutchay
> hounoutchay tanstay
> soutchay nouktchay... »

puis en français :

> « O Samptia, esprit,
> ô Mallkou, esprit supérieur,
> je te donne, prends,
> de ton fils,
> reçois cette offrande... »

enfin un pater et un ave, ainsi que le précisait le rituel. Vint le moment de me piquer le doigt avec une épingle. Je pressai sept gouttes de sang dans mon gobelet de camping à demi plein de pisco qui prit aussitôt une teinte rosée. J'aspergeai les quatre murs, l'autel, le livre sacré, l'image de saint Jacques, celle du Saint-Esprit, et, en dernier lieu, la croix de bois. Enfin je bus d'un coup ce qui restait, surpris de constater combien sept gouttes de mon sang pouvaient changer la saveur du pisco. Etrange communion... J'avais observé le rituel. Les Urus, vaguement évangélisés au temps lointain des moines espagnols, célébraient leur messe avec leur propre sang. Nul besoin du sang du Christ, car le Christ s'est aussi fait homme et les Urus ne sont pas des hommes. Me croira-t-on ? Dans la chapelle d'Iru-Itu, ma messe antédiluvienne, je l'ai célébrée avec ferveur. S'il est un acte de foi, une percée vers le mystère divin, une élévation de mon âme dont Dieu me tiendra compte au jugement dernier, c'est peut-être, justement, l'exaltation insensée de cette nuit-là.

Je dînai de bon appétit. Sur un petit réchaud portatif, je chauffai une boîte de haricots rouges aux saucisses, du café, croquai une barre de chocolat arrosée d'un quart de pisco, et réchauffé de corps et d'âme, me glissai dans mon épais duvet de montagne. Mais le sommeil ne venait pas. Je relus entièrement ma bible. Imaginons qu'en des temps vertigineusement éloignés, le dernier survivant des chrétiens, ultime dépositaire du message, relise un évangile jauni, miraculeusement conservé, dans les ruines d'une Jérusalem morte. Ainsi, comprendra-t-on mieux cette mélancolie triomphante où la lecture du livre me plongea. Je restai bien une heure, ou même deux, à dévisager le dernier des Urus, le livre ouvert sur la photo de Manuel Inta. Un très vieil homme, le regard insondablement triste sous les paupières voilées de pus. Son front, beaucoup plus vaste que celui des autres Indiens, ses joues et son menton étaient creusés de sillons qui traçaient une géographie de la misère, dix mille années de souffrance, de faim, de froid, de persécutions, mais sa bouche généreuse souriait timidement. Il était coiffé de l'espèce de bonnet phrygien des Andes d'où s'échappaient des mèches de cheveux blancs. Je ne prétends pas qu'il me parlait. Le dialogue s'établissait autrement. C'était moi qui récitais le premier verset du livre :

« Nous autres, le peuple du Lac, nous ne sommes pas des hommes... Notre sang est noir... La foudre ne peut pas nous frapper... Nous ne parlons pas la langue des hommes et ils ne comprennent pas ce que nous disons... Notre tête est différente de celle des autres Indiens... Nous sommes un peuple à part, très vieux, le plus vieux. Nous ne sommes pas des hommes... »

A trois heures du matin, je ne dormais toujours pas. J'avais déjà renouvelé deux fois les bougies des chandeliers, refusant l'obscurité qui m'aurait peut-être fait oublier le caractère unique du lieu où je me trouvais. De l'autre côté de l'épaisseur des murs, je le savais par le livre, étaient enterrés les Urus d'Iru-Itu, dans le petit enclos entourant la chapelle. J'éprouvai physiquement leur présence et c'est ainsi que je trouvai le sommeil, deux heures avant le jour qui me réveilla brutalement.

Le vent était tombé.

De l'intérieur de mon refuge, en m'éveillant, je mesurai l'extraordinaire épaisseur du silence des Andes. Ecartant la couverture qui masquait la porte, je sortis. Aussitôt, je les vis. Combien étaient-ils ? Plusieurs centaines. Peut-être un millier. Cette foule *et* ce silence... Des centaines d'hommes et de femmes immobiles et muets. Ils entouraient le village, mais aucun n'y avait pénétré. J'étais assiégé. En éclaireurs, ou en plénipotentiaires, devant la chapelle, mes deux déserteurs de la veille. Derrière eux, les chefs de clan, les *ilakates,* vêtus de rouge et de noir, leur canne de commandement à la main, dans l'attitude solennelle de nos anciens suisses d'église. Plus en arrière, en arc de cercle, les notables, chacun précédant sa gent familiale, et tous ces bataillons serrés formaient une muraille de visages hermétiques. Tous étaient habillés de vives couleurs. Les baudriers des *ilakates* brillaient comme des étoiles brodées et leurs imposants couvre-chefs leur conféraient une sorte de majesté. Parcourant des yeux cette foule en habits de cérémonie, je ne rencontrai pas un regard. Un vieillard en poncho noir et or cracha sans équivoque au premier pas que je tentai. Sans doute le chef, ou le sorcier. Je m'avançai vers mes porteurs.

— Que voulez-vous ? demandai-je.

J'avais parlé en espagnol. Au son de ma voix, la foule, d'un coup, s'anima. La muraille fut soudain douée de mouvement. Une pierre fut lancée par quelqu'un qui ne cherchait pas à m'atteindre. Simplement un avertissement...

— Que tu partes ! répondit le plus loquace de mes porteurs. Il faut que tu partes tout de suite. Nous autres (il désignait son compagnon), nous te conduirons.

Je retournai dans la chapelle chercher l'exemplaire de ma bible ainsi que le Livre des Urus, sur l'autel, pris ma gourde de pisco, presque vide, après quoi, au moment de sortir, saisi d'une inspiration, je sonnai quelques vigoureux coups de cloche. Cette fois, il n'y eut ni crachat ni pierre. La foule s'était à nouveau figée.

— Je partirai tout à l'heure, dis-je. Il me reste beaucoup d'actes sacrés à accomplir et d'esprits à honorer.

Les cannes des *ilakates* s'agitèrent. Leurs grands chapeaux se groupèrent en conciliabule. L'Uru blond leur posait un problème épineux. Convoqué à l'état-major, mon porteur plénipotentiaire revint me communiquer leur réponse.

— Ils disent qu'ils ont apporté des offrandes aux *Hake-Waka* du village, mais que tu dois partir avant.

J'avais réveillé les morts. Ils avaient peur. Afin que tout rentrât dans l'ordre, il fallait d'abord que je parte, laissant la place à leurs sorciers, leurs offrandes et leurs prières. La peur fit voler quelques pierres. L'une d'elles me frappa au pied, sans dommage. Il me restait une question à poser. Toute la nuit, je n'avais cessé d'y penser.

— Où avez-vous enterré Manuel Inta ?

Non ! Non ! firent mes porteurs avec leurs mains, tout aussi apeurés qu'à la Locochata.

— Je ne m'en irai pas sans savoir. Où est Manuel Inta ?

Cannes et chapeaux reformèrent le cercle, puis le cercle se rompit pour laisser passer le grand vieillard et son poncho noir brodé d'or. Devant la chapelle, il se signa. Touchant du bout de sa canne le petit mur bas de terre séchée qui entourait l'église, il me dit :

— Il est là. Je te montrerai.

Ainsi que l'indiquait ma bible, cet enclos était le cimetière des Urus, au centre duquel j'avais dormi. Pas une croix, pas une pierre pour marquer les sépultures, de vagues renflements à fleur de sol, dans l'abandon le plus total, au contraire des cimetières aymaras où l'on festoie périodiquement sur les tombes. Une double mort...

Comme nous avancions lentement, côte à côte, à un moment, par hasard, ma main frôla celle du vieillard. Il fit un bond en arrière et cria : « Ne me touche pas ! » Nous avions presque achevé le tour de l'enclos lorsqu'il s'arrêta au bord d'un petit coin de terre qui semblait avoir été remué récemment. Après quoi il se signa plusieurs fois, comme si sa vie en dépendait.

— Manuel Inta ? demandai-je.

Le vieux hocha gravement la tête. Je retournai dans la chapelle chercher la petite pelle pliante qui ne me quitte pas quand je campe. Elle me sert à creuser des rigoles autour de ma toile de tente, à enterrer mon feu les soirs de grand vent, mais jamais à forcer des tombes. Lorsque la foule me vit déplier cette pelle et comprit ce que j'allais faire, pour la première fois, elle produisit des sons, un murmure qui cassa le silence et s'amplifia dangereusement. Le poncho noir et or s'envola hors du cimetière comme un oiseau de nuit débusqué. Des volées de pierres vinrent frapper l'enclos, à la façon d'un tir de barrage. Ce fut ma bible qui me tira d'affaire. Si l'on croit que je feignis de prier pour me sortir de ce mauvais pas, on n'aura rien compris à cette vérité d'un instant. Ce fut une prière sincère. A haute voix, je lus, en français, puis en aymara :

« *Hake-Waka*
Manuel Inta
Donne-moi la force et le souffle pour terminer mon ouvrage.
Je me souviendrai de toi
et ne t'oublierai pas.
Soutiens-moi et aide-moi.
Je ne t'oublie pas et te fais cette offrande.
Aide-moi et je te remercierai.
J'ai tout dit... »

Versant goutte à goutte sur la tombe ce qui me restait de pisco, je repris ma lecture en puquina et terminai en latin : « Requiescat in pace... » Cela ne figurait pas au rituel, mais deux langues sacrées valent mieux qu'une. Mieux aussi que pas du tout, ainsi que l'on procède à présent, chez nous, face au défunt abandonné aux platitudes vernaculaires...

Ayant dit, je me mis à creuser. Le poncho noir, rassuré, revint se poser non loin de moi. M'attendant à trouver un cadavre à même la terre, je procédais à petits coups de pelle prudents, mais ce fut sur le bois d'un cercueil qu'elle glissa. Dans ce pays misérable, pelé, sans arbres, où même les barques du lac et les toits des églises sont faits de roseaux tressés, un cercueil ! Que de précautions, que de frais, pour enterrer un paria... C'est la peur qui avait dicté cela. Ce cercueil était une prison pour mieux retrancher des vivants le dernier des demi-dieux.

Ce que j'avais décidé dans la nuit, je l'accomplis alors simplement. Je déposai le Livre des Urus, celui que j'avais trouvé sur l'autel, ainsi que la seule photographie du mort, sur l'étroite surface dégagée du cercueil. Ils pourriraient ensemble, le dernier des Urus et le livre qui disait tout, sanctifiés par le contact surnaturel entre l'homme et l'objet. Ma bible, celle que je conservais, perdit du même coup son caractère sacré pour redevenir ce qu'elle était, un excellent document d'ethnologie qui dort à présent dans mon bureau en compagnie de centaines d'autres livres et que l'on peut également consulter à la bibliothèque du musée de l'Homme et dans quelques universités. Quand j'eus rebouché le trou, après un dernier signe de croix, je me retrouvai debout devant cette tombe, mais à des millions d'années...

Le poncho noir et or manifestait des signes croissants d'impatience. Il avait envie que je fiche le camp au plus vite. Son tour de salamalecs était venu. Il me restait quelque chose à lui demander :

— Avant de l'enterrer, où l'aviez-vous trouvé ?

Décidé à précipiter mon départ, ce fut au galop qu'il m'entraîna devant l'une des masures du village. Elle correspondait parfaitement à la description de Vellard, niche de terre séchée ou caveau plutôt que demeure humaine. Pas de fenêtre, pas de cheminée, pas d'ouverture pour la fumée. Un fourneau de terre, à droite de l'entrée, avec ce qui restait de la provision de combustible, brins de roseau tombant en poussière. Une banquette, également de terre, occupait le fond de l'unique pièce. L'image de la solitude. Un dénuement qui serrait le cœur. De Manuel Inta, je vis la couverture en lambeaux, un harpon de pêche, un filet cent fois rompu et inapte à tout usage, deux ou trois récipients rouillés, et, enfin, un vêtement de fête, aux couleurs passées, posé en travers d'une corde et que je n'osai toucher, par respect. Il n'y avait rien d'autre et j'ai la conviction que les Aymaras n'avaient rien emporté. On ne se maintient pas en vie avec ce que je voyais. Manuel Inta était probablement mort de faim.

Mon bagage fut vite prêt. J'avais à peine enfoui ma gourde vide dans la poche d'un de mes sacs et bouclé l'autre sur mon sac de couchage roulé, que, déjà, mes porteurs les avaient chargés sur leur nuque et trottaient allègrement vers le col de la Locochata. Le poncho noir esquissa un vague geste d'adieu. S'il cracha, ce dont je suis certain, il attendit que j'eusse le dos tourné. J'entendis bruire la foule derrière moi. Le corps étranger expulsé, la voilà qui se mettait à rire. Ainsi rit-on quand on a eu peur et que le danger est passé. Trois ou quatre cents mètres plus loin, avisant un rocher accessible sur le bord du sentier, j'y grimpai. De cet observatoire, mes jumelles aux yeux, je pus savourer la conclusion.

J'ai dit la frontière invisible, devant la chapelle, entre le monde des hommes et celui des Urus. Ils s'y pressaient en masse, toute cette foule, les premiers rangs immobilisés comme par une clôture infranchissable. Puis je vis les *ilakates,* les chefs de clan. Ils se frayaient un chemin à travers l'épaisseur de leur peuple, suivis des notables chargés d'objets, de sacs, de paquets. Je ne sais combien de bouteilles ils avaient apportées sous leurs ponchos, mais il y eut une grande aspersion de pisco. La chapelle et le cimetière en furent tout éclaboussés. De leurs prières ne me parvenaient que des bribes, car le vent s'était relevé. Le poncho noir s'agitait beaucoup. Seul à avoir franchi la ligne imaginaire, il déposait autour de la tombe tout ce que les notables lui passaient. Je distinguai de la coca en quantité, des pommes de terre, des poissons séchés enfilés comme les grains d'un chapelet, des pelotes de laine écrue, un nombre incalculable de flacons et de bouteilles, chicha ou pisco, des œufs, des grappes de poulets liés par les pattes... Le grand jeu ! Devant ce village mort que le vent éparpillera bientôt en poussière jusqu'à la jungle amazonienne — et c'est peut-être déjà fait en cet instant où je l'écris —, on conviendra que tant d'offrandes solennelles témoignaient d'autre chose que d'une superstition. Il faut des millénaires pour engendrer de telles survivances d'une foi dont on ne sait plus rien.

Une vague est morte sur nos rives matérielles. Sans bruit, sans force, car elle venait de très loin. Je l'ai prise dans le creux de ma main. Puis elle m'a échappé et il n'en restait rien.

9

Les dieux vivants désertent • Les Changos du Chili : fin de piste • En Terre de Feu • La dernière des Onas • Qui se souvient des Alakalufs ? • Les chevaliers de la pluie • L'arche sous le déluge • L'île fantôme

J'ai entendu récemment le dalai-lama, de passage à Paris, déclarer tranquillement, à la télévision, comme si c'était la chose la plus naturelle du monde, qu'il n'était pas un dieu vivant. Cela l'amusait. Il riait. Que c'était donc drôle ! Mais comment cette idée saugrenue avait-elle bien pu germer dans la tête de ses sujets, et voilà mille ans que cela durait ! A se tordre. La presse vanta son coup de fourchette et son goût pour le camembert dont il avait repris plusieurs fois. Le *scoop* du jour... Le lendemain, on avait déjà oublié le dalai-lama. Il avait rejoint le commun des mortels et la ronde vaine des prix Nobel de la paix. Signe des temps, voilà que les dieux vivants désertent. J'y vois une affligeante régression. Nous en avons perdu un autre la même année, le nouvel empereur du Japon, au moins tant que Sa Majesté s'abstiendra d'aller saluer au temple d'Ise son aïeule Amaterasu, déesse du Soleil et mère de la dynastie, ainsi que la tradition l'impose à chaque avènement depuis 127 générations.

A l'étage au-dessous, celui des demi-dieux, cela ne va pas mieux. Les Urus, par exemple. L'ethnologie explique scientifiquement leur passé, et les demi-dieux ne sont plus que des hommes. Au moins ont-ils eu le bon goût de mourir et de ne point se renier eux-mêmes.

Les Urus appartenaient aux plus anciens groupes d'émigrants passés d'Asie en Amérique à une époque très lointaine, 10 000 à 20 000 ans avant notre ère. Peuples minuscules, ils marchèrent durant des siècles à travers cette immensité. Du nord au sud de l'Amérique, on a retrouvé leur trace. Ils marchaient et ils fuyaient, poussés par d'autres vagues d'émigrants, des tribus plus nombreuses, puissantes, mieux organisées, plus évoluées. Ils étaient l'écume extrême d'une tempête qui s'était levée il y a longtemps en Asie, jetant sur l'Amérique déserte, là où les deux continents se rejoignaient, un déferlement de peuplades. Parfois la migration se figeait pour cinq ou dix générations. Mais quand s'annonçait à nouveau l'étranger, son odeur, sa force, sa supériorité, sa cruauté, son mépris pour ces petits peuples désolés, faibles, arriérés, alors ils reprenaient la route et leur mémoire reprenait la route avec eux, qui leur disait par la voix des anciens que leur fuite ne cesserait jamais *parce qu'ils n'étaient pas des hommes*, parce qu'ils étaient différents des autres hommes. Pourchassés, massacrés, bannis du genre humain, c'est ainsi qu'ils trouvaient un sens à leur tragique destinée. L'histoire a authentifié deux massacres dont le Livre des Urus conserve le souvenir : le plus récent, en 1632, méthodiquement conduit, façon SS, par le neveu du vice-roi, Rodrigo de Castro ; le second, au xᵉ siècle, avec des raffinements de férocité, par l'Inca Sinchi Roca, sur le rio Desaguadero, là où les gens de Tiahuanaco les avaient déjà refoulés à la suite d'autres massacres, il y a si longtemps qu'on ne sait plus quand. Un tel acharnement impressionne. Les Urus y voyaient *la* preuve de leur demi-divinité...

Ne survécurent de cette chasse aux fossiles que ceux d'entre eux qui avaient trouvé refuge sur des terres à ce point désolées que personne ne les leur disputait, peut-être une centaine d'individus, cent cinquante, répartis en trois ou quatre groupes fort éloignés les uns des autres. Prodigieux ! Alors que des milliers de kilomètres les séparaient, ils n'avaient rien oublié des liens du sang et savaient situer géographiquement leurs cousins perdus de vue depuis des centaines d'années ! Presque anéantie, à bout de souffle, dispersée, éclatée, ainsi la famille néolithique conserva-t-elle au fond des âmes, jusqu'au bout de sa longue route, la conscience de son existence.

L'un de ces noyaux résiduels, les Changos, n'est plus représenté de nos jours que par quelques pêcheurs métissés des plages désertiques d'Atacama, au Chili. J'ai vainement cherché les Changos en 1951 et 1952, lors d'une expédition automobile de la Terre de Feu à l'Alaska, sur la route inverse des migrations. Cette quête me laissa un souvenir qui ressemble au désespoir. La piste en était si bien effacée que, cette fois, je ne pus même pas *appeler*. Et cependant, en 1942, raconte la bible des Urus, une dizaine de demi-dieux du Desaguadero, chassés par la misère, s'en étaient allés chercher refuge chez « leurs parents » du grand océan. Leurs *parents* ! C'étaient les Changos ! La bible disait encore que d'autres *hommes* vivaient à l'extrémité glacée de l'Amérique et que leur crâne présentait la même forme particulière que celui des Urus *(notre tête est différente de celle des autres Indiens)*. Ce qui a été scientifiquement démontré par ces géomètres du corps humain que sont les ethnologues de terrain...

L'extrémité glacée de l'Amérique, c'est la Terre de Feu et les canaux chiliens de Patagonie, un des rares endroits du globe où les cartes marines les plus récentes se perdent encore en pointillés au fond de certains fjords désolés. Et là, une poignée de dolichocéphales à crâne bas : les derniers Fuégiens. Des demi-dieux, eux aussi, héritiers des mêmes temps où la Lune, fille du ciel, commandait à tout l'univers avant la venue des hommes :

> Cœur de beauté
> Lune au visage ample
> Lune au visage brûlé
> Visage coléreux !
> Partons chez la fille du Ciel.
> *Extrait du rituel Ona,*
> *ou Selknam*

Tout ce qu'il en restait, une chanson. Rien de plus émouvant que leur dernier recensement, en 1971, publié par la revue du musée de l'Homme. Alakalufs : 47. Onas ou Selknams : 5. Yaghans ou Yamanas : ?

Le point d'interrogation, pour les Yaghans, c'est le mot *disparu* au fronton des monuments aux morts. Celui qui apparaît sur les bilans funèbres : tant de morts, tant de disparus. L'espérance de revoir un disparu ne survit que dans le cœur des siens, contre toute raison et puis tout s'efface. Yaghans : zéro. Le dernier des Yaghans mâles, somme et fin de tout un peuple, vivait de charité à la mission de Navarino, sur le canal Beagle. Un jour il disparut, dans le vent et la pluie. Une barque manquait chez les marins-pêcheurs de l'île. L'homme était vieux. On ne l'a jamais revu. Lune au visage brûlé/Cœur de beauté/Partons chez la fille du Ciel...

Lola est morte aveugle, dans une petite cabane en bois, sur la rive du lac Fagnano, au sud de la Terre de Feu. Ayant conduit sa vie avec courage jusqu'à son terme solitaire, elle était la dernière représentante de race pure des Onas. Elle avait eu quelques amis, sur la fin de sa vie, ethnologues pour la plupart. Comme son lointain cousin du rio Desaguadero, Manuel Inta, elle avait pu se raconter avant de mourir à plus de cent ans. Je ne l'ai pas connue, sinon trop tard, en pèlerinage au lac Fagnano où mes compagnons et moi nous nous battions, à travers la forêt pétrifiée, pour tenter de rallier Ushuaia en auto. Lola... J'ai seulement prié sur sa tombe et personne ne peut plus me dire, aujourd'hui, si cette tombe existe encore. Mais j'écoute souvent le son de sa voix. Cela s'appelle :

SELK'NAM CHANTS
OF TIERRA DEL FUEGO, ARGENTINA
(47 Shaman Chants and Laments)
Coffret de deux disques 30 cm, 33 t.
notice et analyse cantométrique
Ethnic Folkways FE 4176, New York

Quelqu'un d'autre était arrivé à temps, Ann Chapmann, ethnologue, du cœur, de la tendresse, rigueur scientifique et analyse cantométrique comprises, voilà ! Mieux que rien. Et puis c'est bouleversant, une voix de mille ans. Les *Laments* dits par Jérémie ! L'Evangile raconté par la bouche de saint Jean ! Cela me bouleverse... et cela m'horripile. Il y a quelque chose d'artificiel là-dedans. Le néolithique en coffret-cadeau ! Le coffret, le prix marqué, le numéro de référence comme un matricule, la pochette couleur, l'électricité pour faire tourner le disque et le pétrole pour le fabriquer, le fauteuil trop confortable de mon salon, à Neuilly, si loin des tempêtes australes, et tout ce bazar de foire de hi-fi japonaise, c'est trop d'emballage discordant pour écouter l'éternité, cela casse le rêve. Le disque est devenu introuvable. Tant mieux. Va bientôt venir le temps d'en recueillir le dernier exemplaire, d'élever une stèle, au lac Fagnano, et de l'y sceller, près de la cabane où mourut Lola, ou sur sa tombe, si on la retrouve, puis de l'arroser de pisco, d'eau bénite, et d'allumer quatre bougies piquées sur deux chandeliers de fer-blanc, comme à Iru-Itu. Liturgiquement, surnaturellement, religieusement, bondieusement, comme on voudra, ainsi survivront les Onas. Mais pas à 33 tours-minute, 33 tours et puis s'en vont...

S'en sont allés aussi les Alakalufs que je vis disparaître avec leur barque, du pont de mon cargo, au détour du cap Tama, dans le canal austral désert qui longe l'île de la Désolation. Sous la pluie glaciale. Dans le vent. Il pleut trois cents jours par an dans les canaux patagons. Le vent y souffle en tempête la moitié de l'année. Je ne connais rien de plus effrayant que ces montagnes opaques, gorgées d'eau ruisselante, qui forment à travers le déluge permanent une interminable succession de refuges inabordables. Un immense empire liquide où la terre et l'eau se fondent en un seul élément. Un univers de désespérance. En lisière de cet empire, sur la côte est de l'île Wellington, à mi-chemin du canal Messier, se trouve le poste de Puerto Eden : un môle, une station de radio, un sergent et deux hommes, quelques baraquements délabrés et vingt Alakalufs, les derniers des derniers. Les nomades de la mer ont renoncé à l'empire. Leurs canots pourrissent sur la grève. Ils ne font rien. Ils regardent la pluie. Ils remâchent leurs souvenirs. Le gouvernement chilien les nourrit et les soigne, mais on ne peut plus rien faire pour eux. Le point de non-retour est dépassé. Ils meurent l'un après l'autre, dévorés par la syphilis, la tuberculose, la tristesse, l'inutilité, et surtout la conscience qu'ils ont de leur mort définitive. Les femmes sont devenues stériles. Les Alakalufs de Puerto Eden n'engendrent plus que des tombes. Les croix faites de deux planches clouées ne portent ni nom, ni date. A quoi bon? Tout est accompli.

Enfin, il y a les Alakalufs fantômes. Ceux que j'ai vus s'éloigner, un matin de février, au-delà de la frontière invisible des dix mille années qui nous séparaient. En ce temps-là (le début des années cinquante), deux ou trois familles, une poignée d'hommes, de femmes, d'enfants refusaient encore de se fixer. Tout aussi malades et plus misérables encore que ceux de Puerto Eden, ils avaient au moins conservé le choix de leur mort. C'était une forme de liberté, la dernière dont ils pouvaient disposer à leur guise. De temps en temps, à bout de courage, ils se portaient au point de passage des rares navires qui se risquaient dans les canaux. Silencieusement, ils entassaient sur leur barque tout ce qu'on leur jetait, vivres, hardes, tabac, boîtes de lait, toiles de tente, puis on ne les revoyait plus durant de longues périodes qui pouvaient aller jusqu'à plusieurs années. Ensuite, ils ne réapparurent qu'en de si rares occasions qui s'espaçaient de plus en plus, qu'à présent l'on peut supposer qu'ils ont définitivement disparu.

Cette disparition fascine un petit nombre d'explorateurs, de voyageurs et d'écrivains. J'ai connu naguère un Canadien qui avait passé dix ans de sa vie à les chercher sans succès, pour les apercevoir un matin, tout comme moi, à la sortie du canal Smith, qui fuyaient sous la tempête, dans leur barque. L'amiral Barthes se souvient d'avoir repéré leurs tentes en peau de phoque au fond du canal Molyneux, sur l'îlot Vaudreuil. Le Français José Emperaire, ethnologue, est mort en explorant une grotte qui leur avait servi de refuge. Je considère son unique livre, *Les Nomades de la mer*, comme la bible des Alakalufs, un chef-d'œuvre que je conseille vainement aux éditions Gallimard de rééditer. La mort prend toujours son tribut : on m'a signalé, il y a trois ans, la disparition d'un jeune Français qui avait formé le projet de suivre la trace des Alakalufs en kayak. Il s'était enfoncé, seul, dans le dédale des fjords, et on ne l'a jamais revu. L'écrivain Saint-Loup, exilé en Argentine, a lui aussi hanté, c'est le mot — ce qu'il appelle *les îles de la pluie*. En cinq années, il n'a pas rencontré un seul Indien, mais de nombreux emplacements de camp, certains récents, éloignés parfois de plusieurs centaines de milles les uns des autres. Sa conclusion exprime la tristesse de ses chasses mystiques : « Les Indiens ont emporté l'âme de la Cordillère australe et ce désert surnaturel représente pour nous le poids du péché... » Et cependant, il y a quelques mois seulement, un jeune Valaisan de mes amis qui nomadisait en bateau à voile dans les parages nord de Magellan, en a croisé deux, sur une grève, qui campaient près de leur minuscule canot. Ceux-là venaient de Puerto Eden dont ils fuyaient la torpeur mortelle, un peu comme des prisonniers évadés.

Ce fait exceptionnel ne m'a été signalé qu'une fois. Car on m'écrit souvent, des confins de ces chemins parallèles, d'Ushuaia, de Punta Arenas, de Puerto Natales, de Puerto Montt, escales obligées de quelques petits navires à voile, menés par des équipages de rêveurs mythiques, qui s'enfoncent dans le labyrinthe patagon à la recherche des Alakalufs. Le plus souvent des Français, des Suisses, un ou deux Allemands, mais point d'Américains, faut-il en déduire un jugement? Un autre Français, Jean Delaborde, ne vit, lui aussi, que pour cette chasse au fantôme. Officier de marine en retraite, il y consacre toutes ses ressources, qui sont modestes, s'embarquant pour Magellan dès qu'il déniche l'un des rares navires, le plus souvent au départ de Hambourg, à emprunter encore cette voie. En quinze ans, sa route a croisé trois fois celle des barques alakalufes nomades. C'est le champion de cette quête du Graal, le plus chanceux, si l'on peut dire, de nos chevaliers de la pluie. Chance ô combien mélancolique ! Je le sais, puisqu'elle me fut donnée.

Plus qu'une rencontre, pour moi. Une vision, une apparition, une sorte de tragique miracle qui me rapprocha de Dieu plus qu'en toute autre circonstance de ma vie. J'ai déjà évoqué cette scène dans deux de mes romans. Kandall, le héros de *Septentrion*, la raconte à des enfants dans un train qui les emporte à travers la nuit des temps. C'est également à un enfant qu'un autre de mes personnages, le vieux monsieur du *Jeu du Roi* [1], l'écrit pour l'initier au royaume et au mythe de la Patagonie. J'y fais aussi allusion dans l'avertissement aux lecteurs de *Qui se souvient des Hommes* [2]..., un livre que je portais en moi depuis trente-cinq ans et qui est un chant de vie et de mort à la mémoire des Alakalufs. C'est dire le long cheminement qui s'est fait depuis ce jour de février 1951 où m'étaient apparus ces fils de Dieu dans leur misère et leur solitude.

Ils étaient six dans cette barque. Trois hommes, deux femmes et un enfant d'une huitaine d'années. Ils ne venaient pas de Puerto Eden mais de « par là », et ils montraient, derrière eux, le sombre décor d'où ils avaient surgi, le labyrinthe de l'Ultima Esperanza, un dédale de canaux obscurs qui s'ouvre au cap Tama. Et où allaient-ils ? « Par là. » Par là, se dressait l'île de Santa Iñes, un massif montagneux inexploré, recouvert de glaciers, battu par le Pacifi-

1. Editions Robert Laffont, Paris, 1976.
2. Editions Robert Laffont, Paris, 1986.

que qui s'y abat en vagues énormes, au sud du détroit de Magellan. Il était parfaitement inconcevable qu'une vie humaine pût s'y accrocher, et cependant, c'était bien cette masse blanc et noir, là-bas, qu'ils désignaient. Saint-Loup y avait d'ailleurs découvert, au péril de sa vie, plusieurs années auparavant, les traces inconstestables d'un bivouac. L'enfant ne souriait pas. Tous avaient le regard mort, ils nous regardaient sans nous voir. Ils étaient d'une saleté repoussante, couverts de croûtes. L'un d'eux, blessé, avait le pied enveloppé dans des chiffons sanglants. Ils ne prononcèrent pas un mot de plus, tandis que le commandant faisait descendre le long du bord, au bout d'une corde, une palanquée de vivres et de vêtements qu'il avait rassemblés à la hâte. Tout cela ne dura pas plus de cinq minutes, car le navire, ayant stoppé, dérivait dangereusement vers des rochers.

Je criai dans le vent pour savoir au moins leurs noms. Sans réponse. Une femme leva la tête vers moi. Elle avait les cheveux plaqués sur le visage par la pluie qui tombait à torrents. J'aperçus une épaule décharnée à travers un trou de la couverture trempée qui lui servait de vêtement et me souvins que les Alakalufs, jadis, vivaient nus par les froids les plus rigoureux. Accroupie au fond de la barque non pontée, l'autre femme écopait avec une boîte de conserve. Déjà, les hommes et l'enfant avaient empoigné les avirons. La barque déborda rapidement, s'éloignant du navire qui avait repris sa route. Je fis un geste de la main, en adieu. La femme qui me regardait baissa aussitôt la tête. J'ai dit la conviction que j'avais que dix mille années nous séparaient. Il s'en ajouta une autre : ces malheureux le savaient aussi, écrasés par cet éloignement sidéral. Sur l'autre rive d'un fossé de cent siècles, les derniers Alakalufs nomades s'enfuyaient encore plus loin, volontairement, dans le passé.

Transi, mouillé jusqu'à l'os, l'âme désolée, je regagnai ma cabine. Par le hublot, je ne vis plus rien que la pluie.

Allongé sur ma couchette, je repris la lecture de mon livre de chevet. C'était aussi, je l'ai appris plus tard, celui de Giono : les *Instructions nautiques*. Bien que ne quittant plus Manosque, Giono était un familier de la haute montagne et de la haute mer. « Pour la montagne, écrivait-il, j'ai quelques poèmes tibétains ; pour la mer, j'ai les *Instructions nautiques*. » Nul besoin de battre le rappel de mes souvenirs. Il me suffit de relire l'étonnante litanie géographique qui scanda la route de mon cargo vers Punta Arenas, où je débarquai : le havre du Dernier-Espoir, le cap Anxieux, l'île de la Désolation, Port-Famine, les Furies orientales et les Furies occidentales, le récif des Rôdeurs, le cap des Veuves, semé d'épaves fracassées. Il n'y a pas de cap Alakaluf, de Port-Yaghan ou d'île des Fuégiens. Rien qui rappelât les pitoyables seigneurs de ces lieux dans la toponymie des Blancs. Trois hommes, deux femmes, un enfant, l'arche sous le déluge, sauvant la mort, et non la vie. Ils furent partout. Ils sont nulle part.

Nos chandeliers de fer-blanc s'éteignent. La nuit est aveuglante...

C'est plus au sud, encore, que j'ai découvert le mot de la fin, au moins celui de ce chapitre. Voulant visiter d'autres îles au-delà du canal Beagle à la recherche des derniers Yaghans, j'avais embarqué sur une grande chaloupe à moteur appartenant à des prospecteurs yougoslaves émigrés en Terre de Feu. Naturellement, je *savais* que je ne trouverais pas un Yaghan, mais peut-être au moins une trace de campement, un lieu où fermer les yeux, méditer, se laisser emporter par le silence qui ressuscite les peuples morts. Au lieu de cela, nous sommes tombés sur une ancienne base stratégique abandonnée depuis la fin de la guerre.

Tous les oiseaux qui avaient fui l'envahisseur, autrefois, les grands pétrels, les pingouins manchots, tous les lions de mer à crinière avaient repris possession de leur empire. Mes Yougoslaves et moi, nous nous sommes frayé un chemin à travers cette foule animale jusqu'aux baraquements abandonnés, et là, comment l'expliquer? cette base morte s'est mise à vivre. Les chemins parallèles se sont peuplés. L'impression était si forte que j'en ai fait beaucoup plus tard une courte scène du *Jeu du Roi*. Il se passait quelque chose d'étonnant...

Cent portes battaient au vent, s'ouvraient, se fermaient. Poussée par le vent, une neige poudreuse glissait à toute vitesse sur le plancher. On la voyait se déplacer, grimper le long des couchettes, courir sur le bar de la salle à manger et recouvrir d'un tapis blanc tous les bureaux de l'état-major en épousant la forme des objets, téléphones, lampes et paniers à courrier. D'autres bruits se faufilaient à travers le vent, chocs sourds, plaintes, craquements. Une étagère s'écroula devant moi, laissant filer une pile de dossiers que la neige emporta. Tout était moisi, décomposé, rongé. Par une fenêtre, je vis un petit avion tout blanc se déplacer lentement sur la piste enneigée. Il avait rompu ses amarres rouillées et le vent le poussait. Il heurta un baril vide, puis un autre, avec un bruit de cloche, perdit son aile sous le choc, l'empennage de sa queue, son hélice, tout cela gangrené jusqu'au cœur de l'acier, puis s'agenouilla au bord de l'eau, ses roues ayant cédé. Dehors, il y avait ausi des machines étranges caparaçonnées de glace, sauterelles géantes en fil de verre qui avaient dû être des engins de levage. Elles tremblaient sur place, s'ébrouaient, sursautaient, et des milliers de cristaux de glace jonchaient le sol sous leurs pieds.

Amarrée à un vestige de quai, la chaloupe fatiguait dangereusement. Les pneus de camion qui servaient de défenses amortissaient à peine les chocs. Il fallait rembarquer sans attendre. Cherchant quelque chose à emporter en souvenir de mon passage, j'ouvris le tiroir d'un bureau et tombai sur un registre à peu près en bon état. J'allai tout de suite à la dernière page utilisée, espérant une sorte d'adieu, de ces petits pieds de nez au destin qu'on laisse parfois derrière soi. Au lieu de quoi, un homme y avait consigné soigneusement qu'un autre homme était venu chercher un carton de bières et un grand bocal de *pikles*. Ensuite ils s'en étaient allés.

Ah ! ce n'étaient pas des demi-dieux...

10

Un an de ma vie au Japon • On n'imagine pas le fossé • Neige sur un amour nippon • Keiko se cache dans une île • Chez les pêcheurs du lac Biwa • Je retrouve Keiko et la perds • Cloche du soir à Miidera • Fin de la piste

J'ai passé une année entière au Japon. Je m'y étais fixé deux rendez-vous, l'un avec les Aïnous, ces derniers Aryens du Japon, dans le Hokkaidô ; l'autre avec Tchekhov, dans l'île de Sakhaline, où lui aussi s'était intéressé de près aux Aïnous. Je raconterai cela.

Parti pour trois mois, j'étais resté un an. Un an à vivre hors de moi-même, car à de rares exceptions, un Occidental ne s'adapte jamais au Japon. Pour ma part, à mon retour, ayant pris goût au tatami, je ne pus dormir que couché sur le tapis et il me fallut plusieurs semaines pour accepter l'idée de remonter dans mon lit. Si l'on me posait une question précise, aussitôt ma cervelle se coinçait. Par un mystérieux mécanisme acquis au contact des Japonais, elle n'émettait plus que des réponses évasives. Ceux qui ont vécu là-bas comprendront. Je me souviens d'un étrange et fascinant dominicain italien, une sorte d'agent de renseignement du Vatican qui parlait une trentaine de langues dont le grec, l'hébreu et le sanscrit, et s'entretenait jour et nuit avec des théologiens bouddhistes au fond de monastères introuvables où il me donnait rendez-vous lorsqu'à bout de courage je venais chercher du secours. Sans le Père Benchevini — je crois que c'était son vrai nom —, j'aurais craqué maintes fois. Tout en grignotant des *sembés* de riz grillé, il me lançait avec entrain, car mon désarroi l'amusait : « Ah ! cher Raspail, je vois que vous commencez à comprendre que vous ne comprenez rien du tout... » En effet, j'avais beau *appeler,* ma voix ne rencontrait pas d'écho.

C'était en 1956.

On n'imagine pas le fossé qui séparait le Japon de ce temps-là de celui que nous connaissons aujourd'hui. C'était un pays pauvre qui payait durement sa défaite. La possession d'une automobile passait pour un fabuleux signe de richesse, et la mienne, une Toyota noire toute neuve aux vitesses mal synchronisées ressemblait à une vieille Daimler. Elle m'encombrait plutôt. Il n'y avait quasiment pas de routes. Elles étaient encore en construction, et de quelle façon ! La corvée, comme au Moyen Age.

Toute la population des villages au travail, hommes et femmes, en costume de paysan, pantalon bouffant de toile bleue serré aux chevilles, chapeau de paille conique en tête, armés de pelles, chargés de seaux accrochés à un balancier sur l'épaule, tassant le ciment frais à la main à l'aide d'une sorte de pilon plat, j'ai vu cela. Il fallait deux jours pour franchir les cinq cents kilomètres séparant Tokyo de Kyoto. Les trains se traînaient à cinquante à l'heure sur un réseau à voie étroite, les couchettes alignées en long, faute de place en largeur dans les wagons. Mais quel charme, aussi, quel dépaysement... Sur le toit du bâtiment principal de l'aéroport d'Haneda, un petit temple shinto de couleur vermillon, dédié aux esprits du lieu, garantissait la sécurité des atterrissages. Même Ginza, le quartier phare de Tokyo, offrait des visions d'estampe. Le conteur d'histoires, le marchand de *soba,* le réparateur de *shoji,* le vannier, l'écrivain public et sa batterie de pinceaux, le devin ambulant qui lit l'avenir dans des bâtonnets de roseau, et d'autres centaines de pousseurs de charrettes allumaient leurs lampions de papier et semaient des airs de flûte à travers les ruelles du quartier. Il y avait des petits autels en plein air à chaque coin de rue, souvent consacrés à Hinari, le renard messager des dieux. Keiko San m'avait appris à y enflammer un bâtonnet d'encens, à offrir quelques grains de riz, à taper trois fois dans mes mains et à m'incliner profondément, au moins lorsqu'elle acceptait de paraître en ma compagnie, en public, ce qui était rare.

C'était un temps, en effet, d'intense xénophobie ambiante. Les Etats-Unis avaient conservé de très nombreuses bases militaires au Japon et les Américains y étaient détestés. J'ai rarement vu, ailleurs, un sentiment de rejet de cette force. La population, le plus souvent, fourrait dans le même sac, avec mépris, tous les autres étrangers. Et sans se gêner ! Que de bars, de restaurants, de boîtes de nuit, de maisons de thé, d'auberges affichant « *Japanese Only* ». Dans les hôtels à l'occidentale, il vous était clairement précisé par le portier, et sur quel ton !, que vous pouviez accueillir dans votre chambre, avec la discrétion qui convient, des Blanches, des Noires, des Coréennes (sous-entendu : si vous n'étiez pas dégoûté), mais pas de Japonaises. JAMAIS de Japonaises. Quant aux femmes qui acceptaient de coucher avec les longs-nez, ou simplement de boire un verre, elles se voyaient immédiatement classées *pom-pom,* surnom et marque d'infamie appliqués aux Japonaises de basse classe entretenues par les G.I. Il fallait voir comment, à Ginza, la foule s'ouvrait avec répulsion, formant une sorte de double cordon sanitaire autour de ces couples Blanc-Jaune. Dans les endroits décents, on refusait de les servir. Keiko San et moi, nous évitions de nous promener ensemble aux heures d'affluence de certains quartiers, bien que je n'eusse rien d'un Américain, que je prisse soin de me différencier d'eux (c'était facile), que nous parlions français tous les deux et que la France, en ce temps-là, eût plutôt la cote au Japon.

J'avais fait la connaissance de Keiko San lors d'une réception à l'ambassade de France. Elle y travaillait à mi-temps, au service de presse, et consacrait ses matinées à parfaire sa connaissance du français à l'Institut français de Tokyo où elle était répétitrice. Avec ce maigre double salaire, elle faisait vivre sa mère et son jeune frère. Son père, colonel de l'armée impériale, s'était enfoncé son sabre de parade dans le ventre le jour de la capitulation. Les vaincus, au Japon, n'ont pas eu droit à des pensions. A plus forte raison, leurs veuves. Je n'ai jamais su où elle habitait, sinon que cela se situait « quelque part au nord », la seule réponse que j'obtins. Ce qui m'avait tout de suite conquis, c'était son visage aristocratique, son nez fin légèrement busqué, sa peau mate, presque blanche, et sa voix, surtout sa voix, d'une douceur musicale lorsqu'elle s'exprimait en français, avec la sonorité de ces petites clochettes d'agrément que l'on entend dans les jardins japonais. Grande pour une Japonaise, élancée, flexible avec infiniment d'harmonie, elle gardait le plus souvent les yeux baissés, à demi fermés sous de longs cils noirs. Ce jour-là, elle était vêtue d'un kimono prune, *tabi* blancs et *zori* de bois laqué, maquillage discret, doigts effilés, sans rouge aux ongles, rien d'une geisha ou d'une poupée, pas du tout le genre Butterfly, simplement une ravissante jeune fille japonaise de bonne famille qui s'était habillée avec soin pour sortir. Lorsqu'elle leva les yeux sur moi, je fondis. Le Japon est ainsi, décevant, brutal, puis soudainement, comme une vision, l'image de la perfection, un coin de jardin, une lanterne de pierre, un *shoji* entrouvert, une attitude, une jeune femme, grâce inimitable...

Ce ne fut qu'une ébauche d'aventure, quelque chose d'extraordinairement charmant. L'amour y tint plus de place que le sexe, ainsi que l'on dit à présent. Keiko nous imposait de longs espacements de temps, et puis je voyageais beaucoup à travers le Japon. Elle refusa toujours de m'accompagner, sauf à Nikko où elle m'apprit comment adorer *Mihashi,* qui est le pont de bois le plus célèbre du Japon, sacré, naturellement, l'archétype des japonaiseries, dans un paysage de vieux pins presque déracinés où pendaient des centaines de papillotes qui étaient les prières des promeneurs aux *kami* de la forêt. Elle avait bu à toutes les fontaines sacrées, tiré le cordon de toutes les clochettes à prières, salué le cheval harnaché qui attendait le bon plaisir du dieu son maître dans une écurie de bois précieux, brûlé des bâtonnets d'encens et jeté des pièces de monnaie dans toutes les caisses à offrande. Il y avait peu de monde, c'était en semaine. Quand une allée s'ouvrait devant nous, déserte, alors elle me donnait la main, et elle me donna l'un des bonheurs de ma vie lorsqu'elle ne me la retira pas, cette main, en croisant un groupe de touristes de sa race. Parvenue au pont, qui était une merveille de grâce et de proportions, je le reconnais, elle prit une attitude presque orante, demeurant longtemps immobile. C'est ainsi que l'âme japonaise s'apaise en la présence de chefs-d'œuvre. Je dis seulement :

« admirable », et c'était à elle que je pensais. Puis je lui dis que je l'aimais et elle me fit oui, de la tête, ce qui se traduit par non, au Japon. Elle ne voulait pas que je l'aime ou elle ne voulait pas m'aimer, elle ne s'en est jamais expliquée.

Nous avons pris deux chambres dans une auberge voisine. C'était un endroit délicieux. La brise inclinait sans bruit les feuillages des bambous du jardin. Derrière les *shoji* éclairés passaient et repassaient des ombres féminines. On entendait rire. Les servantes japonaises, en ce temps-là, s'affairaient toujours en riant. Des lueurs, comme des reflets de miroir, trouaient la nuit autour de la maison. C'étaient des papiers argentés, suspendus au rebord du toit, qui se balançaient au vent et cueillaient les rayons de la lune. Des clochettes tintaient au moindre souffle. En fond de paysage, deux pins tortueux formaient un noir découpage. Quand tout fut silencieux, dans l'auberge, Keiko est venue me rejoindre. J'étais tellement ému que ce ne fut pas triomphant. Seulement très doux, presque sage. Keiko murmurait des mots japonais que je ne comprenais pas.

Quand je voulus la revoir, au retour d'un voyage à Nagasaki à la recherche des vieux catholiques (j'en parlerai), il me fut répondu, à l'ambassade, qu'elle avait dû se rendre d'urgence, en province, au chevet d'une tante malade. Devant partir pour un long séjour au Hokkaidô, et c'était la fin de mon voyage, j'étais désespéré. A force de persuasion, je finis par obtenir d'une autre Japonaise du service de presse, bonne fille, un bout de papier qu'elle me remit furtivement, en s'assurant qu'on ne l'observait pas, où elle avait écrit trois mots : Oshima. Lac Biwa.

C'était une île.

Le lac Biwa se trouve près de Kyoto. C'est le plus grand lac du Japon. De retour à l'hôtel, je consultai une carte. Oshima était une toute petite île, au large d'un bled qui s'appelait Otsu. Je sautai dans le train de nuit le soir même. Ce fut la fin de cette douce histoire, mais je veux la raconter car c'est l'un des jolis souvenirs de ma vie.

La barque pointue filait dans le petit matin. J'avais débarqué du train à l'aube et avalé un bol de *soba* sur le quai de la gare. Il faisait froid. Le soleil n'avait pas encore émergé du cercle des collines. La surface du lac était calme, sans une ride, le bruit du moteur amorti par la brume. De temps en temps, un bruissement d'ailes, un cri d'oiseau, une oie sauvage s'enfuyait. J'étais assis à l'avant sur un amas de filets, le col de mon blouson remonté. Je trempai ma main dans l'eau. Elle était glaciale. Debout à l'arrière, le genou calé contre la barre du gouvernail, le pêcheur grimaça un sourire et dit quelques mots en japonais. Il me sembla qu'il parlait du froid. A tout hasard, j'approuvai. Je frissonnais, fatigué par une nuit blanche, car je n'avais pas trouvé de couchette, et par la recherche sur la rive du lac, au lever du jour, d'une barque et d'un pêcheur disposé à m'emmener à Oshima. L'homme me lança un vieux manteau de cuir doublé de peau de mouton. Un *tori* de bois vermoulu émergea de la brume, planté dans l'eau comme un perchoir géant. « Oshima... une heure », dit le pêcheur. Il comptait un avec son petit doigt. C'était un vieil homme maigre et voûté, le cou décharné, la peau brune du visage plissée de rides profondes. Bonnet pointu à oreillettes, épaisse tunique matelassée, pantalons bouffants serrés aux chevilles, les pieds nus, il me rappelait un personnage de *nô*.

— Kanehira, dis-je.

— Moi ? fit le pêcheur en se montrant du doigt.

Il paraissait flatté, ou peut-être était-ce l'idée que je m'en faisais pour que la scène fût bien jouée. « Kanehira », répéta-t-il. Dans un *nô* célèbre, le chevalier Kanehira, tué à la bataille d'Awazu, sur les bords du lac Biwa, apparaît au pèlerin sous la forme d'un vieux batelier... Vers huit heures du matin, la brume, en se dissipant, découvrit au fond du lac la masse vert sombre du mont Heï où cantonnèrent, pendant des siècles, des milliers de bonzes-soldats. Une petite brise froide souffla, levant un clapot qui prenait la barque de flanc avec un bruit mouillé. Le pêcheur empoigna la barre. Il ne ressemblait plus au fantôme de Kanehira.

— Oshima, annonça-t-il en tendant le bras.

A travers les derniers voiles de brume, l'île était là : un temple de village, au toit courbé, quelques pins torturés à souhait, des maisonnettes de bois serrées le long de la rive, avec leur *shoji* de papier blond que le soleil, à présent, éclairait, une estampe d'Hokusai ! Je branlai du chef en faisant « hâ hâ », une façon que j'avais prise aux Japonais d'exprimer mon émotion. Longeant la jetée, la barque entra dans le petit port, croisant d'autres pêcheurs qui sortaient, tous vêtus de l'épaisse tunique et du bonnet à oreillettes. Je me mis debout dans la barque, cherchant des yeux Keiko San parmi les femmes qui s'affairaient au milieu de nasses et de filets, sur le quai. Elle n'y était pas. Pourquoi m'aurait-elle attendu ? Elle ignorait ma visite et sans doute ne la souhaitait pas. Je payai le vieil homme en lui indiquant sur ma montre que je voulais repartir à cinq heures. « *Haï, Haï !* » dit-il. Il me regardait avec une expression que je pris pour une marque de sympathie. J'en profitai. Pointant mon doigt sur sa poitrine en répétant : « Oshima ? Oshima ? » je tentai de lui demander s'il habitait l'île.

— *Haï ! Haï !* dit-il.

Il y habitait. Je risquai mon japonais balbutiant. Je n'ai pas le don des langues. Jamais je ne l'ai tant regretté qu'au Japon.

— Keiko San, Hichira Keiko San, *koko deska ? Koko deska degosaïmas ?* Où est-elle ? Pouvez-vous me faire l'honneur de me le dire ?

Il fit signe qu'il ne savait pas et, se courbant dans son bateau, entreprit d'y mettre de l'ordre. Cela m'étonna, l'île était minuscule. Je sautai sur le quai entre deux groupes de femmes qui chargeaient des filets dans les barques. En tunique bleue et pantalon bouffant, un fichu noué autour de la tête, elles ne ressemblaient en rien à leurs sœurs de Tokyo. On m'assure à présent que tout cela a basculé dans le siècle. Mon ami Marcel Giugliaris, qui a vécu trente ans au Japon, à qui je racontai plus tard mon histoire, m'a dit que j'avais eu beaucoup de chance et que déjà, à cette époque, c'était dans un Japon d'extrême arrière-garde que j'avais débarqué ce matin-là. Je m'approchai, m'inclinant poliment.

— *Konishiwa,* bonjour.

Sans interprète, j'étais conscient de ma maladresse, mais le résultat ne fut pas mauvais. Ces femmes me considéraient avec bienveillance. Leurs visages ronds et plats souriaient. Elles répondirent à mon salut sans exagération inutile, ce qui était bon signe. Je demandai :

— Hichira Keiko San, *koko deska degosaïmas ?*

Une vive animation se répandit dans leur groupe. On aurait dit une volière réveillée. Elles semblaient se consulter. L'une d'elles s'avança et prononça quelques mots en japonais que je ne compris pas. J'eus l'idée de procéder par élimination. Pointant mon bras vers l'ouest de l'île, je répétai ma question. « *Ihé,* non ! » dit la femme. Je montrai le nord-ouest. « *Ihé !* » Puis le nord. « *Ihé !* » Le nord-est, l'est. « *Ihé ! Ihé !* » Au sud s'étendait le lac et la femme me regardait gentiment, comme si elle s'excusait de ne pouvoir m'aider. Il ne me restait plus qu'à remonter l'unique ruelle qui s'ouvrait au bout du quai.

Après quelques mètres, je tombai sur une maison un peu plus vaste que les autres. Un panneau d'affichage et un drapeau japonais lui donnaient un petit air administratif. Mairie ou bureau du port ? J'entrai. Un homme d'une quarantaine d'années, vêtu comme un pêcheur, se tenait derrière un comptoir où s'entassaient des sacs de riz, des bocaux de soja, des fournitures de pêche. Pour la dixième fois depuis mon arrivée, je répétai ma question : « Hichira Keiko San ?... » L'homme ne prit même pas la peine de me répondre et sans plus s'occuper de ma présence, se mit à peser des sacs de riz.

Je sortis. Ou bien la demoiselle, à l'ambassade, m'avait lancé sur une fausse piste pour se débarrasser de moi, ou bien tout le village s'était donné le mot. Renonçant à interroger plus avant, je résolus de faire le tour de l'île. Une bande d'enfants, pieds nus et morveux, me suivait à dix pas. J'entrepris d'apprivoiser le plus âgé. Peine perdue. Dès que je me retournais, tous s'enfuyaient en courant, pour revenir ensuite, mais toujours à dix pas. Trois sentiers parallèles à la rive traversaient le village. Je les parcourus l'un après l'autre, méthodiquement, jetant des regards indiscrets par les *shoji* entrouverts. Je ne vis que des vieilles femmes et des enfants. Les hommes devaient être à la pêche. Et tant d'autres, sans doute, péris en mer dans le massacre de la marine impériale... L'une de ces vieilles, cependant, me sourit. Les autres refermaient vivement leurs *shoji*.

A une heure de l'après-midi, j'avais visité tout le village sans trouver trace de Keiko. J'avais faim. Pas d'auberge en vue, pas même de touilleurs de soupe ambulants. Je revins chez la vieille qui m'avait souri et la trouvai dans sa cuisine, près d'un four de terre noirci où chauffait une marmite de bois. Tirant deux cents yens de ma poche, je lui fis comprendre, comme je pouvais, que je cherchais quelque chose à me mettre sous la dent. Elle repoussa doucement les billets, me conduisit dans la pièce principale et m'invita à prendre place près de la table basse, le dos tourné au *tokonoma,* ce qui était une façon de m'honorer. Puis elle apporta du riz blanc et des petits poissons grillés. Nous mangeâmes en silence. Jamais repas japonais ne me fit tant plaisir. La vieille me dévisageait avec sympathie. A la fin du repas, elle versa du thé vert dans le reste de son riz et poussa le tout dans sa bouche d'un rapide mouvement de baguettes. Je l'imitai. Elle me regarda et dit :

— Djannou San.

C'était mon prénom, prononcé à la japonaise, accompagné du vocable de courtoisie : M. Jean. Elle me prit la main et m'entraîna dans la ruelle. L'escouade de gamins qui piétinait à la porte recula vivement. La vieille leur cria quelque chose. Ils s'enfuirent sans revenir.

— *Massugu,* me dit-elle. Plus loin.

Elle disparut dans la maison et je me retrouvai seul. Je pris la direction qu'elle m'avait indiquée, jusqu'à la sortie du village. Plus loin, avait-elle précisé. Le sentier longeait la grève, courant capricieusement à travers les pins. Après un quart d'heure de marche, j'aperçus trois huttes coniques de paille d'où s'échappait une fumée blanche. En avançant, j'entendis des voix de femmes. Risquant un coup d'œil à l'intérieur des huttes, je les vis qui s'affairaient autour d'un immense four surmonté d'un énorme chaudron. Je distinguais mal leurs visages à travers l'épaisse vapeur. Des milliers de coquillages couvraient le sol. Je découvris Keiko dans la troisième hutte, courbée près du four où elle enfournait du bois. Elle était vêtue comme les autres, d'une tunique et d'un pantalon, un fichu blanc noué sur ses cheveux. Je l'appelai. Elle leva les yeux et me regarda. Elle semblait peu émue.

— Sortons, dit-elle, puisque vous êtes là.

Elle s'essuya les mains à son tablier et repoussa sous son fichu quelques mèches de cheveux noirs qui s'en échappaient. Dans ce costume de garçon, elle était plus jolie encore.

— Vous voyez, je me rends utile. (Elle montrait les coquillages.) C'est la pêche de la nuit. Il faut les cuire tant qu'ils sont vivants, sinon tout est perdu. Mon costume vous étonne ? Ici, les femmes n'en portent pas d'autre, sauf les jours de fête. Vous êtes vraiment au Japon, dans cette île. Aucun étranger n'y est jamais venu.

Avec mon blouson mastic et mes chaussures de sport, je me sentais tout à fait déplacé. Je ne savais plus que lui dire.

— Vous plaisez-vous à Oshima ?

— Mon père aimait beaucoup cette île. Sa famille en était originaire. Il y venait souvent, en permission. J'y suis née. Dès que j'ai su marcher, on m'a habillée d'une tunique et d'un pantalon. J'y reviens toujours avec joie.

Elle répondait à mes questions mais ne cherchait

pas à relancer la conversation. Il y avait de longs silences.

— Keiko, dis-je, écoutez-moi. J'ai voyagé toute la nuit pour vous voir. Demain soir je dois prendre le train pour le Hokkaidô. Avant de partir, j'ai voulu...

Sachant que c'était inutile, je n'achevai même pas ma phrase. Keiko contemplait fixement l'eau du lac. Elle ne m'encourageait pas.

— Allons plus loin, dit-elle seulement.

Nous nous assîmes côte à côte sur la grève, à peu de distance des huttes d'où nous parvenaient des rires et des exclamations joyeuses.

— Je suis arrivé dans cette île à huit heures ce matin, dis-je, et depuis ce moment-là je vous cherche partout.

— Je le savais. On m'a prévenue aussitôt.

— Et vous êtes partie vous cacher ?

Elle ne répondit pas.

— Personne n'a voulu me renseigner, dis-je. Tout le monde vous connaît, pourtant...

Je n'étais pas réellement triste, mais immensément mélancolique. Cela convenait encore à mon âge. Je devenais un personnage de roman. Un étranger débarque dans une contrée lointaine et tombe amoureux de la princesse. Hélas, tout les sépare...

— On me connaît, c'est vrai, dit-elle. Je suis de leur sang. Il y a mille ans, cette île était déserte. Puis trois soldats du prince Gengi sont venus s'y réfugier après la déroute de leur armée. Tous les habitants de cette île sont plus ou moins leurs descendants. On y est encore très méfiant et mon cousin les tient bien en main.

— Votre cousin ?

— Le chef des pêcheurs. Vous l'avez vu ce matin. C'est lui qui m'a prévenue. J'ai obéi. La famille, le clan, les coutumes...

— Ne cherchez pas d'excuses.

— Je n'en cherche pas. C'est comme cela.

— Et la vieille dame ? Celle qui m'a indiqué le chemin jusqu'ici ?

— Ma tante. Une cousine de mon père.

— Je vois qu'elle est guérie.

— Ne soyez pas amer. En Europe aussi, il existe des mensonges de politesse.

— Vous la remercierez pour moi.

Keiko sourit. C'était la première fois.

— Oh, dit-elle, c'est une incorrigible rêveuse. Votre venue nourrira ses méditations pendant longtemps.

A mon tour, je demeurai silencieux. Elle m'accompagna jusqu'au village. Nous marchions l'un derrière l'autre sur l'étroit sentier, sans parler. Aux premières maisons, elle s'arrêta.

— Je dois vous quitter ici, dit-elle... De votre barque, en regagnant la terre, regardez bien. Peut-être verrez-vous quelques-unes des beautés d'Omi [1] ; les bateaux qui rentrent de Yasabé, les oies sauvages volant vers Kataka, ou le coucher du soleil du côté de Seta ? Peut-être entendrez-vous la cloche du soir

1. Ancien nom du lac Biwa.

venant du temple de Miidera ? Pour les huit beautés d'Omi, autrefois, des milliers de pèlerins accouraient de toutes les provinces du Japon. Il leur fallait une longue patience. Certains attendaient une vie entière. Pour les quatre autres, vous n'avez aucune chance, un soir de neige, une nuit de pluie, un ciel clair à Awazu, la lune d'automne à Ishiyama...

Elle aussi se réfugiait dans le romanesque. C'est ainsi que je l'ai compris.

— Une seule beauté d'Omi, reprit-elle, ce serait déjà beaucoup. Si ce bonheur vous est donné, vous ne serez pas venu pour rien.

Je la regardai s'éloigner. C'est un songe que j'avais tenu dans mes bras.

Je retrouvai Kanehira qui m'attendait au port, bavardant avec les femmes. Elles se turent à mon arrivée. Tout devint silencieux. J'embarquai.

— Otsu, dis-je au pêcheur.

— *Haï Haï,* dit-il.

La barque fila vers le large. Une heure plus tard, alors que l'île s'estompait au couchant, j'entendis une cloche lointaine.

— Miidera ? demandai-je.

— *Haï,* répondit l'autre gravement.

Le vieux pêcheur se fichait peut-être de moi. Quelle importance ? Mon personnage de roman emporta le souvenir de la cloche qui sonnait à Miidera.

Le lendemain soir, j'avais quitté Tokyo.

11

Le train était rempli de petits hommes jaunes • Le combat des Matsumaï • Sibérie japonaise • A la recherche des Aïnous • Tchekhov arrive à Sakhaline, et moi, au Hokkaidô • On gèle • Courte histoire des derniers Aryens du Japon • Yotari-Buro, le chef barbu • Une iourte • Il m'offre sa fille • Je retrouve enfin Tchekhov et gagne une jeune amie

Le train était rempli de petits hommes jaunes qui dormaient la bouche ouverte et ronflaient abominablement, étendus de chaque côté du wagon, le nez dans les pieds du suivant, sur trois étages de couchettes alignées longitudinalement à la mode des chemins de fer japonais de l'époque. Lorsqu'ils ne dormaient pas, ils rotaient, ou bien scandaient leurs pensées de gémissements gutturaux. D'autres se curaient les oreilles, les ongles, les dents, avec des bâtonnets de bois blanc, si attentifs à leur toilette de nuit et si souples en même temps, ramassés sur leur litière exiguë, que je me demandais s'ils n'allaient pas se lécher de l'encolure aux pattes, comme des chats. Le wagon frémissait sous les rafales d'un vent violent venu de la Sibérie voisine, qui écrasait de la neige gelée sur les vitres. Dehors, il faisait nuit et froid. On ne distinguait plus les montagnes blanches ni les rives givrées de l'océan entre lesquelles le train se traînait vers le nord du Hokkaidô, au septentrion glacial du Japon. Il s'arrêtait souvent, dans des stations d'aspect désolé et pauvrement éclairées. Les chats se dressaient d'un bond et couraient sur le quai de bois, insensibles au froid, guidés par les lampes à pétrole du buffet. Ils en revenaient porteurs de longues lanières de poisson séché autour desquelles ils se lovaient sur leur couchette, toutes griffes et dents dehors, puis rotaient et dormaient de nouveau, et ainsi de suite jusqu'à l'arrêt suivant. J'en aurais miaulé !

Le tunnel sous-marin entre Honshu et Hokkaidô n'existait pas en ce temps-là, quinze ans avant les Jeux olympiques d'hiver de Sapporo (1972) qui virent décoller économiquement ce Nord sibérien du Japon. Le train avait déjà pris, depuis Hakkodate, terminus du ferry, une bonne demi-journée de retard et je m'en fichais. Mon frère blanc l'Aïnou, avec lequel j'avais rendez-vous dans un épouvantable bled côtier nommé Biratori, n'y verrait point d'offense. Nous étions séparés depuis si longtemps, lui et moi, depuis les ténèbres du néolithique... Quelle idée saugrenue, d'ailleurs, l'avait pris de migrer tout seul en sens contraire et d'aller se perdre à l'est extrême, au milieu des Jaunes innombrables, tandis que tous les autres Blancs faisaient tranquillement mouvement à l'ouest vers des rivages plus cléments ?

Pour le moment, mon train rampait comme une chenille épuisée, au milieu d'un paysage d'autre temps. Il me faut répéter à quel point le Japon, neuf ans seulement après la capitulation, différait de l'image qu'il nous offre aujourd'hui. A plus forte raison le Hokkaidô, dont la colonisation véritable venait à peine de commencer. Propriété personnelle des seigneurs Matsumaï, grands sabreurs d'Aïnous, ce Far West septentrional ne fut rattaché à l'administration impériale qu'au début de ce siècle. Terre de pionniers, elle le resta longtemps, délaissée par l'immigration japonaise qu'effrayait ce vide humain au sein d'un climat terrible. Ce temps-là venait de s'achever. Les petits hommes jaunes et pauvrement vêtus que mon train d'un autre âge semait à chaque station triste, techniciens et ingénieurs, s'apprêtaient à le construire, ce Hokkaidô moderne. C'est aujourd'hui chose faite. Mais en 1956, l'ombre du dernier seigneur Matsumaï galopait encore sur la neige glacée, le long de la voie.

Il avait fallu deux années pour s'emparer de ce démon et l'abattre, lors de la construction du chemin de fer, quatre-vingts ans auparavant. Mais pendant tout ce temps, quelle hécatombe le long de la voie dont les travaux n'avançaient plus ! Rien ne pouvait arrêter ce centaure furieux, ni les conseillers militaires germaniques, effarés derrière leur monocle, ni les prêtres shintoïstes qui aspergeaient frénétiquement de saké chaque traverse et chaque pile de pont. Il surgissait comme le tonnerre, semant la panique dans les rangs des poseurs de voie, criblant de flèches les malheureux Aïnous des chiourmes et les soldats japonais en tunique prussienne qui les surveillaient, pétrifiés sur leurs mitrailleuses par l'apparition de ce samouraï en armure de cuir noir, casque d'argent et cimier d'or. Il s'appelait Matsumaï Kanata et n'avait pour toute armée que son fils unique, âgé de dix ans. Le garçon tirait à l'arc et galopait comme un grand. A eux deux, ils firent mouche des centaines de fois, exterminant les Aïnous des chiourmes au service du nouveau Japon, celui de Meiji, qu'ils abhorraient. On doit aux deux derniers Matsumaï le massacre de ces témoins du passé, hommes de la première race, ce qui est un étrange contresens de leur part, puisque eux-mêmes s'opposaient à l'avenir.

En ces temps-là, quinze mille Aïnous vivaient encore au Hokkaidô, cinq fois plus que lors de mon voyage. Survivants des longues batailles avec des générations de Matsumaï, ils n'étaient plus qu'une minorité résignée qui avait cessé tout combat. Lorsque l'armée entreprit la construction du chemin de fer, c'est tout naturellement dans leurs villages qu'on recruta de force les travailleurs. La plupart périrent entre deux feux, sous les flèches des Matsumaï, ou bien sous les balles de l'escorte lorsqu'ils tentaient de s'échapper, pris de panique, trouvant la mort en la fuyant. On ne peut parler de génocide, mais simplement du prix d'un chemin de fer qui était devenu un symbole. Les Aïnous firent les frais des derniers affrontements d'une guerre civile des anciens contre les modernes, dont ils s'étaient retirés depuis longtemps. Leur mort n'y fut pas dirigée contre eux, pas plus que les villes, les usines et les millions de petits hommes jaunes et terriblement efficaces qui suivirent plus tard le chemin de fer et les engloutirent définitivement. A la vérité, une fois le dernier Matsumaï proprement suicidé selon le code bushido, les Aïnous furent bien traités, nourris, payés, leurs coutumes respectées. Ils achevèrent librement leur ouvrage.

— Et c'est très bien ainsi, dirent mes voisins de couchette, des ingénieurs de la Mitsubishi auxquels j'avais entrepris de raconter cette histoire peu connue par le truchement de mon interprète. Ce Matsumaï, quel vieil âne !

On sait où ce genre de réflexion les a menés : au second rang des puissances économiques mondiales. Si j'avais voulu les épater avec mon érudition puisée chez les intellectuels attardés de Kyoto, c'était raté. L'ombre de Matsumaï ne galopait plus pour personne. Comme le jour s'était levé, ils avaient déplié des plans et des monceaux de papiers couverts de notes et de chiffres et s'étaient mis à discuter, discuter, ne prenant même plus le temps de roter. Et, ma foi, je les comprenais un peu de vouloir changer tout cela, à voir les minables villages qui défilaient sous la neige à travers les vitres du wagon. Ils descendirent planter leurs usines un peu partout le long de la voie, à Muroran, Noboribetsu, et autres lieux affreux. Mais à Biratori, terme de mon voyage, nous fûmes trois seulement à quitter le convoi : mon camarade vagabond Guy Morance, notre interprète japonais et moi. Car Biratori, ce n'était rien du tout, le néant balayé par un vent de Sibérie qui le transcendait jusqu'au vertige. Un quai de bois sur lequel je glissai, des galets noirs comme des tombes sous la neige, quelques maisons basses de pêcheurs sans la moindre fumée, une piste bourbeuse, et, nettement séparées, une demi-douzaine de baraques de planches qui figuraient, d'après mes renseignements, l'un des derniers villages d'Aïnous non assimilés.

Quant à Tchekhov, il avait d'abord attendu à Vladivostok le bateau pour Sakhaline, occupant le temps à exterminer puces et poux qui avaient prospéré sur sa personne pendant trois semaines de navigation ferroviaire à travers la Sibérie. Anton Pavlovitch Tchekhov, mais oui ! celui de *La Mouette*, d'*Oncle Vania*, chargé par un journal de Moscou, en 1890, d'une enquête sur le bagne et la relégation à Sakhaline. C'est là qu'il découvrit lui aussi les Aïnous.

Sakhaline est cette longue île russe juste au nord du Hokkaidô dont elle est séparée par le détroit de La Pérouse. Du cap Nord japonais, le cap Soya, d'où je m'en fus saluer mon voisin et confrère par-dessus soixante-dix années et une vingtaine de kilomètres d'eau glacée, on aperçoit entre deux tempêtes le rebutant tableau : une falaise abrupte maigrement peuplée d'arbres rabougris et espacés, chacun d'eux combattant seul les gelées et les vents froids et se balançant furieusement dans le ciel noir, avec, au pied de la falaise, entre Japon et Russie, des vagues grises déferlant au milieu d'une rumeur sourde et triste.

Débarquant du transport *Baïkal*, dans le sud de Sakhaline, au poste de Korsakovsk, Tchekhov n'avait pas eu meilleure impression que moi [1]. A part la maison du chef d'arrondissement où il fut bien reçu et où il trouva couteaux, fourchettes et verres, forçats pour préparer la soupe, cognac et romans français, mais aussi punaises et cafards, on ne peut pas dire qu'il fut séduit : « La colonie, comme le site lui-même, n'est que désolation ; il n'y a pas d'eau digne de ce nom, ni de bois ; les habitants utilisent une eau de puits, qui, lorsqu'il pleut, devient rouge, couleur de la toundra par laquelle le village, situé au bord d'une plage de sable, est cerné de toutes parts. Dans l'ensemble, ces lieux produisent une impression accablante, désespérante... »

Pour ma part, je ne trouvai ni couteaux, ni fourchettes, ni cognac, ni chef d'arrondissement, mais un brave pêcheur japonais, syndic de sa corporation, qui accepta de se tasser avec toute sa famille dans l'une des deux pièces de sa maison pour

1. Anton Tchekhov, *L'île de Sakhaline* (notes de voyage).

me louer la seconde, à un prix dérisoire qui m'arracha des larmes. Il était bien vieux et avait perdu ses deux fils à la guerre, dans la marine impériale. A l'image du Japon de ce temps, sa maison grouillait de jeunes filles et de femmes âgées, et tout le monde y grelottait. On n'y pouvait, disait-il, que dormir serrés les uns contre les autres sous peine de périr de froid, si bien que je dus faire effort pour ne pas chercher des yeux, dans la tribu, celle des filles qui semblait encore conserver un peu de pouvoir calorifique. Faute d'argent, le feu de charbon n'était entretenu qu'aux heures de repas. Quand je vis le vieil homme traîner jusque dans notre chambre cet unique brasero dérisoire, l'allumer, puis ordonner à l'une de ses filles d'y faire cuire le dernier poisson que j'avais aperçu pendu dehors à un fil, s'excusant de la tempête d'hiver qui interdisait toute pêche en ce moment, alors je secouai la torpeur glacée qui m'engourdissait et décidai, s'il était possible, d'améliorer leur sort et le mien. On voit que nous étions encore loin des réévaluations du yen et sommets de l'indice Nikkaï. Apprenant qu'il existait un commerçant au village, je priai qu'on allât le chercher, et la plus robuste des filles plongea dans le vent qui redoublait, chargé de grêle et de neige gelée.

De l'autre côté du détroit, Tchekhov semblait aussi mal loti : « Il faisait froid partout, au lit, dans la chambre, dehors. Les arbres ployaient sous le vent glacial, la mer mugissait, la grêle crépitait sur le toit comme une avalanche de plomb, après quoi tout se mit à hurler et siffler. Dans la maison, chacun toussait et se mouchait et moi-même j'étais transi, malgré la viande coriace et la soupe du dîner. Mais rendons cette justice au chef d'arrondissement qu'il traita ma profession d'écrivain avec le plus grand respect et qu'il s'efforça, aussi longtemps que je demeurai à Korsakovsk, de me distraire par tous les moyens et de me faciliter les contacts, en particulier avec les Aïnous et les Ghiliaks... »

Si l'on veut bien considérer que l'accueil de mon hôte le pêcheur n'était pas étranger non plus à ma condition d'écrivain habilement mise en avant par mon compagnon interprète, on comprendra que Tchekhov et moi goûtions intensément ce respect inattendu. Qu'il faille, pour cela, se perdre en hiver sur les rivages désolés du détroit de Sakhaline ne devrait pas minimiser la portée du phénomène. C'est en effet grâce à ma qualité d'écrivain que je pus me rendre acquéreur, ce jour-là, d'un cochon noir frais tué, le dernier de son espèce au village, que dans la pénurie d'hiver l'honorable commerçant n'aurait jamais accepté de me céder à la seule vue de mon argent. Il y joignit, sur ma commande, un vrai petit poêle de fonte avec un tuyau extérieur, cinq sacs de charbon, une dame-jeanne de son meilleur saké, tout cela diligemment apporté par caravane piétonnière courbée sous les flocons de neige comme en a peint Utamaro. Sitôt l'équipement installé, nous nous mîmes, Morance et moi, à confectionner frénétiquement de gigantesques grillades abondamment poivrées et baignant dans la graisse bouillante.

Comparé à Tchekhov, culinairement et calorifiquement, au moins, je commençais à décoller. Tandis qu'il se couchait d'assez méchante humeur, ne parvenant pas à se réchauffer, notant que le noroît lui tapait sur les nerfs, moi, de mon côté, je luisais d'aise et dégoulinais de graisse par le menton, la moustache et les dix doigts, sauvé de la congélation comme un Esquimau de banquise après un festin de baleine. Il faisait au moins vingt degrés dans la maison du pêcheur et les mains rougies de froid de Machiko, la plus jolie fille de mon hôte, avaient repris peu à peu leur teinte naturelle d'élégantes petites sculptures d'ivoire. Une fois passée leur surprise devant une cuisine aussi carnivore et barbare, ces pauvres chattes privées de poisson y avaient fait honneur sans plus de façon. Dans la chaleur du saké, elles ronronnaient.

Le lendemain, Tchekhov et moi, bien que d'humeur différente, nous étions tous deux au travail. Nous utilisions la même méthode, celle qui ne trahit pas : un calepin et un crayon et je te griffonne sans arrêt des notes prises sur le vif, cela aide la mémoire, cela flatte les populations interrogées et peut entraîner aussi, on le verra, des coïncidences surprenantes qui font le sel de cette histoire...

Barbus, poilus, chevelus, moustachus, avec de grands yeux verts ou gris, les Aïnous, je l'ai dit, sont de race blanche, ancienne tribu caucasoïde séparée par des milliers de kilomètres de leurs plus proches frères de race. Cela pose aux anthropologues une énigme que ceux-ci ne parviennent pas à résoudre.

Quelle importance... Sur ce gigantesque tapis de billard que fut notre terre durant des millénaires, où chaque boule en chassait une autre et ainsi de suite par carambolages successifs, qui saura jamais qui tenait la canne et pourquoi l'impulsion initiale fut donnée, vers ici ou vers ailleurs, d'un mouvement sec du poignet, par le maître de nos destinées ? Aux extrémités du billard, on retrouve des boules oubliées, immobiles, incrustées au sol, recouvertes par la mousse des temps, à peine identifiables et prêtes à tomber en poussière. Ce sont les boules des premiers âges, les premières à s'être ébranlées sous le coup de poignet divin. Lorsque je demandais aux Aïnous ce que signifiait le nom de leur peuple, ils me donnaient la même réponse qu'à Tchekhov : « Hommes. Les Hommes. » Les Urus moribonds du lac Titicaca, les Alakalufs du détroit de Magellan se présentaient de la même façon : « Les Hommes... » Ils étaient les premiers, quoi de plus simple, carambolés vers les recoins les plus inconfortables du globe. Venus de leur lointain Caucase par étapes de centaines d'années, se trompant de sens, comme je l'ai dit, par rapport aux autres migrations blanches, les Aïnous, au début de notre ère, n'en étaient pas moins les maîtres des deux îles les plus étendues du Japon, le Honshu et le Hokkaidô.

Envahisseurs venus du sud et déjà innombrables pour l'époque, les Japonais leur firent la guerre pendant huit cents ans. En 878, exactement, à l'issue de la dernière bataille, il n'y avait plus un Aïnou vivant dans toute la grande île de Honshu. Les autres s'étaient réfugiés dans le Hokkaidô où ils vécurent en paix, mais incapables de remonter démographiquement le courant. Leur race était déjà condamnée. Lorsque le premier des Matsumaï débarqua au XVIIe siècle dans l'île des chênes et des érables que se partageaient les Aïnous et les ours, les combats reprirent. Et puis l'équilibre bascula. Le peuple des Hommes s'engagea dans le piège mortel, fuyant jusqu'au fond de l'impasse, toujours du sud vers le nord, désespérément, de la chaleur au froid, passant à des conditions de vie qui allaient sans cesse empirant. Au lieu de marcher vers la terre promise, de tendre les bras à l'espérance, ils s'en éloignaient de plus en plus, dramatique destin. Tandis que certaines de leurs bandes tenaient encore quelques montagnes dans le Hokkaidô, d'autres franchissaient le détroit, cherchant fortune de misère sur les solitudes glacées de Sakhaline.

Et là, ils se heurtèrent aux Ghiliaks ! Combat de fantômes, duel de moribonds. Deux peuples chassés de l'histoire du monde se jetèrent l'un contre l'autre, en coulisse, pour une dernière bataille posthume. Les Ghiliaks étaient encore trois mille. De race jaune, ils ne se rattachaient ni aux Mongols ni aux Toungouses de Sibérie, mais à une tribu inconnue dont on dit qu'elle fut puissante et domina peut-être toute l'Asie. Leur faiblesse numérique les avait précipités dans la même impasse que les Aïnous, talonnés par les milliers de cosaques qui formaient l'avant-garde russe débarquée de Sibérie. Dans le dos du peuple jaune, un monstre blanc ouvrait sa gueule. Dans le dos du peuple blanc, un monstre jaune sortait ses griffes. La nasse était trop petite pour deux. C'est ainsi qu'Aïnous et Ghiliaks s'affrontèrent sur la rivière Taraïka. Désolante bataille, inutile, où il n'y eut que des vaincus, puisque les deux monstres, peu après, allaient se partager Sakhaline, refermant les mâchoires du piège et broyant les guerriers du passé.

Des Ghiliaks, il n'est plus question aujourd'hui. En 1890, Tchekhov en dénombra 320. Ceux qu'il eut l'occasion d'approcher « étaient vêtus de fourrures et de bottes qui avaient l'air d'avoir été arrachées cinq minutes plus tôt à un chien crevé [1] ». Etablissant des comparaisons avec le premier recensement établi en 1856, il en concluait que « d'ici cinq à dix ans, il ne resterait plus un seul Ghiliak dans l'île ». Il ne se trompait pas. Soixante ans plus tard, l'historien américain Walter Kolarz, spécialiste de l'Extrême-Orient russe, dénombrait à Sakhaline un millier d'Aïnous — dotés, paraît-il, d'un parlement (soviet) « national », et d'une langue « nationale » non écrite —, 300 Toungouses, 100 Nivhis, mais pas de Ghiliaks [2]. Pas un seul, fût-ce à l'état de souvenir ou de tombe. A joindre en lettres d'or sur marbre noir au martyrologe des tribus disparues, alphabétiquement voisins des Guanaquis, souscription

1. Tchekhov, *op. cit.*
2. Walter L. Kolarz, *Les Colonies russes d'Extrême-Orient*, Fasquelle, Paris, 1955.

ouverte dans tous les bons musées de l'Homme : des Abencérages aux Yaghans, la liste est longue...

Et les Aïnous ?

Son calepin à la main, tout comme moi, Tchekhov eut d'abord quelque peine à les débusquer, tandis que de mon côté, la tempête s'étant calmée, je me dirigeais tranquillement vers la maison du chef Yotari-Buro, à la sortie de Biratori. A partir de là, le témoignage de Tchekhov et le mien se recoupent et se complètent. Je ne les séparerai donc point. Pour la clarté du récit, j'userai simplement de parenthèses afin que nos deux voix ne se confondent pas.

Des villages aïnous signalés vingt-cinq ans plus tôt par le docteur Dobrotvorski[1] de part et d'autre du poste de Korsakovsk, Tchekhov ne trouva plus trace. Il jurait, il pestait, des engelures le démangeaient, sa courte barbe couverte de givre le grattait furieusement. Au lieu dit de Siantsy — introuvable sur ma carte de Sakhaline —, il rencontra enfin ceux qu'il était venu chercher d'aussi loin. Tête nue, pieds nus dans la neige, les pantalons roulés au-dessus du genou, ils l'accueillirent, pour des sauvages, de façon tout à fait civile, lui « faisant la révérence en [le] regardant avec une gentillesse triste et douloureuse de malchanceux, comme s'ils voulaient s'excuser de n'avoir pas encore, malgré leurs grandes barbes, réussi à faire carrière... ». J'aime cette première

1. Docteur Dobrotvorski, *La Partie sud de Sakhaline*, Section sibérienne de la Société impériale russe de géographie, 1870.

appréciation, elle est d'un homme qui appartient à la caste des grands rêveurs du passé. Après quoi, comme tous ceux qui ont approché les Aïnous, leur extravagant système pileux le stupéfia, ainsi que les énormes moustaches qu'ils tatouaient à leurs femmes dès qu'elles étaient en âge de se marier. Il visita soigneusement leur campement, y revenant à plusieurs reprises et griffonnant de ses doigts gourds des calepins entiers. Ses notes ne diffèrent pas des miennes. Ce qu'il voyait, je le vis pareillement chez le chef Yotari-Buro.

« Leurs iourtes, écrivait-il, sont enfumées et nauséabondes. » (Pour ma part, je crus bien y étouffer, mes yeux piqués pleurant sur mon carnet.) « Près d'elles se dressent des séchoirs à poisson qui répandent au loin une odeur suffocante ; des chiens hurlent et se battent ; on aperçoit une petite cage en rondins qui abrite un jeune ours destiné à être tué et mangé lors de ce qu'ils appellent la fête de l'Ours. J'ai vu une fillette aïnou en nourrir un : elle lui passait, sur une petite pelle, un poisson séché qui avait dégorgé dans l'eau. » (Chez Yotari-Buro, de mon côté, je vis beaucoup mieux encore : l'une des jeunes femmes mariées et moustachues de son clan allaitait un ourson vorace avec toutes les marques de la tendresse maternelle, le sein blanc démesurément étiré par le mufle de l'animal qui tétait avec entrain. Pour un ourson, il était de belle taille. Je me demandais à quel âge on sevrait les ours chez les nourrices aïnous.) « A l'intérieur des iourtes, des bat-flanc longent les murs, chargés d'ustensiles divers, de la vaisselle, des flasques d'huile, des peaux, des filets et même des instruments de musique. D'ordinaire, vous voyez le maître de maison assis sur son bat-flanc, parmi le désordre, une éternelle pipe à la bouche, et si vous le questionnez, il vous répond laconiquement, mais suffisamment et toujours avec politesse. » (Yotari-Buro me reçut de la même façon courtoise, mais il se montra plus loquace. Sur le conseil de mon hôte, le pêcheur, qui avait tenu à m'accompagner lors de notre première entrevue, j'avais apporté mon meilleur saké. Yotari-Buro était un grand vieillard aux yeux verts, avec la dignité d'un Lanza del Vasto, lin blanc en moins et crasse en plus. Barbe et chevelure blanches, extraordinairement fournies, accentuaient son allure de prophète. Il portait une curieuse couronne de paille tressée et une longue tunique noire festonnée d'arabesques et de motifs géométriques. Un sabre recourbé était posé devant lui. Pourquoi ne pas le reconnaître : je ressentis du respect pour lui.)

Tchekhov poursuivait : « Au milieu de la iourte se trouve un foyer où brûle un maigre feu de bois flotté ; la fumée s'échappe par une ouverture pratiquée dans le toit. Un grand chaudron noir est accroché au-dessus du feu ; il y bout une soupe écumeuse et grise dont un Européen ne voudrait pas goûter pour tout l'or du monde. » (Ce devait être la même recette des deux côtés du détroit ! La mixture qui fumait sous mon nez me soulevait le cœur.) « Auprès du chaudron sont assis des monstres. Autant les hommes aïnous sont imposants et agréables, autant leurs femmes et leurs mères sont repoussantes, les traits grossiers, la robe négligée et informe, les cheveux durs et raides retombant en mèches sur la figure comme le chaume d'une vieille grange ; les moustaches tatouées en bleu au-dessus de leurs lèvres leur font perdre toute ressemblance humaine. Je les ai vues, j'ai observé le sérieux, presque la gravité avec lesquels elles remuent leurs louches dans le chaudron, écument leur bouillon grisâtre : j'ai cru avoir devant les yeux de véritables sorcières. » (Si l'on veut bien considérer qu'à ma gauche, une mégère rabougrie, moustachue et d'apparence centenaire, la femme de Yotari, touillait la soupe puante ; qu'à ma droite, une sorcière plus jeune mais tout aussi sale et moustachue donnait le sein à un ours qui grognait ignoblement en bavant un lait vert ; que dans la pénombre des bat-flanc de côté je devinais et humais la présence des autres femelles du clan, filles et belles-filles du chef, on conviendra que je n'étais pas mieux loti que Tchekhov. J'avais de la peine pour ce digne Yotari-Buro, flanqué de ses deux fils, sexagénaires superbes, poilus, hirsutes, jusqu'au moment où je compris que chez les Aïnous non assimilés, les femmes comptaient à peu près autant qu'une vieille arête de poisson...)

« Pourtant, notait Tchekhov, les fillettes et les jeunes filles ne provoquent rien de cette répulsion... » (Voilà qui était gentiment exprimé, et Tchekhov faisait preuve de goût. Mes yeux s'étant habitués à la fumée, tandis que le nourrisson bestial avait enfin cessé de m'hypnotiser, mon regard finit par découvrir derrière le groupe des sorcières deux adolescentes fort mignonnes, les dents blanches, les yeux verts brillants, avec dans l'expression et le maintien cette coquetterie fraîche des femmes-enfants. Le docteur Rollen, compagnon de La Pérouse, avait déjà relevé la beauté des très jeunes filles aïnous.) Et Tchekhov racontait : « Un soir, je vis arriver chez moi un Aïnou qui m'amenait une jeune parente dont il était, autant que je pus le comprendre, prêt à sacrifier la sagesse de l'adolescence en échange d'un beau cadeau. La fille, jolie de sa personne, semblait toute disposée à apporter l'aide qu'on attendait d'elle, mais moi, je fis semblant de ne rien comprendre... »

Il m'arriva la même aventure.

Lors de ma dernière entrevue avec Yotari-Buro, protocole et décor inchangés, je sentis soudain quelque chose d'humide qui me mordillait doucement, dans l'ombre, les doigts de la main gauche. Je crus que l'ours avait quitté le sein de sa nourrice mais il n'en était rien ; le petit monstre n'aurait pas échangé un téton de femme contre ma main sèche. C'était la plus jolie des deux filles, celle que j'avais regardée un peu plus souvent que l'autre et qui me témoignait sa tendresse à la mode aïnou, car ils ignorent le baiser. Puis elle me mordilla le bras, accroupie derrière moi. J'éprouvais la pression légère de sa tête qui fouinait le long de ma hanche, aussi légère et insistante qu'un chat qui vient se pelotonner pour la sieste. Un peu honteux du plaisir trouble que je tirais de ce manège silencieux, je n'osais plus regarder le vieux chef. Il parlait d'une voix plus douce que d'habitude. Quand l'interprète me traduisit ses paroles, je me crus revenu au classique marché proposé jadis à Tchekhov : la jeune fille m'accompagnerait chez moi, ou bien je passerais la nuit sous le toit de Yotari-Buro, et, dans les deux cas, lui-même et sa famille s'en montreraient très honorés.

Sans mot dire, ayant retiré ma main de la bouche du jeune chat des ombres, j'attendis le second élément de la proposition, les conditions du troc, le cadeau demandé. Mais le vieillard avait terminé son discours et n'ajouta rien, pas même une allusion à la dureté des temps ou n'importe quoi d'autre pour engager la transaction. Rien. Toute la famille souriait gentiment dans ses moustaches et même les mégères en devenaient humaines. Ce n'était pas l'attitude qui convenait à ce que j'avais supposé. Imberbe de tout tatouage, si je puis dire, la jeune fille souriait aussi et je me souvins que chez les femmes aïnous, la moustache bleue et les lèvres tatouées marquent la perte de la virginité. Ils ne donnaient pas l'impression d'une famille complice qui prostitue ses filles, même par un rude hiver sibérien tandis que neige et tempête rendent la pêche impossible et font mal augurer du lendemain. Quelque chose ne collait pas. Et comme la jeune fille, cette fois, m'avait pris ouvertement la main, assise auprès de moi, face au vieux chef, tous deux comme des mariés devant un prêtre, je compris enfin qu'il n'y avait pas de marché. Je ne me suis jamais pardonné mon long silence fourvoyé, sous la hutte de Yotari-Buro, tandis que j'attendais honteusement que le prix de la nuit soit fixé, alors que, justement, on n'attendait rien de moi qu'un peu d'amour charnel entre Blancs.

Qui dira le tragique isolement des fins de race, vouées à la seule alternative du métissage ou de l'extinction ?... Sur les trois milles Aïnous du Japon, trois cents, au mieux, étaient encore de race pure, dont à peu près la moitié appartenaient au clan de Biratori, l'un des plus épargnés en ce temps-là. Dans l'océan jaune, j'étais blanc, moi aussi, avec des yeux verts, les yeux des Aïnous. J'étais le renfort miraculeux qui passe et qu'on invite dignement, la dernière nuit, avant qu'il s'en retourne, afin que naisse, peut-être, un Aïnou qui soit blanc aux yeux verts et non jaune aux yeux bruns bridés, et qu'on puisse, encore une fois, se reconnaître en lui. Ceux qui ont l'âme basse hausseront les épaules. Telle était, cependant, l'explication.

Tous me regardaient, guettant ma réponse. Au silence qui régnait, je mesurai l'intensité de l'attente. Tandis que je mettais de l'ordre dans mon émotion et que la jeune fille, à présent, me léchait doucement le cou, l'ourson poussa un grognement immonde, et, repu, vomit un peu de lait. Les mégères redevinrent mégères et la demeure du vieux chef se rétrécit aux dimensions d'un taudis puant. Seul, le vieux n'avait pas changé. A l'aide d'une spatule de bois sculpté, il retroussait dignement ses moustaches pour boire un bon coup de saké. Mieux valait boire, en effet, et prendre congé avant le terme naturel des choses que j'avais été à deux doigts d'accepter. Me retint, peut-être, d'aller au bout, l'idée que mon fils aux yeux verts pût avoir pour frère de lait un ours brun du Hokkaidô, lequel finirait immolé, son sang barbouillant les longues barbes des hommes, son crâne empalé sur l'autel des ancêtres en compagnie d'autres crânes blanchis des victimes des années précédentes que j'avais vus dehors, au centre du village aïnou.

J'ai fui. J'ai mal agi. La bouche de la petite s'est décollée de mon cou et je l'ai vue qui pleurait. Naturellement, ce pouvait être la fumée. Il m'en est resté un souvenir plus intense que celui d'autres aventures accomplies...

Tchekhov, accompagné lui aussi d'un interprète, fit la connaissance, à Siantsy, d'un Aïnou d'une vingtaine d'années, qu'il décrivit grand, vigoureux quoique passablement famélique, très sale mais d'esprit ouvert et communicatif. Le jeune homme lui cacha son nom d'Aïnou : dans ce silence volontaire, il fallait voir la conséquence des ineptes décrets de russification imposés par l'administration tsariste. Son nom russe obligatoire, il le refusait ou n'arrivait pas à le retenir. Quant à l'autre, le vrai, il lui était interdit de le donner sous peine de fouet. La confiance qu'il témoigna par la suite à Tchekhov me laisse cependant à penser que l'auteur de *La Mouette* le connaissait mais qu'il s'abstint de le citer pour ne pas trahir son informateur. L'Aïnou anonyme, de son côté, ne s'intéressait pas du tout à l'identité de Tchekhov, mais beaucoup à cette manie qu'il avait de noircir des pages de calepin :

— Tu es *politika* (prisonnier politique) ?

— Non.

— Alors, *écris-écris* (secrétaire) ?

— Oui, j'écris, avait répondu Tchekhov.

Ce qu'écrivait Tchekhov des Aïnous serre le cœur mais réduit encore la distance qui nous séparait, lui et moi... Entre les Russes et le peuple des Hommes, déjà fortement éprouvé par la guerre contre les Ghiliaks, tout avait mal commencé. Chargés de « russifier » les Aïnous, les cosaques leur flanquaient des raclées de knout pour un oui pour un non. Appliqué aux femmes comme aux hommes, ce châtiment terrifiait ces malheureux. Certains se réfugiaient sur des falaises d'où ils se précipitaient à la mer, comme les Caraïbes des Antilles, au XVIIe siècle, mais c'était à l'aube du XXe. D'autres s'enfuyaient sur leurs canots, avec femmes et enfants, vers le Hokkaidô. Beaucoup, hélas, mouraient sous les coups. On noyait, une pierre aux pieds, ceux qui refusaient d'expirer. Des forçats libres égorgeaient des familles entières pour ne garder que les jeunes femmes. Dans ce pays terrible qui manquait de filles et de femmes, les autorités fermaient plus ou moins les yeux. Ces cruautés inutiles avaient peu à peu cessé sous le nouveau gouverneur que connut Tchekhov, mais morte était la confiance. Les Aïnous se retrouvaient à peu près libres, mais affamés, alors que dans le Hokkaidô voisin, les Japonais payaient leur travail et distribuaient du riz. Ainsi avait parlé le jeune Aïnou anonyme. Et Tchekhov de conclure son enquête :

« Une députation d'Aïnous se rendit au poste de Korsakovsk, où je me trouvais, pour demander du travail ou au moins des graines (*sic*) de pommes de terre et prier qu'on leur apprît à les cultiver ; on leur avait refusé le travail et promis les graines, mais cette promesse ne fut pas tenue, et, poussés par la misère, les Aïnous continuèrent d'émigrer à Matsumaï (ainsi qu'ils appelaient le Hokkaidô). »

Chassé du nord après l'avoir été du sud, le peuple aïnou de Sakhaline avait bouclé sa boucle. Il ne lui restait qu'à s'en retourner dans le Hokkaidô pour rejoindre les derniers clans qui ne l'avaient pas quitté, et tenter de survivre ensemble.

Tchekhov s'en fut, édifié. Me rapprochant de plus en plus de lui par un réseau de coïncidences, il me reste à dire comment je le rencontrai.

Ce fut la veille du jour où j'abandonnai le jeune chat des ombres dans sa hutte de Biratori, mettant ainsi fin à mon séjour.

Toute la semaine, j'avais écouté Yotari-Buro égrener ses souvenirs, tandis que me venait peu à peu une sensation de déjà entendu, ou plutôt de déjà lu, dans Tchekhov, précisément, dont j'avais emporté le livre avec moi. Ce fut d'abord un court récit, une sorte de chant, plutôt, sur un mode religieux, où mon hôte célébrait les morts de la guerre contre les Ghiliaks. Puis une rapide allusion à la cruauté des soldats russes, que je crus d'abord incorrectement traduite par mon interprète, l'armée soviétique n'ayant pas occupé le Hokkaidô en 1945 ; je n'imaginais pas encore qu'il pût s'agir des cosaques de Sakhaline. C'est alors que je me rendis compte que Yotari-Buro ne respectait aucune chronologie. Il mélangeait le passé et le présent, la construction du chemin de fer et la guerre des Ghiliaks, ce qui concernait sa famille actuelle et ce qu'il savait de l'histoire de son peuple. Mais ce n'est que la veille de mon départ que tout s'éclaira. Passant du coq à l'âne, selon son habitude, il me dit :

— J'ai déjà parlé à un autre visiteur comme vous, qui écrivait-écrivait-écrivait (ce qui pouvait se traduire par : « qui écrivait beaucoup », ou encore : « écrivain »).

On m'avait parlé d'un autre visiteur long-nez qui avait séjourné à Biratori l'année précédente. C'était sans doute lui.

— Non, fit le vieillard. Celui-là photographiait-photographiait-photographiait. Il ne m'écoutait pas. Alors j'ai cessé de parler.

Je demandai :

— Celui qui écrivait-écrivait-écrivait comme moi, quand l'avez-vous rencontré ?

— Il y a très longtemps. J'étais jeune et fort. Il était venu de loin. Il parlait peu et écoutait-écoutait-écoutait.

Puis il grommela autre chose, n'ayant rien à ajouter sur le sujet. J'insistai.

— Yotari-Buro San, dis-je, où avez-vous reçu ce visiteur ? Ici ? A Biratori ?

A son âge plus que vénérable, les questions précises — quand ? où ? — le fatiguaient. Il n'en distinguait pas la raison. Il répondit cependant :

— Non. De l'autre côté de la mer. C'est là-bas que je suis né.

Cela expliquait cette mélancolie intérieure qui se lisait dans son regard. Tant de souvenirs...

— Vous rappelez-vous le nom de votre village, là-bas ?

— Oh oui ! Il s'appelait Siantsy.

— Mais l'étranger qui écrivait, comment s'appelait-il ?

Il n'en savait rien. Les *écris-écris* n'avaient pas modifié son destin et ne tenaient guère de place dans sa vie. Mais c'était Tchekhov, j'en étais certain. Je *voulais* que ce fût Tchekhov, tout en terminant la partie dans les règles.

— Demain, dis-je, je vous apporterai sa photographie. Peut-être le reconnaîtrez-vous...

Faisant profession d'écrire, je traîne malheureusement comme une casserole une orthographe qui me joue des tours. C'est la raison pour laquelle je ne me déplace jamais sans un Petit Larousse. L'anticasserole trônait sur le tatami, près du poêle de louage, chez mon ami le pêcheur qui s'en divertissait beaucoup, le soir, avec toute sa famille. On connaît la seconde partie de ce dictionnaire, historique et géographique. Les photos y sont nombreuses. J'espérais bien y trouver Tchekhov. Il y était. Mais pas si bête ! Je n'allais pas me présenter naïvement avec une seule photo, pour m'entendre répondre un oui de courtoisie ; il m'en fallait plusieurs, comme dans une bonne enquête policière.

Je choisis d'abord Trotski ; il avait un faux air de Tchekhov, la barbe plus courte, mais aussi moustache et lorgnon. Puis un Strindberg à barbiche, dardant un regard de fou. Stanley n'était pas mal non plus. Il séduisit la jolie Machiko San, laquelle était venue me seconder dans mon choix. Nous nous amusions comme des fous, mêlant nos mains à travers les pages. Le maréchal Soult lui parut sublime, mais cependant trop chamarré pour pouvoir passer pour Tchekhov. Récusé. Ma jeune amie fut désolée d'apprendre qu'il était mort en 1851. Cela me coûta le récit de la bataille d'Austerlitz, où s'illustra le maréchal. Traduite par mon interprète sur le ton du kabuki, elle passionna toute la famille. Avec Saint-John Perse, nous retombâmes dans le comique. Le col cassé du poète et ses sourcils froncés sous un effort lyrique surhumain faisaient se tordre de rire Machiko. Récusé ! Autre succès de comique (Dieu me pardonne) : Péguy, emmanché sur un haut col rond comme une femme-girafe. Il avait tant bassiné ma jeunesse (Claudel aussi) que cet irrespect me vengea. Récusé ! Furent admis à l'unanimité complice : Louis Pasteur, Offenbach — mais si ! il n'avait pas du tout l'air drôle —, Nietzsche, Maupassant, Grieg, Alphonse Daudet et Salvador Dali.

Ce dernier ne fit sourire personne et joua gratuitement sa partie. Je ne sais ce qu'il en penserait dans sa tombe, aujourd'hui. Au total, dix photographies, plus celle de Tchekhov, que j'alignai à la colle de poisson sur une feuille de papier. J'avais massacré mon dictionnaire mais beaucoup avancé dans le cœur gai de la jeune fille.

J'eus de la chance. Yotari-Buro, lui aussi, aima ce jeu. Ces onze visages lui tenaient compagnie. C'était étrange de le voir sourire en contemplant ces photographies une à une. Il me demanda s'ils étaient tous morts. Je fis mourir Dali prématurément et répondis que oui, certain qu'il serait agréable au vieillard d'être l'unique survivant des douze. Yotari-Buro s'attarda longtemps. Il ne semblait pas avoir envie de les quitter en reconnaissant trop tôt son visiteur. Ce fut moi qui rompis le silence, car j'étais fort impatient.

— Celui qui écrivait-écrivait-écrivait est-il là ?

— Il y est.

J'avais pourtant placé mes Tchekhov et Trotski à lorgnon côte à côte, afin qu'il fût possible de les prendre l'un pour l'autre. Yotari-Buro ne tomba pas dans le piège. C'est Tchekhov qu'il me désigna.

Alors ? Toute cette longue histoire parce qu'un vieux bonhomme aïnou avait autrefois parlé à Tchekhov ? Il n'y a pas de quoi fouetter un chat, me dira-t-on... Ce serait ne rien saisir des liens qui se nouent entre morts et vivants ni de ces relais subtils qui jalonnent certains chemins parallèles.

12

Retour en France : on m'écrit du Hokkaidô • Disparition du vieux chef aïnou • Qu'est devenu le sabre de Yotari-Buro ? • Expédition au Hokkaidô de mon ami le prince Pierre de G. • Récit du prince et enquête à Sapporo • Le sabre retrouvé • Cérémonie du saké au bar du George V et fin de la piste

Yotari-Buro mourut presque centenaire.

Dans le temps qui sépara ma visite à Biratori de sa mort, les petits hommes jaunes avaient achevé d'engloutir son pays. Le chef-lieu du Hokkaidô, Sapporo (textiles), compte aujourd'hui un million d'habitants. Les villes voisines d'Otaru (pétrochimie), de Yubari (houille), Muroran (sidérurgie), Hakodate (construction navale) développent chacune une puissance de 300 000 Nippons. Dans les montagnes du nord d'où l'on aperçoit Sakhaline, les 350 000 termites de la ville d'Asahigawa (pâte à papier) digèrent les forêts de chênes et d'érables où l'Aïnou chassait en maître. Sur la ligne de chemin de fer prolongée jusqu'à la mer d'Oskhotsk, ont germé et proliféré les ingénieurs pauvres et laborieux que mon train semait à chaque station comme une graine d'hiver : Obihiro (industries alimentaires), 200 000 habitants, Kushiro (pêche industrielle), 250 000 habitants, et, entre les deux, la litanie des faubourgs que chantent les haut-parleurs des gares sous le néon des quais neufs. Par millions, les petits hommes jaunes font aussi du ski sur la neige du Hokkaidô. Au pied des pentes tissées de fils métalliques en mouvement se dressent des casernes hôtelières en béton. L'orgueil des Jeux olympiques y a planté ses drapeaux dévoyés. Et l'été, sur les bords du lac Alkan où le touriste japonais défile en ruban continu, des Aïnous métissés, déguisés, donnent trois spectacles par jour autour d'un mât totémique polychrome comme jamais village aïnou n'en connut, copié sur celui des ballets sioux de Niagara Falls ! Dans ce Hokkaidô-là, on ne s'étonnera pas que le clan de Yotari-Buro en mourut.

De façon assez particulière, je reçus régulièrement de ses nouvelles. Ce fut d'abord une carte postale de ma jeune amie Machiko San, la fille du pêcheur, environ deux ans après ma visite. Lettre par lettre, sans doute en tirant la langue, elle avait soigneusement recopié mon nom et mon adresse que je lui avais peut-être imprudemment donnés, mais la partie gauche de la carte s'ornait de gracieux idéogrammes japonais. A l'ambassade du Japon, où j'allai implorer la courtoisie d'une traduction, une charmante Butterfly de bureau sourit d'abord pensivement. « Vous avez laissé un cœur au Hokkaidô », me dit-elle en gazouillant. « Vous croyez ? » fis-je, stupidement, mais j'étais inquiet. « Seulement on ne vous a pas attendu ! » ajouta-t-elle en riant. Penaud, mais rassuré, je demandai : « Et que dit-on ? » Les idéogrammes ne se traduisent pas mot à mot, ils s'interprètent. Butterfly interpréta : « Mlle Machiko a d'abord été très malheureuse. Et puis le train qui vous avait emmené lui a apporté un mari, un jeune homme très moderne qui pose des lignes électriques. Elle est maintenant très heureuse, elle habite une grande ville mais n'oubliera jamais la bataille... »

— Quelle bataille ? demanda Butterfly, dévorée de curiosité derrière son bureau d'hôtesse, imaginant je ne sais quel drame passionnel.

Mon souvenir, que je croyais impérissable, piteusement escamoté dans les trappes d'un petit bonheur conjugal, à Kushiro (Hokkaidô), ainsi que le tampon de la poste l'indiquait, ce n'était pas le moment de rater ma sortie, par-dessus le marché.

— La bataille d'Austerlitz, dis-je, où un ami de Mlle Machiko, le maréchal Soult, se couvrit de gloire en 1805.

— Ah bon ! fit la Japonaise, totalement désemparée.

Mais les derniers mots de la carte allaient lui rendre son équilibre. Elle tenait sa revanche.

— Mlle Machiko écrit, pour terminer, que c'est en trouvant cette carte dans une papeterie de Kushiro qu'elle s'est souvenue de vous. Il n'y a rien d'autre.

Retournant la carte, elle fut prise d'un fou rire irrévérencieux. En couleurs et plus barbu que jamais, Yotari-Buro posait devant les crânes d'ours de l'autel familial, la main sur la poignée de son sabre de cérémonie. Une légende en anglais barrait son ventre : *Hokkaidô, land of Aïnos (Japan Tourist Board)*. Je m'enfuis.

Dès lors, il ne se passa point d'année que je ne découvrisse sa photo dans tel ou tel reportage de revues de voyages se répétant ineptement, ou à l'intérieur de dépliants d'agences de tourisme : « Troisième jour, Sapporo : visite de la ville, les jardins botaniques. Départ en train vers le Parc national du lac Alkan. Arrêt au village aïnou de Biratori. Continuation par la vallée de l'Enfer... » Le plus souvent, le vieux chef figurait sur les photographies entouré de toute sa famille. Tristement, d'une photo à l'autre, je pus mesurer les ravages de la mort et de la dispersion.

La mégère centenaire à moustache disparut la première, remplacée à la droite du vieillard, dès le reportage suivant, par la souillon plus jeune que j'avais vue donnant le sein à un ours. Elle ressemblait déjà à sa défunte belle-mère. Des deux sexagénaires superbes, l'un me paraissait fort amaigri, les yeux creux, l'autre s'était un peu voûté. Comme on serrait les rangs pour faire nombre, à Biratori, j'aperçus, juste devant le groupe réduit des jeunes gens, un visage familier que je n'avais pas oublié. Depuis le temps où il me mordillait les doigts, comme il avait vieilli, le petit chat des ombres ! Il avait conservé ce magnifique regard vert qui me fixait dans la demi-obscurité, sous la hutte, tandis que son grand-père me l'offrait, mais tout le reste de sa personne disait la désastreuse et brutale transition qu'avait déjà remarquée Tchekhov entre la très jeune fille et la femme aïnou. Elle tenait un ourson dans ses bras, et, à ses pieds, un petit garçon d'environ deux ans, métissé de sang japonais, s'agrippait à sa tunique. Je fus quand même soulagé de remarquer qu'elle avait refusé la moustache que son état aurait dû lui imposer. Chez les jeunes gens, je notai des changements appréciables. D'abord leur air désinvolte, comme s'ils posaient pour les photographes seulement le dimanche et les jours fériés, en petits cousins de la ville venus pour se distraire, pour se faire un peu d'argent de poche et ne pas lâcher complètement la famille ; ensuite leurs vêtements propres et confortables, pantalon, chandail et blouson. Manifestement, ces jeunes gens gagnaient leur vie, ce qui n'avait rien d'étonnant dans le climat économique du nouvel Hokkaidô. Un an plus tard, ils avaient disparu de toutes les photos, absorbés par les faubourgs des villes et définitivement assimilés. Seule d'entre eux, celle que j'appelais le petit chat des ombres n'avait pas abandonné le clan vieillissant ; elle avait perdu deux dents de devant et l'éclat de son regard commençait à se ternir.

Puis le sexagénaire maigre mourut, tandis que l'autre se voûtait de plus en plus. Quant à Yotari-Buro, il semblait immortel, sculpté dans le parchemin de sa peau, se statufiant lui-même toujours dans la même pose, la main droite sur la poignée de son sabre, et toujours exactement à la même place, sous les crânes d'ours qui étaient devenus son unique moyen d'existence, le décor que touristes et journalistes payaient. Le connaissant, il ne devait pas s'y être résolu de gaieté de cœur. En 1965, âgé de quatre-vingt-quinze ans, il sortit pour la première fois de son silence au profit d'un journaliste italien qui avait dû faire preuve d'un peu plus de tact que les autres. On se souvient que Yotari-Buro éprouvait peu de sympathie pour ceux qui photographiaient-photographiaient-photographiaient et je n'avais pas été étonné qu'il ne se fût jamais laissé aller à parler, dans les reportages précédents qui m'étaient tombés sous les yeux. Voici ce qu'il disait, et l'entendre embellir un passé aussi rude n'était pas le moins émouvant : « Aux temps anciens, la vie était facile. Il y avait toujours suffisamment à manger. Lorsque j'avais faim, j'allais sur les collines, là-bas, je tirais un chevreuil, un lapin, ou n'importe quel animal. Aujourd'hui, les Japonais sont partout, nos animaux ont disparu. Nos jeunes hommes et nos jeunes femmes nous ont quittés pour travailler dans les villes. Il n'y a plus assez de bras pour pêcher et cultiver nos champs. Nous avons faim de plus en plus souvent. Aux temps anciens, nous n'avions jamais faim... »

J'appelai par téléphone le journaliste italien, à Rome : « Est-ce bien tout ce qu'il a dit ? » Il me répondit : « C'est tout. Je n'ai pu lui arracher un mot de plus. Ils n'étaient que cinq ou six autour de lui, deux hommes, deux femmes, un petit garçon et un ourson. Je ne crois pas qu'ils avaient faim. Ils n'en donnaient pas l'impression. Leur village se trouve sur les circuits d'autocar et de train. Les guides de tourisme leur laissent à chaque fois quelque chose. Je n'en sais pas plus. Mon job, c'était un reportage sur le site des Jeux olympiques d'hiver... »

Quelle était donc cette faim qui tenaillait le vieillard ? Quelle faim morale lui crispait l'âme sans qu'il pût la traduire autrement qu'en termes de gibier disparu et de jeunes gens déserteurs ? Je crois que je la connaissais. Je l'avais déjà rencontrée. Sans doute la faim de ce qui fut, de ce qui ne sera plus, la silencieuse et invisible famine qui conduit les peuples perdus à la mort plus sûrement encore que la vraie faim du corps.

Ainsi, malgré l'éloignement, j'étais devenu le seul témoin conscient de la lente agonie du clan aïnou de Biratori. La distance qui me séparait d'eux ne comptait pas. Chaque fois que m'arrivait une nouvelle photographie, je me retrouvais parmi eux comme hier, serrant les rangs moi aussi. Jusqu'au jour où Yotari-Buro mourut. Celui qui le remplaça au centre du groupe, sous les crânes d'ours, n'en était qu'une mauvaise copie d'où s'était enfuie toute noblesse d'allure et de regard. Beaucoup plus jeune, le poil plutôt maigre pour un Aïnou et visiblement à moitié japonais, ce devait être le père du petit garçon. Il donnait l'impression d'avoir hérité d'un fonds de commerce dont auraient fait partie l'autel des ancêtres, la hutte traditionnelle, les dernières mégères à moustache ainsi que le petit chat des ombres devenu définitivement hideux, et le vieil oncle gâteux et courbé, méconnaissable, dont la vaste barbe blanche demeurait une des valeurs sûres de l'affaire. Et puis, l'héritier en faisait trop. Il pointait un arc bandé vers le ciel ou visait un chevreuil imaginaire avec une lance de chasse. Dès que le train sifflait, il prenait la pose. Ce n'était plus une mémoire vivante, pas même un souvenir rescapé, mais simplement une attraction. D'ailleurs, il parlait-parlait-parlait, encouragé par les guides et les chauffeurs de car. Il avait repris à son compte et débitait aux gogos l'absurde origine extraterrestre des Aïnous dont une bonne sœur américaine prétendait avoir eu la révélation à Biratori, je l'avais lu dans le très sérieux *National Geographic Magazine* ! Que n'avait-on dit des Aïnous ! Qu'ils étaient les descendants d'une communauté juive rejetée dans la nuit des temps sur l'archipel japonais [1] ; qu'en réalité ils parlaient basque et qu'un missionnaire catholique venu naguère d'Ustaritz jusque dans le Hokkaidô s'y trouva fort étonné de parler aïnou sans le savoir...

Mais sur toutes ces photos, le sabre manquait. Le

1. Mentionné par Tchekhov, *op. cit.*

grand sabre noir de Yotari-Buro. Le sabre de commandement des chefs morts ; le sabre des derniers combats contre les Japonais, de la guerre contre les Ghiliaks, de la fuite de Sakhaline ; celui que j'avais vu, disposé comme une relique, lors de ma première visite, et dont le vieillard ne se saisissait qu'en y mettant toutes les formes du respect, d'un rite liturgique personnel. Ce sabre avait disparu de toutes les photographies du clan dans le même temps que Yotari-Buro s'en était retiré dans la mort. J'avais longuement réfléchi là-dessus, pour arriver à la conclusion que le sabre avait constitué un héritage à part d'où avait été exclu le nouveau chef de famille, montreur d'Aïnous. Cela expliquait toutes ces pitreries d'arcs tendus et de javelots pointés. Des succédanés ! Le sabre du vieux chef avait quitté Biratori...

C'est alors que j'eus recours au prince Pierre de G. Sa fortune, son nom, l'influence de sa famille, l'étendue de ses relations, ses dons de polyglotte, il mettait tout cela au service d'une curiosité dévorante qui le propulsait sans cesse aux quatre coins du monde. Nous appartenions tous deux au Club des explorateurs, lequel représentait quelque chose en ce temps-là. Le prince était infatigable. On le croyait quelque part à cheval sur la piste afghane des Kafirs que déjà il avait passé en Irak, cahotant dans une vieille jeep à la recherche du dernier patriarche oriental déguenillé d'une secte chrétienne engloutie. Il était de ces rares et précieux messagers qui tissent dans l'inconnu des peuples oubliés une sorte de réseau d'initiés grâce auquel leur souvenir tarde un peu plus à mourir.

Dans ce domaine, il effectuait des miracles. Si on lui en laissait le temps, il avait réponse à tout. Un jour, par exemple, ayant lu que Catherine Grand, princesse de Talleyrand, était née à Tranquebar, éphémère enclave danoise dans les Indes du XVIIIe siècle, non loin de Karikal, voilà que je m'étais demandé s'il existait encore des petits-fils de Danois à Tranquebar. Ainsi m'étais-je intéressé, notamment, sur la côte atlantique du Mexique, à un village de pêcheurs et de paysans métis descendants de soldats de Napoléon III. Comme je n'avais pas prévu de me rendre aux Indes, un pays que je redoute, j'avais eu l'idée d'en parler au prince Pierre lors d'un de ses passages éclair à Paris. Après quoi, deux ans plus tard, l'affaire m'étant sortie de l'esprit, un coup de téléphone du prince me donna rendez-vous à l'hôtel George V, où il avait ses habitudes. Tranquebar ? Mais il en revenait ! Des Danois, il restait une vieille tour en ruine et un petit garçon indien brun et blond qui venait y jouer avec ses camarades parce qu'il s'y sentait chez lui, disait-il, la grand-mère de sa grand-mère étant née à Tranquebar d'un officier étranger. Le prince avait ajouté que le petit garçon n'en savait pas plus, qu'il avait perdu ses parents tout jeune et que le message, cette fois, était à peine intelligible.

Si j'ai raconté cette histoire, c'est qu'elle illustre éloquemment les talents de sourcier du prince. Il n'existait, à Tranquebar, qu'une seule âme de petit garçon dans laquelle survivaient encore vaguement les Danois, et le prince l'avait immédiatement découverte... Je n'avais plus le loisir de me rendre au Japon. Lui seul pouvait élucider cette affaire de Biratori. M'ayant écouté attentivement, il me dit : « Le sabre de Yotari-Buro ? Voilà qui est nouveau ! » Trois années et cinq mois passèrent avant que j'entendisse sa voix, au téléphone.

— Si cela vous convient, je vous attends à onze heures, me dit-il brièvement, comme si je l'avais quitté la veille.

Je le trouvai au bar anglais du George V, vide à cette heure de la matinée. Je ne le crois pas amateur de mise en scène et cependant, lorsque j'entrai, il était en train de retrousser sa moustache à l'aide d'un objet que j'identifiai aussitôt, tandis que, de l'autre main, il portait à ses lèvres une coupe japonaise de saké. Il faisait tout cela sans sourire et je compris qu'il ne jouait pas. Un petit carafon vert jade était posé sur la table basse, accompagné d'une autre coupe. Il me tendit la spatule, car je cultive aussi la moustache. Il connaissait le rituel aïnou. Je me servis et je bus.

— Pour le repos de l'âme de Yotari-Buro, dis-je, et le succès de ses chasses éternelles.

Nous bûmes coup sur coup plusieurs coupes, nous repassant le retrousse-moustache sous l'œil exorbité du barman, pétrifié derrière son bar.

— Excellent saké, dis-je. Je ne savais pas qu'au bar du George V...

— Il n'y avait pas de saké cérémoniel au George V, dit le prince. Désormais il y en aura. C'est déjà un résultat. Je l'ai commandé par télex avant-hier, de Tokyo. C'est le meilleur saké de l'ambassade. On le sert aux mariages shintoïstes de la colonie japonaise de Paris. Richard l'a reçu lui-même hier soir des mains du premier conseiller Tanaka. N'est-ce pas, Richard ?

Richard le barman demeura sans voix. Cette fois, nous nous amusions, tous les deux. La cérémonie étant terminée, nous continuâmes à boire, cette fois sans retrousse-moustache.

— Il appartenait à Yotari-Buro, dis-je en reposant l'objet sur la table. Je reconnais le détail de la sculpture.

Gravées dans le bois plat, deux têtes d'ours, la gueule ouverte, se défiaient comme au combat. Le prince hocha le menton affirmativement.

— Et le sabre ? demandai-je. Le sabre ?

Je savais qu'il ne l'aurait en aucun cas rapporté. Il n'était pas homme à collectionner les ostensoirs, les haches rituelles, les totems, les objets symboliques trahis. Rien ne l'attristait plus, et moi de même, que ces reliques tribales dévoyées, devenues subitement sans vie, mortes entre les mains de charognards du passé. Le fait de les posséder n'a pas d'autre signification que la rupture définitive de la chaîne.

— Il est à Sapporo, répondit le prince.

— Ainsi, vous l'avez retrouvé ?

— Un jeu d'enfant. Il m'est arrivé de recevoir chez moi, à Corfou, un des petits-fils de l'empereur.

Mes garçons l'aiment beaucoup. Ils sont du même âge. Depuis, nous baragouinons tous le japonais...

Du petit-fils de Hiro-Hito au préfet régional de Sapporo, un jeu d'enfant, effectivement. Le prince reprit :

— A Biratori, les malheureux ne savaient rien. Désespérément abrutis, des bêtes de foire... Le préfet et moi, nous en avions le cœur serré.

J'eus une dernière pensée pour le petit chat des ombres et j'en sortis transi.

— On a donc cherché partout. J'avais apporté les photos que vous m'aviez remises. On a cherché dans tous les musées du Hokkaidô, chez tous les antiquaires, dans tous les bureaux de douane, même dans les collections particulières qui n'acceptent de s'ouvrir que devant un souhait impérial. Plus de cent policiers ont passé tout cela au peigne fin. J'ai reçu secrètement, de nuit, dans une *ochaya* introuvable du port où l'on m'avait bandé les yeux, le chef de la corporation des voleurs, le grand vénérable des assassins de tout le Hokkaidô, le syndic majeur des capitaines contrebandiers. Je me suis énormément amusé, j'ai prodigieusement étendu le cercle de mes relations, mais sans avancer d'un pas. Personne n'avait vu ce sabre, personne n'en avait entendu parler, et Dieu sait pourtant qu'ils étaient bien renseignés ! Nous sommes donc retournés à Biratori, comme un chien qui reprend la piste au départ. Et j'ai retrouvé Yotari-Buro.

Je sursautai.

— Vivant ? Impossible. Il serait plus que centenaire.

— Mort. Parfaitement mort depuis plus de quatre ans. Mort mais pas enterré. Tout à fait décomposé. Nous l'avons identifié à sa ceinture et à sa tunique de cérémonie, les mêmes qu'il portait sur vos photographies. Mais pas de sabre. J'ai interrogé le seigneur local des vagabonds, chemineaux et détrousseurs. Sans résultat. De toutes les façons, aucun de ces estimables artisans ne se serait aventuré aussi loin et en un lieu aussi peu fréquenté.

Connaissant les anciennes croyances des Aïnous, la suite m'était facile à deviner.

— Où l'avez-vous découvert ? demandai-je. Au sommet d'une montagne ?

— Naturellement, dit le prince. L'affreux métis qui commandait à ces fantômes finit par avouer que le vieil homme était sorti sans mot dire de la hutte, par une nuit d'hiver. On ne s'était aperçu de son absence qu'au matin. La neige avait effacé tous ses pas. Ils le cherchèrent vaguement aux abords du village et renoncèrent très vite. Cela faisait l'affaire du nouveau chef. Les trois vieillards authentiques, un homme et deux femmes, étaient tellement gâteux que je ne pus rien en tirer. Les enfants ne savaient rien. En dehors de leurs heures de service en costume au passage des touristes, ils restaient accroupis autour de la télévision du métis. Le préfet et moi, nous avons fait retraite à l'auberge voisine. Il se piquait au jeu tout autant que moi. J'avais apporté de l'université d'Haneda le célèbre *Aïno book* du professeur Matsumaï Jichiro. Six cents pages d'idéogrammes serrés. Et nous avons trouvé ! L'appel de la montagne...

Je savais cela. Quand un Aïnou devient vieux et qu'il sent que la mort s'approche, alors il reçoit des esprits un « appel vers les montagnes » qui lui commande d'y vivre seul plusieurs jours, dans la nature. L'Aïnou ne craint pas la mort. Sa foi lui enseigne qu'il s'y métamorphosera en un dieu éternel. Il lui faut seulement se préparer à ce changement et s'abandonner à la méditation. Sur la montagne, les autres dieux qui l'ont précédé viennent fraternellement lui « faire connaître les nouvelles » ; en d'autres termes : l'initier. Après quoi il s'en retourne mourir paisiblement dans sa famille. Cette façon de concevoir la mort, dans la confiance et la foi, m'avait semblé digne d'un homme.

— Mais il n'est pas redescendu, fis-je remarquer.

— En effet, dit le prince, et je sais pourquoi. Nous l'avons découvert à plus de deux mille mètres d'altitude et trente heures de marche et d'escalade de Biratori, sur un plateau tellement escarpé qu'il avait été certainement incapable, à son âge, de s'y hisser avec ses seules forces. Quelqu'un de jeune l'avait accompagné jusqu'au terme ; ensuite, à sa demande, l'avait laissé en paix. Nous en avons conclu, le préfet et moi, qu'il s'était coupé volontairement toute retraite vers son village. Il ne souhaitait pas y mourir entouré d'étrangers. Son village et les siens ne signifiaient plus rien pour lui. Il se savait le dernier Aïnou... Mon cher ami, c'est une bien émouvante affaire que vous m'aviez confiée.

Comme je m'étonnais de l'aisance avec laquelle il avait retrouvé le vieux chef disparu quatre hivers plus tôt dans un massif montagneux au climat sibérien, il ajouta :

— On m'a aidé. Trois bataillons de montagne, dont un héliporté... Le petit-fils de l'empereur était venu nous rejoindre. Cela coïncidait avec ses vacances universitaires.

Je saluai de la tête.

— Et qu'avez-vous fait du vieil homme? demandai-je.

— Nous avons respecté sa volonté. Nous l'avons laissé là-haut. Nous l'avons inhumé sur place; une belle cérémonie. Votre Yotari-Buro me doit des remerciements, dans l'au-delà. Je lui ai assuré le succès éternel de sa chasse. Il me fallait un ours, je connais mon *Aïno book*. Le préfet a organisé une battue avec toute la troupe et nous avons tué un mâle splendide. Il y avait une dizaine d'Aïnous métissés parmi les éclaireurs de montagne. La vue du vieux chef mort et la chasse à l'ours rituelle leur ont rendu quelque mémoire. Ils ont convenablement psalmodié des prières et bu le sang chaud de l'ours. Le préfet en a bu également. C'est un homme très religieux.

— Et vous-même?

— J'en ai bu aussi, naturellement. J'aime prier dans toutes les langues et de toutes les façons. Nous en avons tous bu; le prince impérial, le colonel et tous les officiers présents ; les soldats aussi. Nous avions les lèvres et le menton barbouillés de sang, comme un clan vivant d'Aïnous. Il faisait un froid de gueux et ce sang était le bienvenu. On a planté la tête de l'ours sur un poteau fiché en terre au-dessus de la tête du vieil homme. Le petit-fils de l'empereur était très ému. C'est lui qui a commandé le feu de salve. Puis douze obusiers de montagne ont salué trois fois ; une fois au nom de l'empereur, une fois au nom du préfet, la troisième en mon nom. En votre nom, mon cher ami, il y avait les échos de toute cette canonnade à travers les sommets. Somptueux.

Il ne plaisantait pas. Je le remerciai d'avoir pensé à moi. Il existe parfois d'étranges communions que les hommes de mémoire s'inventent.

— Mais le sabre ? demandai-je.

— J'y arrive. Je vous ai dit comment j'avais acquis la certitude que quelqu'un avait aidé Yotari-Buro à grimper sur sa montagne. Il suffisait de trouver qui. Quelqu'un de jeune et costaud, certainement. A notre retour à Biratori, nous avons interrogé l'affreux métis. Entre deux cars de touristes, il sommeillait dans son taudis, devant sa télévision. Nous lui avons mis sous le nez l'une des dernières photos de groupe où l'on voit encore des jeunes gens, avec l'ordre de s'en souvenir. Peine perdue. Il ne connaissait pas un nom, il ne savait pas ce qu'ils étaient devenus. Le préfet écumait. La femme du métis me regardait fixement, comme si elle voulait attirer mon attention. Une souillon. De jolis yeux verts, cependant. Et une grosse moustache peinte à l'encre...

Je reconnus le chat des ombres. La moustache devait être récente, sans doute imposée par le mari pour les besoins de son commerce. Si j'avais tenu cet homme, je crois que je l'aurais giflé.

— Je l'ai entraînée à l'écart, reprit le prince, loin du préfet en colère qui la terrorisait. Vous vous souvenez comme les Japonais peuvent se montrer durs et méprisants à l'égard des femmes vieilles et laides.

La réflexion me fit aussi mal que si j'avais été naguère son amant.

— Je fus très courtois avec elle. Considérant la photographie, elle mit le doigt sur un visage et prononça un seul mot : Sapporo. J'ai le sentiment qu'elle savait tout. Je l'avais mal jugée. Je m'en repens. Avant de nous envoyer à Sapporo sur la piste du sabre, elle nous avait laissés battre la montagne, dans l'espoir que nous donnerions une sépulture au vieil homme. Sous des dehors épouvantables, cette femme avait une âme et un cœur.

Je lui fus reconnaissant de ce jugement. Le chat des ombres et moi, nous nous quittions définitivement, mais au moins, en dépit de ses « dehors épouvantables », l'avais-je retrouvée sans déchoir.

— Nous filâmes donc à Sapporo, dit le prince, et là...

— Ce fut un jeu d'enfant, fis-je gaiement.

Nous rîmes de bon cœur. Avec l'aide du préfet, de

la télévision, des journaux, deux petites journées, en effet.

— D'après nos estimations, poursuivit le prince, le jeune homme que nous recherchions devait avoir vingt-cinq ou vingt-six ans. Sur la photographie qui fut publiée dans la presse et par les journaux télévisés, il avait une quinzaine d'années ; imberbe, naturellement. J'imaginais que lui auraient poussé une grande barbe noire, une chevelure hirsute et un buisson de moustache, aussi ma surprise fut totale quand le préfet me présenta un jeune architecte naval rasé de près, les cheveux courts, en veston de sport, pantalon de flanelle et chandail à col roulé ; tout à fait représentatif de cette jeune génération de cadres supérieurs japonais qui commencent vraiment à gagner de l'argent. Mais il avait la peau blanche et les yeux verts. C'était lui. Très à l'aise, cultivé, parlant l'anglais, je vous passe les détails, l'Institut de technologie de Sapporo combiné pendant six ans avec trois bols de riz quotidiens et une paye de soudeur aux chantiers navals.

— Et le sabre ? demandai-je pour la énième fois.

— Il m'y a conduit aussitôt. Il habitait un appartement moderne, aménagé à l'occidentale, dans le nouveau quartier résidentiel de Sapporo. Une sorte de grand tabernacle de laque rouge occupait le mur du fond du salon, avec des projecteurs et des lampes qui s'allumaient à l'ouverture des portes, éclairant le sabre de Yotari-Buro. Nous nous sommes tous deux inclinés en silence. Ensuite, l'oratoire refermé, nous avons longuement bavardé, calés dans de profonds fauteuils, un verre d'excellent whisky à la main. Petit garçon aïnou, il avait été tiré du néant par l'instituteur du village qui avait remarqué ses dons. Dès lors, il avait vécu en marge du clan, ne revenant à la hutte que le soir, pour dormir. Personne ne faisait attention à lui et ce n'est que lorsqu'il fut devenu ouvrier-étudiant qu'il se prit d'admiration pour son arrière-grand-père. Il méprisait les autres mais adorait le vieillard. Il revenait chaque année quelques jours aux vacances, et durant ces courts séjours, le vieil homme et le garçon ne se quittaient pas, faisant de longues randonnées à travers la montagne voisine. C'est ainsi que la saga des Aïnous sauta deux générations et passa tout entière dans le cœur du jeune homme ; un testament moral dont il était le seul légataire. Lorsque Yotari-Buro perçut les premiers signes de sa mort et comprit qu'il ne survivrait pas à la dernière visite du garçon, ils prirent tous deux le chemin des sommets ainsi qu'ils l'avaient décidé ensemble depuis longtemps. Vous savez le reste, je vous l'ai raconté. Il vous manque seulement le mot de la fin, celui que mon hôte m'a prié de vous rapporter. Il m'a dit : « C'est ainsi que moi aussi, j'irai mourir, le moment venu. C'est ainsi que mes enfants et les enfants de mes enfants iront mourir à leur tour, s'ils sont des hommes. » Les deux petits garçons aux yeux verts qui jouaient à nos pieds lui jetaient des regards ravis. Voilà, c'est tout. Vous ai-je bien représenté ?

Un silence religieux s'établit entre nous, le temps d'achever le flacon de saké de l'ambassade en souvenir du vieux chef. Mais le prince Pierre tournait vite les pages ; il rompit et se leva.

— Savez-vous ce que m'a dit l'Aïnou glabre en me reconduisant à sa porte ? Que puisque j'avais une belle moustache d'Aïnou alors que lui n'en portait pas, la spatule me revenait de droit. Je la garde. Vous me devez bien ça. Pas d'autre mission, cette fois ?

13

Je retrouve le prince • La tribu invisible • Où l'on fait connaissance des Oumiâtes du nord de l'Oural • Un train dans la forêt sibérienne • Djoungar, chef et chaman des Oumiâtes • Mystérieux cadeaux • Un message • Le son des tambours sur la neige • Une lettre du prince : fin de la piste

Il se passa bien dix années avant que je revisse le prince Pierre, quelques mois avant sa mort. Je ne me souviens plus par quel détour de conversation j'en vins à lui parler des Oumiâtes. Il s'étonna.

— Ah ! Vous ai-je raconté aussi cette histoire ? me dit-il.

C'était il y a fort longtemps. Revenu chez moi, j'avais pris des notes, puis les avais mises en forme, tant l'affaire me paraissait étrange. Comme il m'intimidait, à l'époque, je n'avais pas osé lui demander si les Oumiâtes avaient réellement existé. Pourquoi les aurait-il inventés ? Il avait tant vu, tant voyagé à travers un monde dont nous n'avons même plus idée aujourd'hui qu'il n'avait nul besoin d'en rajouter. Un sérieux doute, cependant, m'était resté. Cette fois, j'osai lui poser la question. Il me répondit par une autre.

— Vous ai-je dit que je les avais vus ?

Il ne l'avait pas dit, en effet ; mais il avait tourné son récit de telle façon qu'on y ressentait plus fortement encore la présence invisible des Oumiâtes. Quelle était la vérité ?

— Je vous répondrai, me dit-il. Auparavant, j'aimerais prendre connaissance de vos notes. Je quitte Paris demain. Déposez-les-moi à l'hôtel. Ensuite, je vous écrirai...

C'est ce document qu'on va lire. Je l'avais rédigé à la première personne, aussi près que possible du récit que j'avais entendu. Il n'y aura pas de guillemets, cela alourdit la typographie, mais le narrateur, c'est le prince.

Mon grand-père maternel était russe balte. Il résidait à Saint-Pétersbourg mais possédait de nombreux domaines dispersés à travers la Russie, dont une centaine de milliers d'hectares de forêts dans le gouvernement de Sykhyvkar, aujourd'hui République socialiste soviétique autonome des Koumis, entre la mer Blanche et l'Oural. On ne le voyait jamais en France ; il ne suivait pas les migrations saisonnières des grands-ducs sur la Côte d'Azur. A l'occasion d'un unique voyage éclair à Paris, où mes parents s'étaient fixés à l'époque, il m'emmena. C'était en 1912. J'avais onze ans. Je débordais d'imagination et il s'en était aperçu. Il n'en manquait pas non plus. Le soir de son arrivée, on me fit venir au salon pour que je lui fusse présenté. Il ne m'avait jamais vu. Il me jaugea d'un coup d'œil et me dit :

— Cela te plairait-il d'aller faire un voyage chez les Oumiâtes ? Ce sont des gens qui vivent dans la grande forêt. Ils portent des bonnets pointus de fourrure et des bottes de peau brodées de fil d'argent. Quand ils se déplacent, ils ne laissent aucune trace et ne font aucun bruit. C'est pourquoi ils n'ont pas de fusils, seulement des arcs et des flèches. Ils habitent des huttes rondes recouvertes d'écorce de bouleau. Leur chef s'appelle Djoungar et chacun lui obéit. Il ne doit de compte à personne mais il ne se trompe jamais... Il y a longtemps que je n'ai pas inspecté mes forêts d'Oukhta (c'était le nom de son domaine) et je dois m'y rendre le mois prochain. On y circule par un petit train que mon père avait fait construire pour le transport du bois et auquel on accroche un vieux petit wagon-salon ravissant. Il y a du gibier à profusion, des truites superbes dans les rivières. Le soir, on se chauffe à un grand feu et l'on entend le tambour des Oumiâtes au fond de la forêt...

J'étais subjugué, naturellement. Ma mère souriait, les yeux mi-clos, retrouvant ses souvenirs d'enfance.

— Ce serait peut-être le moment, en effet, dit-elle. J'avais onze ans, moi aussi...

Le surlendemain, nous avions quitté Paris, mon grand-père et moi. L'Europe avec une carte de visite pour passeport, c'était vrai. Une semaine plus tard, à Oukhta, nous embarquions dans le wagon-salon de mon grand-père, fraîchement repeint en bleu azur. Un jouet. Je me souviens aussi de la locomotive avec sa cheminée en forme d'entonnoir, son sifflet de cuivre et son chasse-neige à pivot relevé comme le heaume d'un casque. Deux hommes d'apparence asiatique composaient tout l'équipage du train : Amir, le mécanicien, et Abaï, le chauffeur. Interchangeables, ils étaient aussi cuisiniers, guides, chasseurs, traqueurs, forestiers et corégisseurs du domaine. Ils se courbèrent profondément à l'arrivée de mon grand-père, et quand celui-ci leur eut dit qui j'étais, d'où je venais et pourquoi il m'avait emmené avec lui jusqu'ici, je vis leurs yeux briller de plaisir à travers les minces fentes de leurs paupières.

Le train siffla. Nous étions partis, et tout de suite ce fut la forêt. Septembre est déjà l'antichambre de l'hiver, sous ces latitudes. Il faisait presque froid. Les bouleaux à l'écorce blanche, les grands mélèzes funèbres, les pins bleus vertigineux formaient de chaque côté du rail les parois d'un tunnel végétal où la voie s'enfonçait en droite ligne sur un sol absolument plat. Il y avait des marécages, sous les arbres, des ruisseaux que le train franchissait par de grossiers ponts de bois qui tremblaient. Il roulait à petite vitesse. On aurait pu le suivre en courant. Je ne décollais pas le nez de la vitre du wagon. Une ombre s'enfuit sous les arbres.

— J'en ai vu un, grand-père !

— C'était un daim. Il te faudra patienter. Les Oumiâtes sont méfiants. Il y a des contacts à établir d'abord.

Le train s'arrêta dans une clairière. Abaï fit griller des côtelettes, tandis qu'Amir s'enfonçait dans la forêt, son fusil sous le bras. Bientôt on entendit deux coups de feu.

— Les Oumiâtes ! grand-père. Amir a été attaqué ?

— Il chasse notre dîner, grand nigaud. On ne tire pas sur les Oumiâtes et les Oumiâtes ne nous auraient pas attaqués. Les Oumiâtes ne sont pas des ennemis. Si tu les connaissais, tu saurais qu'ils commencent par t'observer du haut des arbres, sans être vus, pour juger qui tu es, ami ou ennemi, bon ou méchant. Ils ne se trompent jamais. Alors seulement, ils se montrent de loin. Dès que tu les aperçois, tu lèves tes deux mains ouvertes, paume en avant. Non comme si tu te rendais, mais comme si tu implorais le ciel. C'est leur signe de paix. Tu peux même le faire avant de les voir. Eux te verront et viendront à ta rencontre.

Je m'essayai au signe de paix des Oumiâtes, en levant les bras.

— Comme ça ? Comme ça ?

— Abaï, dit mon grand-père, montre-lui.

De ses mains, Abaï rapprocha les miennes, rassembla mes doigts trop écartés, corrigea la précipitation des mouvements qu'il fallait au contraire conduire lentement. Tout cela avec le plus grand sérieux. On voyait bien que ce n'était pas un jeu.

— Monsieur Abaï, demandai-je, croyez-vous que nous verrons les Oumiâtes aujourd'hui ?

Abaï consulta du regard mon grand-père.

— Amir saura, dit-il. Allons le rejoindre.

L'amorce d'un sentier s'ouvrait dans l'épaisseur du sous-bois. Je suivais Abaï et mon grand-père fermait la marche. Un tapis de mousse amortissait nos pas. Nous avancions en silence à travers une lumière verte qui ressemblait au fond de la mer. Puis la forêt devint plus dense. De grands mélèzes touffus formaient d'immenses écrans par-dessus les autres arbres, nous ensevelissant dans une clarté de crépuscule. Nous marchions depuis environ un quart d'heure quand nous aperçûmes Amir, immobile, dissimulé derrière un arbre et observant le sentier. Abaï leva les bras en scrutant les hautes branches du regard.

— C'est le moment de montrer ce que nous savons faire, dit mon grand-père en agitant lui aussi les mains.

Je l'imitai, le cœur battant. Nous eûmes bientôt rejoint Amir.

— Votre Haute Noblesse, regardez, dit Amir à mon grand-père.

Une branche fraîchement cassée pendait du tronc d'un petit arbuste en bordure du sentier.

— Ce doit être quelque gros animal, dit mon

grand-père. Nous sommes encore un peu trop au sud. Les Oumiâtes ne sont jamais venus jusqu'ici.

— Peut-être un premier signe, dit Amir. Venez.

Il prit la tête, suivi d'Abaï. Ils s'arrêtaient presque à chaque pas, observant les feuilles et la mousse avec la plus grande attention. De temps en temps ils échangeaient quelques mots en dialecte koumi puis reprenaient leur marche. J'étais saisi d'admiration, car j'avais beau examiner de près telle ou telle de ces branches devant lesquelles ils venaient de méditer, pour ma part je n'y distinguais rien qui pût signifier quelque chose. Trois cents mètres plus loin, brusquement, Amir s'accroupit. Passant son doigt sur une touffe de mousse, il le porta à son nez comme s'il le reniflait. Suivit un conciliabule en langue koumi après lequel nous fûmes invités à nous avancer, mais en regardant où nous mettions les pieds.

— Là, dit Amir. Des pas.

Il me semblait, en effet... Peut-être l'angle de la lumière incidente, ou quelque modification dans la nature du sol en cet endroit précis, toujours est-il que je me souviens parfaitement que la mousse s'était un peu couchée, fripée, légèrement jaunie et cela sur deux mètres, de cinquante en cinquante centimètres, quatre pas. Du moins Amir l'affirmait-il tandis qu'Abaï l'approuvait gravement.

— Quand ? demanda mon grand-père.

— Peut-être ce matin...

Je buvais ses paroles. Je n'en pouvais plus d'émotion.

Et plus loin ? reprit mon grand-père.

— Plus loin la trace disparaît. Et avant cette trace, il n'y en avait pas d'autres... sauf pour moi. On ne trompe pas Amir. Ceux qui sont passés par là ne cherchaient pas à tromper.

— Pourquoi ?

— Parce qu'ils ont effacé leurs traces, votre Haute Noblesse. Cela, ils savent très bien le faire. Les quatre pas qui restent, c'est un oubli volontaire. C'est le second signe.

— Monsieur Amir, demandai-je, est-ce que ce sont les Oumiâtes ?

Suivit une brève conversation à voix basse, en dialecte koumi, à laquelle mon grand-père se joignit. Amir parut réfléchir.

— Des pas, seulement des pas, dit-il. S'ils se décident, ce soir ou demain, peut-être voudront-ils nous en dire davantage...

Je ne pus rien en tirer d'autre. Le train roula le reste de la journée jusqu'à une seconde clairière où coulait une petite rivière. Assis par terre autour d'un grand feu, nous mangeâmes avec les doigts les deux perdrix rouges qu'Amir avait tirées. Puis mon grand-père m'envoya me coucher. Eux prolongèrent leur soirée. En écartant le rideau de la fenêtre, je les voyais qui fumaient leur pipe près du feu en se passant un flacon de vodka. Ils se racontaient des histoires. Je n'entendais pas ce qu'ils se disaient, mais ils avaient l'air heureux. Je m'endormis et ne me réveillai qu'au matin.

J'étais le premier debout. La porte du compartiment de mon grand-père était fermée. Je jetai un coup d'œil dehors. Le froid piquait. Amir et Abaï dormaient encore près du feu éteint, enfouis sous d'épaisses fourrures. Pour tromper mon impatience, je partis reconnaître la rivière. J'enjambais des troncs d'arbres couchés, je me mouillais les pieds en sautant de rocher en rocher. De temps en temps, par prudence, je levais les bras en signe de paix. Je parvins après cinq minutes de marche à une minuscule plage de sable blanc posée au bord de l'eau, dans la forêt, juste au pied d'une cascade par laquelle la rivière s'élevait d'une vingtaine de mètres comme par la volonté de marquer une frontière. Je sursautai. Sur une grande pierre plate, présentées sur un lit d'herbe et de feuilles, il y avait une dizaine de truites saumonées superbes, presque aussi longues que l'avant-bras, certaines encore agitées de légers frémissements. Je courus jusqu'à la clairière en criant : « Monsieur Amir ! Monsieur Amir ! » Il émergea de ses fourrures en maugréant. Mon grand-père, tout ébouriffé, surgit du wagon en disant d'un ton sévère : « Eh bien, Pierre, qu'est-ce qui te prend ? » Abaï me fusillait du regard. Ecoutant mes explications haletantes, ils acceptèrent cependant de me suivre jusqu'à la cascade. Découvrant les poissons, Amir dit :

— Cadeau.

— Amir, dit mon grand-père, c'est toi qui a pêché ça ?

— Non. Pas moi. Cadeau, répéta-t-il. Regardez.

Ayant saisi l'un des poissons, il nous montrait la blessure bien nette perçant la truite de part en part.

— Javelot oumiâte, dit-il. Il faut croire Amir. Ces poissons ont été tués il y a environ une heure. Ils sont pour nous.

Abaï observait les arbres autour de nous.

— Qu'en pense Abaï ? demanda mon grand-père.

— Oumiâtes amis. Ils sont repartis par là.

Il désignait la cascade. Je cherchai des yeux un sentier pour la contourner. Il n'y en avait pas. La végétation semblait au contraire plus dense, tissée de taillis impénétrables. La cascade tombait d'un jet comme d'une haute fontaine verticale. Aucun rocher n'offrait de prise pour tenter l'escalade de ce mur lisse et glissant.

— Comment font-ils ? demandai-je.

— Les Oumiâtes ne se déplacent jamais sans cordes, dit Abaï. Souvent, ils ne touchent pas terre. Ils voyagent d'un arbre à l'autre. Ainsi, ils ne laissent pas de traces...

— Nous ne les verrons pas, dis-je, désespéré.

— Qu'en pense Amir ? dit mon grand-père.

— Plus tard, votre Haute Noblesse. Ils suivent la voie du train. Djoungar ne s'est pas encore décidé.

Les truites étaient délicieuses. Nous les avons grillées pour le petit déjeuner. Ensuite Amir, le mécanicien, a tiré plusieurs coups de sifflet, Abaï a enfourné du bois dans le foyer de la locomotive, et le train est reparti. Aux alentours de midi, nous avons franchi un autre ruisseau où s'abreuvait une harde de daims roux. Son fusil à la main, Amir a sauté de la locomotive en marche, tandis qu'Abaï stoppait le train. Amir disparut dans la forêt. Mon grand-père descendit à son tour, son Purdey sous le bras.

— Tu n'as jamais chassé le daim, petit ? me lança-t-il, tout joyeux.

Les daims ne nous avaient pas attendus. Le bruit du train les avait fait fuir. Une sente étroite et humide s'enfonçait dans la forêt, marquée de traces fraîches. Ce fut la répétition de l'affaire des poissons. Quatre ou cinq cents mètres plus loin, nous avons retrouvé Amir. Il se tenait penché sur le corps étendu d'un jeune daim.

— Touchez, votre Haute Noblesse. Il est encore chaud.

Pas besoin de lui poser la question. On n'avait pas entendu de coup de fusil. Ce n'était pas lui qui l'avait tué.

— Et là ! dit-il, un message !

Ce qu'il appelait un message n'était qu'un arrangement de pierres et de cailloux disposés au bord du sentier, sans signification apparente, hormis celle qui s'imposait d'une intervention humaine dans la composition du dessin.

— Qu'est-ce que ça peut bien vouloir dire ? fit mon grand-père.

Amir ménageait ses effets ; d'abord silencieux, recueilli, méditatif. Je ne le quittais pas des yeux, bouche bée, attendant l'oracle.

— Les Koumis se parlaient ainsi dans la forêt, autrefois, dit-il enfin. Je sais... Deux lignes de petits cailloux qui semblent marcher l'une vers l'autre, c'est une proposition de rencontre... Mais pas tout de suite, les deux lignes ne se rejoignent pas... Là, je ne comprends pas très bien, cette pierre plus grosse qui les sépare... Peut-être un jour, ou une nuit... Mais nous serons avertis, il y aura un autre message... Vous voyez, votre Haute Noblesse, ces dix cailloux en cercle, c'est le chef... Le chef viendra. C'est tout.

— Je me souviens, dit mon grand-père. Les iourtes oumiâtes comportent six arceaux. Seule la grande iourte de Djoungar en avait dix.

Le soir, le ciel est devenu noir. La neige s'est mise à tomber. C'était la première neige de l'année, mais une vraie neige qui tenait. Elle dessinait de blanc les arbres et formait un épais tapis à leur pied. Cette neige me désespérait, car elle recouvrirait les messages. Abaï alluma le poêle du wagon. Il nous servit un cuissot de daim que mon grand-père découpa, ravi, avec son grand couteau de chasse, prélevant la part des deux guides qu'Abaï emporta, nous laissant seuls. Tout en mangeant, il me remontait le moral.

— Les Oumiâtes utilisent d'autres signes, en hiver. L'hiver, pour eux, c'est un temps de roi, celui des grandes chasses, des libres randonnées. Ils se déplacent à toute vitesse sur de petits skis recourbés, avec des traîneaux légers. A la moindre alerte, ils s'enfouissent dans la neige et peuvent y rester cachés pendant de longues semaines. Là où ils vont, personne ne peut les suivre. Ils sont les maîtres de l'hiver. Ils en surgissent quand ils veulent pour se montrer à leurs amis. Ils *sont* l'hiver...

Dehors, la nuit était tout à fait tombée.

— Ecoute, me dit mon grand-père.

C'était le tambour qui battait. Mon grand-père baissa la vitre du wagon où l'air glacé s'engouffra. A travers la neige, on n'y voyait pas à dix pas. Le son venait d'assez loin et semblait se déplacer. Je crus distinguer deux tambours.

— En effet, dit mon grand-père. Ce sont les tambours jumeaux des Oumiâtes. Leur peau est tendue de telle façon qu'ils produisent un son capable de courir sur la neige au lieu de s'y étouffer.

— Ils s'éloignent, dis-je, déçu.

On ne les entendait presque plus. Mon grand-père releva la vitre et se chauffa les mains au poêle.

— Ce sera donc pour demain, dit-il. Djoungar l'a promis.

Je m'endormis sur cette idée, rêvant d'Oumiâtes en bonnet de fourrure et bottes de peau brodées d'argent. Djoungar avait une longue barbe blanche et un poignard à manche d'or à la ceinture. Je marchais à son côté et cette marche ne finissait jamais.

Le lendemain, il neigeait toujours. On y enfonçait à mi-mollet. Amir était venu nous réveiller dès l'aube.

— Il faut vite revenir à Oukhta, dit-il, sinon nous serons bloqués ici par la neige.

— Ce serait amusant, me dit mon grand-père. Ce wagon est conçu pour les grands froids ; des traîneaux viendraient nous chercher. Mais ce serait beaucoup plus long. Ton père ne serait pas content. J'ai promis de te ramener à Paris pour la rentrée.

— Et Djoungar ? demandai-je.

— Tu reviendras une autre année, je te le promets.

Dehors, Abaï poussait de grands cris en désignant quelque chose qui brillait sur le tronc d'un bouleau, à hauteur d'homme. J'y courus. C'était le poignard de mon rêve. Le manche d'or avait la forme d'un daim qui s'élançait pour sauter. Différents fils de couleur y étaient attachés, portant des nœuds en nombre variable. Appelé en renfort, Amir rendit son verdict après avoir examiné la couleur des fils et compté soigneusement les nœuds.

— Message d'hiver, dit-il. Djoungar fait don de ce poignard au jeune garçon.

Je ne suis jamais retourné à Oukhta. Mon rêve est demeuré inachevé. Je hais les Soviets à cause de cela. La guerre, la révolution... Mon grand-père a été assassiné à Saint-Pétersbourg pendant les journées d'octobre. Quant à Djoungar, on m'a dit qu'il avait résisté, dans sa forêt...

Une quinzaine d'années plus tard, j'ai eu l'occasion de montrer ce poignard au professeur Elksson, de l'université d'Helsinki, spécialiste des peuples asiatiques du nord de la Sibérie. En dehors de celle que je possédais, il n'existait que deux autres armes semblables connues. Toutes trois avaient appartenu à Djoungar, chef et chaman des Oumiâtes à la fin du règne de Pierre le Grand. Quant aux Oumiâtes eux-mêmes, dans le gouvernement de Sykhyvkar, au recensement de 1856, on ne les comptait déjà plus comme tribu organisée.

Ainsi se terminait le récit du prince, par une double contradiction. Comment pouvait-on croire que Djoungar avait offert l'un de ses poignards au jeune Pierre de G., à l'automne de 1912, alors que le seul chef des Oumiâtes connu sous ce nom tenait les forêts de Sykhyvkar au début du XVIIIe siècle ? Et par quel miracle ce même Djoungar avait-il pu résister aux Soviets à la tête d'un peuple disparu depuis le milieu du XIXe siècle ? Il y avait aussi cette sorte de mise en scène habile d'où l'on pouvait déduire que le grand-père du prince et ses deux fidèles gardes forestiers asiates avaient amené le petit Pierre jusqu'aux bornes du rêve éveillé, quelque chose comme une initiation, mais à quoi ? Cela témoignait, en tout cas, de beaucoup d'amour et de richesse de cœur de la part du maître d'Oukhta, dont je m'aperçois que le nom n'a pas été mentionné par le prince. J'avais bien vu cet agencement subtil du récit et le doute qui en résultait. Ce doute me chagrinait. Pour ma part, j'ai toujours préféré rêver. Aussi attendais-je la réponse du prince avec un peu d'anxiété.

Elle me parvint quatre mois plus tard de son palais de Corfou où il s'en était allé mourir, ce qui survint huit semaines après que j'eus reçu sa lettre et me causa infiniment de peine. Voici ce qu'il m'écrivait :

Mon cher ami,

Vous aurais-je raconté cette histoire dès mon retour de Russie, en 1912, telle que je la racontais à mes parents, encore tout ébloui que j'étais, je vous prie de croire que vous n'auriez pas douté une seconde de la vérité des faits. J'en avais même inconsciemment rajouté. Sur ma foi, je le jurais, à onze ans, l'âge de la ferveur, j'avais vu Djoungar à la longue barbe blanche m'adresser des signes d'adieu, de son traîneau, à travers les arbres de la forêt, tandis que le train repartait pour Oukhta... Ces réserves implicites que je trouve dans le récit que je vous fis et que vous avez fort bien rendues ne me vinrent que plus tard, quand la vérité se fit jour avec l'âge. Naturellement, je n'ai jamais vu Djoungar. Il n'y avait plus d'Oumiâtes dans la forêt depuis cent ans et mon grand-père avait tout arrangé, ainsi qu'il l'avait fait pour ma mère, au même âge, et comme son père l'avait fait pour lui-même, selon une tradition de famille qui remontait... mais aux Oumiâtes, précisément.

Quand Pierre le Grand donna le gouvernement de Sykhyvkar au premier seigneur d'Oukhta, mon aïeul, avec mission de pacifier la région et de russifier la population, Djoungar tenait les forêts à la tête d'un millier d'Oumiâtes. C'est vrai qu'ils se déplaçaient d'arbre en arbre, qu'ils communiquaient par tambours et qu'ils étaient insaisissables. A la fin, Djoungar dut traiter et accepter de se soumettre. Mais c'était un personnage de légende, brave et noble. Il le fit à sa façon, selon le cérémonial de son clan; il n'en aurait pas consenti d'autre : cadeaux déposés en lisière de sa forêt, du poisson, du gibier, puis le poignard du chef planté dans le tronc d'un arbre et offert en gage de paix. Après quoi, seulement, il se montrait, et il y avait une grande fête. La tradition voulait aussi que le pacte fût renouvelé avec chaque héritier du domaine durant l'année de ses onze ans. Cela assurait la continuité de la paix. Comme Djoungar vécut très vieux, la cérémonie se répéta trois fois. Pour les jeunes seigneurs d'Outhka, c'était devenu une initiation, un symbole.

Puis la forêt se dépeupla. On avait russifié les Oumiâtes et les Oumiâtes s'étaient dispersés. Bientôt, il n'y eut plus personne pour se déplacer dans les arbres, battre les tambours jumeaux, offrir poissons et gibier et planter le poignard dans le tronc d'un bouleau. Ma mère me raconta que c'était au grand-père de son père que l'on devait la mise en scène par laquelle la tradition fut maintenue. Ainsi, dans notre famille, ce fut toujours un bonheur rare et un événement formidable d'avoir onze ans à Oukhta. Le poignard était l'authentique poignard de Djoungar et il restait quelques Oumiâtes métissés, au domaine. Eux non plus n'avaient pas perdu la mémoire. Ils se prêtaient volontiers à la mystification. Amir et Abaï étaient de ceux-là. Je fus le dernier de la chaîne et je méprise les Soviets de l'avoir irrémédiablement rompue. Quant au Djoungar qui leur résista, sachez que ce ne fut qu'un nom de guerre, une identité de maquis sous laquelle tenta de lutter un moment mon grand-père, dans ses forêts, avant de tomber entre leurs mains, à Saint-Pétersbourg.

Suivait une formule d'amitié, et la signature : Pierre de G., assortie d'un post-scriptum : « Le poignard de Djoungar, souvenez-vous que je l'avais rêvé, à onze ans, sans l'avoir jamais vu auparavant ni en avoir entendu parler par quiconque... »

J'avais trouvé cette histoire si prenante, elle avait donné naissance à tant de mouvements de fond, en moi, que je l'ai utilisée ensuite, avec de beaucoup plus larges développements et un libre recours à l'imagination, dans l'un de mes romans. Ceux qui ont lu *Septentrion* [1] et s'en souviennent savent à quoi je fais allusion. On n'y voit pas non plus les Oumiâtes, mais ils sont présents à chaque page. Pourchassés par des ennemis implacables, en plein hiver sibérien, les enfants de *Septentrion* (ils sont six) s'en vont rejoindre à travers la neige les Oumiâtes dont on entend battre le tambour au fond de la forêt. Si les Oumiâtes existent, les enfants sont sauvés. Et s'ils n'existent pas...

---

1. Editions Robert Laffont, Paris, 1979.

14

Du sang wisigoth • Expédition aux champs Catalauniques • Début de piste chez Jacques Perret • Les derniers Huns d'Origny-le-Sec, dans l'Aube • Considérables propos de bistrot • Où le Hun Emile, épicier, dévoile ses secrets • La tache mongole • Récit du Hun Roger, cousin d'Emile • Le cavalier Moundzouk

Les Wisigoths étaient des gens impossibles.

Certaines des plus belles filles de Toulouse, qui fut leur capitale en Gaule, leur doivent encore leur blondeur éclatante, leurs yeux clairs insolents, leur port de tête hautain et leur épouvantable caractère. Quand on sait l'abâtardissement de nos populations, on imagine, à ses derniers éclats, l'impétuosité du sang wisigoth.

Barbares d'élite, venus de Scandinavie après un

séjour sur le Danube, une escale sanglante en Grèce et un sac de Rome bien torché, ils apparurent dans le midi de la France au début du ve siècle. Ils faisaient un tapage épouvantable. D'abord, des hordes de cavaliers aux casques encornés, puis d'interminables convois de chariots bruissants d'une marmaille blonde et sauvage, les femmes comme des gorgones érotiques et dépoitraillées pendues aux mors des chevaux hennissants, tandis que se vidaient alentour les plaines et les montagnes au passage de la nation wisigothe en marche. Race de seigneurs, née pour commander. Ils n'alignèrent jamais plus de dix mille guerriers, et, à leur apogée, sept fois seulement ce chiffre pour leur nation entière, race autant que nation, tirant sa force de son intégrité, sa puissance de son homogénéité. Pas de terroir qui leur collât plébéiennement aux talons, mais la fusion de la chair, la communion des cœurs, dans le fracas des chariots et des chevaux : une nation ! Le jeu simple et brutal d'Alaric, leur roi, n'avait pas d'autre signification.

Et, en plus, des provocateurs ! On aurait dit qu'ils le faisaient exprès, s'habillant ostensiblement de peaux de bêtes, graissant abominablement leurs cheveux et traînant partout avec eux, dans un cliquetis ostentatoire, leurs armes de géants. Ils accumulaient les différences agressives et proclamèrent, dès leur établissement à Toulouse, l'interdiction des mariages entre Wisigoths et Gallo-Romains. Un défi permanent, et avec ça, haïs des notables et populaires chez les basses gens. Enfin, pour compléter le tableau et montrer qu'ils n'avaient peur de rien, ils se mirent à dos l'Eglise traditionnelle établie, c'est-à-dire romaine, et se précipitèrent, tête baissée, dans le schisme arien. Ce qui les perdit.

Car le petit Clovis, plus malin, grenouillait et composait avec tout ce que vomissaient les Wisigoths, avec les notables, l'Eglise, le pape de Rome, l'empereur d'Orient, on serait même tenté de dire : avec les banquiers. Exactement le petit parvenu qui met tout le monde dans sa poche, on se souvient du célèbre marché : « Dieu de Clotilde ! si tu me donnes la victoire... » La France, clefs en main ! On se serait cru dans l'immobilier, tout y respirait la combine. Les Wisigoths ne mangeaient pas de ce pain-là. On leur fit le coup de la croisade, déjà ! Montségur, ce serait pour plus tard. Pour le moment, ce fut Vouillé. En 507, à Vouillé, Clovis, grâce à la supériorité numérique de son armée, régla leur compte aux Wisigoths. L'Occitanie, c'était raté, inutile d'y revenir. Dès le VIe siècle, selon l'historien britannique Gibbon, plus trace de Wisigoths en Gaule. Les Français Latouche et Grousset soulignent également ce mystère sans parvenir à l'éclaircir : la disparition des Wisigoths en l'espace d'un quart de siècle ! Leur nation s'était dissoute, ne laissant à la surface que quelques rares noms de lieu et certaines résurgences ethniques, comme celle des filles de Toulouse, ou des grands blonds aux yeux verts du nord de la Provence, dont je suis.

Wisigoth ? Il me plaît de le dire. Natifs du Comtat Venaissin, du sud de la Drôme, de l'Hérault, grands, blonds, et même roux, nous le fûmes toujours, dans la famille, avec des yeux bleus ou verts. Ainsi était François-Vincent, titulaire du boulevard Raspail, révolutionnaire quarante-huitard, né à Carpentras. Ainsi était mon père, et son père avant lui, et Gaston, chevalier de la Légion d'honneur, sous-lieutenant de la garde à pied, soldat du bataillon sacré durant la retraite de Russie, dont mon arrière-grand-père Joseph, qui l'avait connu, écrivait : « C'était à sa haute taille, qui est aussi la mienne, qu'il avait dû l'honneur d'être enrôlé dans la garde. Blond de poil, tout comme son propre père, lequel mesurait aussi près de six pieds, au village que nous habitions avant de nous établir à Lunas, parmi des gens courts et noirauds, on les appelait : Wisigoths... » Et il ajoutait : « Ce n'était pas un surnom de familiarité. C'était dit avec respect. »

Sur cette piste pour le moins incertaine, c'est le seul relais que je connaisse. J'ai cherché ; je n'en ai point trouvé d'autre. Il me suffit.

C'est donc un Wisigoth qui franchit, en ma personne, les portes de Paris, le matin d'un 13 mai, droit au soleil levant, conduisant un chariot de raid à quatre roues égales et onze chevaux piaffants. Il faisait beau et sec sur les provinces de l'Est. Négligeant les voies romaines déjà bien abîmées en l'an 451, je choisis la route nationale 19 en direction de Provins et de Nogent-sur-Seine. Passé cette dernière ville, j'entrepris à vive allure la remontée de la rivière Ardusson par la nationale 442, sur une trentaine de kilomètres et déboulai sur le champ de bataille avec 1 522 années, 4 mois, 4 jours et 3 heures de retard. Le 17 septembre 451, en effet, les Wisigoths, Francs, Sarmates, Burgondes, Alains et quelques rares Romains qui formaient l'armée d'Aetius d'une part, les Huns, Rugues, Pannoniens, Suèves, Bastarnes, Ostrogoths et encore d'autres Burgondes, Sarmates et Alains dissidents qui formaient l'armée d'Attila d'autre part se levèrent avant l'aube, aux champs Catalauniques, pour débattre entre Barbares du sort de notre Occident.

Risquant mon auto par un chemin de tracteur, j'atteignis le sommet d'une colline entre Estissac et Dierrey-Saint-Julien, au lieu dit Moirey. Selon ma carte d'état-major, c'était là. Il y avait même un mirador de rondins à silhouette de tour de siège romaine, don branlant et oublié d'un syndicat d'initiative naïf : de nos jours, les champs Catalauniques, keksékça ? Du haut de l'observatoire d'Aetius, me souvenant que j'étais wisigoth, j'eus d'abord une forte pensée pour notre roi Théodoric mort au combat dans cette morne plaine, puis, contemplant les hordes mongoles, russiennes et germaines qui déjà pliaient et refluaient en désordre sur la Seine, je jugeai qu'il était plus que temps, d'abord de déjeuner solidement pour fêter la victoire, ensuite de dépêcher une ambassade aux derniers Huns attardés pour savoir si, oui ou non, ils s'étaient réellement établis par là et avaient fait souche dans le code postal 10510.

Je tenais, à l'origine, ce renseignement d'une

demoiselle Guillaume. Voici ce qu'elle m'avait écrit naguère aux bons soins de l'O.R.T.F. :

« Monsieur, ayant très apprécié votre causerie de samedi à la première chaîne » (sur les peuples perdus, déjà), « je tiens à vous signaler qu'il y a en France, dans le département de l'Aube, un petit pays qui est habité par des descendants de Huns. C'est Origny-le-Sec (10510). Certains habitants ont encore le faciès triangulaire, les pommettes très saillantes et les yeux bridés. Espérant que ces quelques lignes vous auront intéressé, veuillez agréer, etc. »

Prometteur, mais maigre. Aucune allusion à des traditions locales, ou à une quelconque certitude des natifs du 10510 d'avoir dévalé l'Asie et l'Europe à cheval depuis les neiges de l'Altaï. Si l'herbe n'avait pas repoussé dans le sillage des aïeux, cela devait quand même se savoir, que diable ! à Origny-le-Sec... Pris par d'autres occupations, je n'avais pas répondu à la demoiselle, omission qu'elle voudra bien me pardonner, si elle est encore de ce monde, car j'ignore tout d'elle. Quelques années plus tard, j'avais tenté de la retrouver à l'adresse qu'elle m'avait indiquée, rue Lauriston, à Paris, pour la prier de m'excuser et lui faire préciser ses sources. Sans succès : Mlle Guillaume n'avait plus de domicile connu, jetée en travers d'un petit cheval poilu et emportée par des fantômes mongols dans le galop silencieux des légendes perdues... Quatre fois par an au moins, repêchant les Huns dans un dossier, je manifestais à mon entourage l'intention définitive d'aller y regarder de plus près, et puis ma volonté mollissait à l'idée de surgir comme un fada en pleine paysannerie de Champagne pouilleuse pour demander poliment si, des fois, personne de ces messieurs dames ne sentait remonter le long des reins cassés sur la betterave le frisson héréditaire des chevauchées sauvages : « Par hasard, mon brave, seriez-vous hun ? » On lâcherait les chiens ! J'avais beau accommoder la question de cent sauces différentes, je n'en trouvais point de présentable : « Etes-vous hun ? » Un quoi ? Et je renonçais, craignant de voir la chose me claquer dans la main comme une bulle au contact de la réalité. Puisque j'avais trouvé des Huns à Origny-le-Sec, autant s'en tenir là et ne jamais vérifier...

On ne se doute pas de l'importance que prirent au fil des mois, dans mes rêves éveillés, les iourtes du 10510 alignées à la mongole autour de l'église et de la mairie. Et de fait, sur la carte au 50 000e — feuille de Romilly-sur-Seine — que j'avais baptisée l'« Altaï », Origny-le-Sec s'étalait unique en son genre, exactement comme un camp, en trois rues parallèles onze fois coupées à angle droit ; ce qui faisait dire à certains — je l'ai appris plus tard — qu'un campement de Huns s'y était lentement sédentarisé, les iourtes peu à peu remplacées par des maisons, puis les maisons par d'autres et ainsi de suite jusqu'à nos jours sans que le plan initial en fût changé. Bien sûr, il aurait fallu creuser. On creusa par hasard, j'y reviendrai...

J'en étais là de mes raids manqués sur l'Altaï,

coupés de récits à mes amis que j'embellissais un peu plus chaque fois, lorsque dînant avec Jacques Perret, je lui contai toute l'affaire. Le caporal épinglé avait tant rêvé devant sa table d'écrivain, il s'était tant baladé de siècle en siècle, forgeant le merveilleux avec le vrai et le vrai avec l'imaginaire, que cette histoire-là, naturellement, voilà longtemps qu'il la connaissait ! Il la tenait d'un vieux camarade, artiste dessinateur de son état dans le quartier Saint-Jacques, une sorte de cavalier mongol, à l'entendre, l'aspect puissant, l'allure sauvage, le cheveu raide et noir, les yeux bridés comme il se doit, et qui donnait toujours l'impression d'avoir oublié son cheval lorsqu'il prenait le métro. Il ne faut jamais interrompre Jacques Perret lorsqu'il décrit quelque chose ou quelqu'un. Personne, jamais, ne se haussera aussi élégamment que lui aux lisières subtiles et fantasques de l'épopée. Vétéran des champs Catalauniques, le Barbare, les jours de spleen, une solide eau-de-vie au poing, racontait la bataille et se souvenait de tout, et pourquoi et comment il était venu, à cheval, depuis l'Altaï, voter dans le XIVe arrondissement. En réalité, il ne se souvenait de rien :

« J'ai téléphoné au fils d'Attila », m'avait écrit Jacques Perret quelques jours plus tard. « Il ne renie pas son ancêtre tout en me faisant responsable de cette filiation hypothétique et plausible attribuée un soir entre la poire et le fromage. Le berceau de sa famille n'en reste pas moins à proximité des Catalauniques. Mais ce n'est pas de lui que je tiens le fait d'une survivance hunnique dans ce coin-là. Je cherche à me souvenir de qui ou de quelle lecture, si je trouve je vous le dirai, mais je ne l'ai pas inventé. »

Dès lors, je résolus d'explorer le 10510 sans tarder plus. Avec Jacques Perret en flanc-garde volante, Mlle Guillaume en espionne sacrifiée et le cavalier du XIVe en renfort, je ne doutais plus du succès. Voilà pourquoi, ce 13 mai à trois heures de l'après-midi, j'engageai résolument mon ambassade dans la rue centrale d'Origny-le-Sec, bien déserte à cette heure-là.

Si l'on veut prendre la mesure d'un village français, c'est par l'église qu'il faut commencer. Elle dit tout d'un seul coup, en peu de mots. Celle d'Origny-le-Sec était vaste, conçue pour deux ou trois mille âmes. Vaste et vide. Quelques bancs et cinq rangées de chaises groupés en maigre troupeau à l'avant de la nef symbolisaient l'îlot survivant dans le désert rural dépeuplé. Comme dans vingt mille autres villages en France, la population, c'est sur les stèles du monument aux morts qu'on peut seulement la trouver. Un bon moyen de faire connaissance, mais qui donne le vertige par toutes ces naissances perdues issues de morts qui ne procréèrent pas. Chaque fois que je contemple un poilu de village, en casque et bandes molletières, planté sur ses colonnes de noms, cela ne manque jamais : je vois en filigrane une monstrueuse H.L.M. surnuméraire de banlieue, car il n'en faut pas douter, c'est là qu'ils se seraient entassés s'ils étaient nés, les enfants de la paix, ayant rejoint les autres dans la migration de l'ennui, abandonnant la betterave aux Turcs et aux Portugais, et la maison natale, peuplée de souvenirs, aux vieillards qui, bientôt, ne se souviendront plus. Origny-le-Sec : six cents et quelques habitants. Je comptai les Huns gravés dans le marbre noir, démontés, fantassins de tranchée morts sans chevauchée : plus d'une centaine ! Martial Contat, Adolphe Cottret... Je cherchais la consonnance révélatrice... Fernand Duchet, Marius Favin... Comme si la sonorité altaïque allait soudain m'alerter l'oreille, quelque chose qui rappellerait Rougila, Roua, Moundzouk ou Bleda, tous guerriers huns connus de l'armée d'Attila. Mais Marcellin Rozé, dernier de la liste, ne se trahit pas plus que les autres. Puisque les morts refusaient de répondre, il ne me restait qu'à interroger les vivants.

Je marchai à la carotte rouge : Café-Tabac, la source du savoir. On dit que le goût de l'eau-de-feu a perdu les Sioux ; peut-être une fine allait-elle me livrer Attila ? « Vous prendrez bien quelque chose avec moi ? » lançai-je gaiement à l'Asiate bedonnant seul derrière son comptoir. A l'examen, d'ailleurs, sa petite moustache n'avait rien du Mongol, ni ses petits yeux en vrille et son gros poitrail mou et blanc, décidément je m'abusais. Conscient que je le regardais avec trop d'insistance, il commençait à s'agiter dangereusement. Je complétai en vitesse : « Car j'ai une question à vous poser. Voilà ! » J'appelai Perret à mon secours. Comment aurait-il dit cela ? Des survivances hunniques ?

— Des quoi ? hoqueta le bistrot, et il appela la patronne.

Le chien aboya dans la cuisine, le petit dernier se mit à hurler, et le coup de torchon du patron, qui n'avait pas touché à sa fine, donnait l'impression qu'il effaçait toute trace de mon passage avant de se retirer incontinent sous sa iourte. La déroute.

— Des survivances hunniques... bredouillai-je. Des gens qui, par ici, seraient descendants des Huns ?

Et le miracle se produisit.

— Des Huns, dit la patronne, on en cause quelquefois dans le pays.

— Comme elle vous le dit, fit le patron. Des Huns, paraît qu'ils en sont.

Il siffla son verre de fine. Cela fit passer l'adjectif qu'il avait mal digéré. Que les Huns fussent hunniques, cela s'arrosait. « Vous nous remettrez ça », dis-je, et je levai mon verre à la santé de Mlle Guillaume.

— Nous, reprit la patronne, on n'est pas d'ici, on est d'Echemines.

Ça me disait quelque chose, ce nom. Evidemment ! Etais-je distrait ! Les environs grouillaient de Francs, Ripuains et Saliens. J'avais oublié le plan de bataille et le post-scriptum de Jacques Perret : « Origny-le-Sec est à sept kilomètres au nord-ouest d'Echemines où se trouvait le contingent des Francs à l'aile gauche d'Aetius, Attila ayant son camp au Pavillon-Sainte-Julie... »

— On n'est à Origny que depuis dix ans, précisa la patronne. Faudrait demander à un vrai Jouquin.

Je lui fis répéter.

— Jouquin. Les habitants d'ici, quoi !

J'aurais plutôt supposé qu'ils se fussent appelés Origniens, ou quelque chose de ce genre. Mais non, c'étaient des Jouquins !

Il existe deux explications à cette étrange manière de nommer les gens d'Origny. Selon la première, cela signifierait tout bonnement qu'ils étaient sous le joug des Huns, d'où Jouquins, après déformation. La seconde est assez jolie. On la doit aux naturels de Maizières-la-Grande-Paroisse et plus particulièrement à ceux du hameau des Granges, à trois kilomètres de steppe plate au nord d'Origny-le-Sec. Lorsqu'on leur demandait, il n'y a point encore si longtemps, le chemin pour arriver à Origny-le-Sec, ils désignaient la steppe bordant le champ de bataille et répondaient : « Vous allez jusqu'aux Huns... » Cela donnait également « Jouquins ». Citées par un érudit régional, M. Gabriel Croley, qui les a recueillies comme moi dans la population, ces interprétations valent ce qu'elles valent. Approximatives, certes, mais personne n'en a jamais trouvé d'autres et ce n'est pas faute de chercher ni d'échafauder des hypothèses. Il faut cependant tenir pour douteuse la théorie d'un vieux chanoine de Romilly, aussi original qu'inventif, qui ne parlait plus que hun à sa servante apitoyée par un tel dérèglement de l'esprit, et allait jusqu'à affirmer que « jouquer » voulait dire camper, ou s'installer, dans le langage des Huns ! Trop, c'est trop. Mais je tiens pour plausibles les deux autres, confirmées partout dans le pays, où l'on m'a assuré qu'elles ont cours depuis des temps immémoriaux. L'extrémité de la chaîne s'est perdue dans le brouillard des siècles, mais lorsqu'on tire dessus, elle résiste.

— Allez donc voir Emile, me conseilla le Franc-Salien du bistrot. Il tient l'épicerie d'à côté. Lui, c'est un vrai Jouquin. Il sait tout...

Là-dessus, comme le roquet me jappait aux jambes, je demandai machinalement, pour faire poli :

— Et comment s'appelle ce gentil petit chien bien vivant ?

— Clovis.

On n'en sortait plus !

— Il ira loin, répondis-je.

La bouche qu'ouvrit le Franc-Salien ne s'est sans doute pas encore refermée.

Repliant mon ambassade, je m'en fus la porter chez Emile, deux iourtes plus loin. Emile, octogénaire, tenait cette épicerie centenaire pour une maigre clientèle piétonnière d'octogénaires mal pensionnés, unique et dernière boutique d'un village que la jeunesse avait fui, avec marchandise de survie : deux œufs, un paquet de nouilles, un kilo de sucre, ce sera tout merci et l'on compte la monnaie avec des doigts tremblants. La boutique d'Emile, c'était la salle à manger ; le comptoir, sa table ronde à toile cirée. L'ampoule qui pendait du plafond était constellée de chiures de mouches. La iourte sentait la fumée froide, le lard ranci et le pain de savon, cette troisième composante altérant anachroniquement l'odeur des campements, car les Huns ne se lavaient jamais et Attila puait comme un bouc à vingt pas. On m'avait décrit un Emile intelligent. Aussi n'hésitai-je pas.

— Je salue le fils d'Attila, dis-je d'entrée.

Sous la casquette lustrée, la broussaille noire des sourcils et la paupière bridée, s'amusa le regard charbonneux d'Emile.

— Eh oui, dit-il, par l'inconduite de nos filles, c'est bien la triste vérité !

Nous prîmes place autour de la table et comme elle était ronde et qu'on n'y voyait guère mieux qu'au temps des lumignons à suif, que le plafond était maculé de suie, que des peaux de lapin séchaient dans les coins sombres, qu'Emile était plutôt petit et noiraud et moi plutôt grand et blond, avec nos moustaches assorties nous avions tout à fait l'air de tenir conseil sous une iourte entre Barbares réconciliés. Je lui dis le motif de ma visite et mes convictions wisigothiques, le ton sérieux mais l'œil gai. Emile, cela lui plaisait. Il devint intarissable. Relevons au passage qu'il s'exprimait en un français parfait, don des hussards noirs de Jules Ferry et qu'après que tous ces vieillards-là seront morts la campagne jargonnera l'immonde patois des villes, infantile, vulgaire, télévisé et diplômé.

— Descendants des Huns, nous le sommes tous à Origny, dit-il. Avant que les érudits s'intéressent à cette histoire et se mettent à gratter du papier, écrivant que oui ou que non et pourquoi et comment, nous la connaissions déjà tous au village. Le grand-père de mon grand-père la racontait déjà. Et de celui-là on se souvient, dans ma famille ! Blessé à la bataille de Salamanque, sous Napoléon, il était revenu à pied d'Espagne. Il avait dû beaucoup en causer, dans son régiment, car on l'y avait surnommé « le Mongol »...

Jolie similitude. La iourte du 10510 devenait taverne de demi-solde. Gaston le Wisigoth, grognard de la garde à pied, mon aïeul, et le Mongol, trisaïeul d'Emile, du corps d'armée de Masséna, faisaient enfin connaissance par rejetons interposés.

— Les guerres, dit Emile, revenant à l'an 451, de ce temps-là, c'était long. Le fléau de Dieu ne se pressait pas. Il vivait sur le pays et se déplaçait autant pour nourrir les cent mille bouches de sa horde que par stratégie politique. Plus diplomate que guerrier, d'ailleurs, contrairement à ce qu'on croit d'habitude. Subtil comme un Chinois, traitant avec la terre entière, avec l'empereur, le pape et tous les rois barbares. Il ne lâchait ses meutes que rarement, car tout le monde tremblait effectivement devant lui. On le couvrait d'or, on le ravitaillait, on le recevait, on le flattait en lui dépêchant de multiples ambassades. Il adorait cela. Dans son palais ambulant, il étalait un luxe grossier et tapageur. Il entretenait des bouffons, bâfrait dans de la vaisselle d'argent et singeait les façons des Romains auxquels il réclamait la moitié gauloise de l'Empire et la main de la princesse Honoria, sœur de l'empereur. Il alla même jusqu'à prêter sa cavalerie au patrice Aetius pour mettre au pas d'autres Barbares. Mais on lui refusa Honoria, et cela, le petit homme jaune à grosse tête, fou d'orgueil, ça lui resta en travers...

Moi, j'écoutais bouche bée. Le portrait psychologique d'Attila brossé par un épicier de village, fût-il hunnique, cela valait son pesant de kilomètres et j'en aurais volontiers parcouru dix fois plus ! Pour ce qui était du motif de la bataille, dès mon retour d'Origny-le-Sec je me jetai dans des tas de gros bouquins, pour vérifier, car Emile, tout de même, me semblait trop ramener l'affaire à une banale histoire de femme. Prétexte politique, plutôt ? Nullement. Une histoire de fesses, oui ! Oriental de petite taille, Attila était en effet très laid, la tête énorme, le nez camus, un tronc de gorille sur des jambes courtes et tordues, et avec ça, cruel et malsain. Tout pour séduire la belle et c'était exactement l'effet qu'il produisait : Romaines et Germaines lui tombaient dans les bras. Il s'en consommait énormément dans les camps d'Attila, quasiment toutes consentantes et courant comme des folles à la bête. Bref, la belle Honoria se mourait de désir pour Attila, ainsi que n'importe quelle étudiante en chaleur draguée dans un bar du quartier Latin. Le Blanc refusa sa sœur. Quant au chimpanzé, furieux et ulcéré, il fallut le rosser aux champs Catalauniques. On a maintes fois écrit par la suite qu'ainsi l'Occident fut sauvé. Connaissant le motif, je trouve l'expression bien trouvée...

— Les guerres, reprit Emile, de ce temps-là, c'était long. Une bataille par-ci, par-là, et pour le reste, la belle vie aux dépens des croquants. Nous étions croquants gaulois à Origny. Et voilà qu'Attila installa son palais de nouveau riche pas loin d'ici, du côté de Brolium, aujourd'hui Saint-Mesmin, entre Origny et Troyes, avec la Seine dans son dos. Nos pauvres filles, ça leur fiche un coup ! Elles ouvrent des yeux immenses. Elles n'ont jamais rien vu de pareil. Attila est plus affreux et opulent que jamais et tous ses guerriers à son image. Il attendait tranquillement l'ennemi, car il se croyait invincible, et nous fîmes les frais de son oisiveté. Nous étions le village indigène où le conquérant prenait du bon temps avec d'autant plus d'entrain que nos filles trouvaient les Huns à leur goût et avaient joué le camp d'Attila gagnant. Plutôt bonnes filles, d'ailleurs, pas des putains de garnison. L'inconduite fidèle, si vous voulez. Après la bataille perdue, certains de leurs séducteurs ne se résignèrent pas à les quitter. Abandonnant la horde vaincue qui refluait par les gués de Seine, ceux-là restèrent au village. Tolérés, sans plus, mais il n'y eut pas de vengeance. On s'en accommoda, mais pas les villages des environs qui nous regardèrent d'un mauvais œil pendant si longtemps que nous finîmes par nous replier sur nous-mêmes, nous mariant entre nous, refusant le contact, passant pour farouches et mal embouchés aux yeux de tous. Telle est la tradition.

— Vous y croyez ? demandai-je

Emile sourit malicieusement.

— Pourquoi pas ? C'est plutôt drôle ? Et puis, encore une fois, cette histoire, je ne l'ai lue nulle part, je ne l'ai pas inventée. Je l'ai apprise ici, au village, comme les anciens. Si elle est parvenue jusqu'à nous, pour faire une fin, hélas ! car depuis la télé je ne connais plus un gamin qui s'y intéresse encore parmi les rares qui nous restent, c'est qu'elle a bien dû avoir un commencement, non ?

Cela faisait une présomption, pas une preuve. Je le lui dis.

— Et nos filles ? Vous croyez qu'il y avait de quoi se vanter ? Et pourtant, on se l'est quand même transmise, cette histoire. J'ai pas mal lu aussi, c'est vrai, mais seulement pour chercher à comprendre. Le palais d'Attila, par exemple : un attrape-mouches idéal. Aujourd'hui encore, nos filles n'y résisteraient pas, et Dieu sait à quoi elles rêvaient, autrefois...

Freudien, Emile ? Pas possible !

— Il y a autre chose, reprit-il. L'aspect physique de la population... Il y a une vingtaine d'années, un médecin vietnamien est venu s'installer à Origny. Il ne resta pas longtemps et fut notre dernier médecin. Je me souviendrai toujours de sa surprise. Certains Jouquins, disait-il, ressemblaient étonnamment à des habitants de son pays. La tache, il l'avait aussi remarquée et il l'expliquait tout comme nous.

— La tache ?

— La tache hunnique, ou tache mongole. Mongolique, disait le docteur Binh. Une espèce de grosse loupe plate et brune sur le haut des fesses ou le gras du dos. Au Tonkin, racontait le docteur Binh, où les Mongols ont laissé de nombreuses traces dans la population, cette même tache accompagnait toujours des traits mongoliques caractéristiques, moins fins, plus plats, plus grossiers. Nos petits-cousins, en quelque sorte...

Cela ne constituait pas non plus une preuve. Sans doute le docteur Binh ignorait-il l'effet Wright, bien connu des anthropologues, autrement appelé effet d'isolement. En des époques lointaines où la famine sévissait dans cette contrée qualifiée de pouilleuse, il est possible que certains Jouquins aient présenté des signes de dégénérescence multipliés par l'effet Wright : yeux bridés, teint jaunâtre, visage écrasé et peut-être aussi des taches mongoliques qu'ils ne montraient naturellement pas à tout le monde. De là à être désignés du doigt comme des bâtards de Huns et de filles perdues par des voisins qui ne les aimaient guère, il n'y avait qu'un pas que la méchanceté paysanne et une vachardise de pauvres gens pouvaient aisément franchir. J'expliquai tout cela à Emile.

— Je ne connaissais pas l'effet Wright, dit-il. Mais l'isolement, la dégénérescence, cela, j'y avais pensé. Nous n'avons jamais eu la vie rose, par ici. En fait, ce n'est pas contradictoire. Nous sommes restés entre nous [en ethnologie, cela s'appelle un *isolat*] avec toutes les conséquences physiques que cela a entraînées, parce que, fils de Huns, on nous y a obligés. Notre identité n'a pas été imaginée par la suite pour expliquer nos différences. Elle existait auparavant, connue de tous. On s'est contenté pendant des siècles de nous la rappeler de façon peu charitable et de nous la faire subir.

Cela se tenait.

— Si j'osais, dis-je, je vous poserais bien une question personnelle.

— La tache ? Non, moi, je ne l'ai pas, fit-il en souriant. Ni personne dans ma famille. Pour vous dire qui, au village, c'est difficile. Il faudrait remonter à mes souvenirs d'école, quand nous avions mangé trop de pommes vertes et que nous baissions nos culottes, le jeudi, dans les chemins creux de Moirey. Je me rappelle surtout Gatouillat. Lui ne se gênait pas pour la montrer à tous ses copains. Il avait trouvé un truc pour nous épater. Il enfonçait des épingles dans la tache qu'il avait sur la fesse et déclarait qu'il ne sentait rien et que seuls les vrais fils d'Attila ne sentaient rien..

Juste. La tache mongolique est indolore. Quant à Gatouillat, je me demandais s'il était vivant. Gatouillat Armand, Gatouillat Eugène, Gatouillat Raymond, tous couchés sur le marbre noir entre Favin Marius et Lesnard Alfred. Couchés aussi et retournés en poussière, mêlés à la glèbe de Moirey, le guerrier Rougila, le guerrier Moundzouk, le guerrier Roua, le guerrier Bleda, l'un ou l'autre ancêtre d'un gamin de Champagne du nom de Gatouillat qui s'enfonçait des épingles dans la fesse en souvenir d'Attila, ce qui attestait au moins une solide tradition familiale quant à la signification de la tache. J'aurais bien aimé la connaître.

— Il habite un peu plus loin, dit Emile, mais il ne vous répondra plus. Il est bien vieux maintenant, Gatouillat l'ancien. Dommage ! Lui aussi y croyait.

C'était dommage en effet, triste même, comme chaque fois que les légendes se taisent et que la chaîne se brise. Est-ce qu'il avait des enfants ?

— Oui, mais plus un seul au pays. Les gosses ne reviennent même plus l'été. Ils disent qu'ils s'ennuient, ici.

J'imaginais tous ces petits Gatouillat émigrés, rats d'H.L.M. et de C.E.G., avec une bête tache brune anonyme et inutile sur la fesse dont ils ignoraient même qu'on pût y planter des épingles pour s'amuser, ce qui les aurait au moins distraits une minute de leur longue vie à traîner ici-bas sans chevauchée. Les fils d'Attila, code postal 93022 ou 94153 ou n'importe quoi du même genre, à des millions d'années-lumière des champs Catalauniques et des chemins creux de Moirey, bâtiment C, escalier K, 6e droite l'ascenseur est en panne, 3e porte à gauche après les graffitis on entend gueuler la télé : pour la chute finale du cavalier Moundzouk, il n'y a que l'embarras du choix.

— Vous devriez aller voir mon cousin Roger, dit Emile. Il est professeur à Paris, mais c'est samedi, il doit être là. Lui a étudié la bataille dans le détail. Je vais vous montrer le chemin.

Au milieu de la ruelle transversale, à dix pas de son épicerie, il s'arrêta, tapant le sol de sa canne.

— Ici, c'est creux, dit-il. Il y a environ trente-cinq ans, on a refait la rue. Le camion de la voirie était trop lourd et la rue s'est effondrée. On a retrouvé le camion quatre mètres plus bas dans un souterrain. Depuis, vous le voyez, on a mis une pancarte « Interdit aux poids lourds » mais je crois bien qu'il n'y a plus que moi à me rappeler pourquoi elle est là. Le souterrain s'enfonçait sous cette maison, ici, dans la direction de l'est, mais il était presque complètement éboulé. Nous avions encore un curé de ce temps-là, un vieux imbattable sur l'histoire des Jouquins, un peu fou, la tête farcie de Huns. Il a rappliqué dare-dare. Il était tout excité. Il parlait de nécropole hunnique, que c'était là qu'elle devait se trouver, qu'il l'avait toujours dit. On avait remonté le chauffeur du camion, qui répétait, sonné : « J'ai vu un mort en bas, monsieur le curé ! Dès que j'ai pu ouvrir les yeux dans la poussière, je l'ai vu couché sur le capot ! » Nous avons fouillé, curé en tête. Il y avait en effet un crâne et un os d'avant-bras avec la main. En creusant, nous avons dégagé l'autre bras, puis le reste d'un squelette de petite taille avec des côtes comme des cercles de barrique, et une longue épée de bronze, large et plate, qui se brisa en trois endroits. Le propriétaire de la maison menaçait d'appeler les gendarmes parce qu'on allait la faire s'écrouler si on continuait à creuser, ce qui était peut-être vrai. Il est mort depuis et ses héritiers ont vendu, en se gardant bien de parler du squelette qui leur flanquait des cauchemars. Le curé disait : « Allez ! Au travail, tous ! C'est une sépulture de Hun ! » Mais les gars du chantier ne voulaient rien entendre, le propriétaire de la maison non plus. Le lendemain, c'était rebouché. Le squelette est toujours là. Peut-être bien que c'était grand-papa, ajouta Emile en souriant, et il frappait joyeusement le sol de sa canne.

— Pourquoi pas ? dis-je sur le même ton. Peut-être même qu'il s'appelait Moundzouk, un nom très répandu chez les Huns car c'était celui du défunt roi, père d'Attila...

Moundzouk eut droit à vingt secondes de méditation complice. Tandis que nous contemplions l'asphalte comme si nous attendions qu'il y pousse des salades, une jeune fille qui passait par là nous jeta un regard surpris. Elle disparut sous une iourte voisine et puis écarta son rideau pour nous observer, pensive. Elle était assez jolie, avec un visage plat inexpressif, des cheveux noirs raides et brillants en frange sur le front brun et des paupières proéminentes et très allongées : une Mongole d'Oulan-Bator avec, dans le regard, tout le désert de Gobi et la Champagne pouilleuse par-dessus.

— Et l'épée ? demandai-je. Qu'est-elle devenue ?

— Le curé l'a emportée chez lui et l'a cachée. C'est à partir de ce jour-là qu'il a commencé à s'adresser à sa bonne dans un jargon invraisemblable qu'il prétendait être du hun. Il tenait de longs conciliabules à la cure avec un autre vieil original de ses amis, archéologue à Reims. Jamais ils n'avisèrent les Beaux-Arts du département, comme s'ils voulaient garder leur découverte pour eux. De toute façon, tout de suite après la guerre, les Beaux-Arts avaient d'autres chats à fouetter. Nommé chanoine et aumônier d'un couvent de Romilly, notre curé y a pris sa retraite, emportant l'épée avec lui. On ne l'a jamais remplacé...

J'ai retrouvé plus tard le couvent des sœurs de Marie-au-Calvaire, à Romilly-sur-Seine. Il avait été transformé en foyer de jeunes travailleuses célibataires après la disparition de ce petit ordre contemplatif régional dans la tourmente post-conciliaire. Je n'y découvris que l'ancienne tourière, plus ou moins sécularisée. Oui, elle avait connu le chanoine Botrel. C'est vrai qu'il n'avait plus toute sa tête, le pauvre homme. Non, elle n'avait pas vu d'épée rouillée cassée en trois morceaux lorsque les sœurs avaient mis de l'ordre dans les effets du chanoine après sa mort. Même si on cherchait, on ne pourrait plus rien retrouver, le couvent ayant été modifié de fond en comble et les vieilleries vendues ou données...

— Voilà, dit Emile, c'est toute l'histoire du souterrain et Moundzouk vous salue bien. En remontant la rue jusqu'au bout et en prenant à droite aux pommiers, vous verrez la maison de Roger.

Comme la jeune fille, tout à l'heure, les Mongols d'Origny-le-Sec étaient à l'affût derrière les portières de leurs iourtes, observant l'étranger qui marchait en examinant curieusement chaque fenêtre. En réalité, c'était leur visage que je cherchais à distinguer dans la demi-obscurité des iourtes. J'en surpris quelques-uns qui n'avaient rien de véritablement asiatique, jusqu'au moment où j'entrevis un spectacle que je ne suis pas près d'oublier. Etendu tout habillé sur un lit, un vieillard reposait, les mains jointes sur la poitrine. Sans doute s'offrait-il une bonne sieste, mais il avait l'air d'attendre la mort. Cette peau jaune et parcheminée, je ne l'avais vue nulle part ailleurs que chez les vieillards d'Extrême-Orient. Paupières et pommettes étaient d'Asie aussi, tirées sur les tempes, saillantes, il y a des signes qui ne trompent pas. L'impassibilité de l'attitude accentuait encore l'impression d'avoir changé de continent. C'était un très vieux roi de Mongolie, un chef de tribu en agonie sur son lit de parade, au milieu de la iourte, les mains croisées sur la longue épée. L'univers des grandes migrations est semé çà et là d'égarés oubliés qui retrouvent leurs traits originels en mourant et les emportant dans l'au-delà comme leur seule vérité. On vit comme un gueux, cassé en deux sur la glaise de la Champagne pouilleuse, mais l'âme qui s'échappe du corps et rejoint le paradis des guerriers, c'est celle du cavalier Moundzouk. De l'ombre surgit une silhouette noire qui vint vivement tirer le rideau, mettant fin à mon indiscrétion. Mais j'avais eu le temps de voir son visage. C'était celui de la vieille reine des Huns, Kerka.

Je le dis au cousin Roger qui était venu m'ouvrir la porte. Cela me servit de mot de passe.

— Kerka, dit-il, cela lui va bien et elle n'en serait pas autrement étonnée. C'est la femme de Gatouillat l'ancien. Autrefois, elle s'accrochait de gros anneaux de cuivre aux oreilles, ce qui, entre les deux guerres, chez une paysanne d'ici, marquait une originalité tout à fait inconcevable.

Le sésame hunnique avait joué. Le cousin Roger reçut le Wisigoth comme un frère. Il s'excusa du désordre qui régnait chez lui, disant qu'il y venait peu et que c'était un campement plutôt qu'un domicile. Professeur à Paris, rien ne l'attachait plus à ce village rectiligne, ingrat, déserté, où sa iourte familiale commençait à se lézarder, sinon... Je suis persuadé que le souvenir des Huns l'y tirait par les pieds. Barbares carnivores, nous fîmes leur affaire à six variétés de saucisson que la robuste femme du cavalier Roger, armée d'un long coutelas, tranchait en marche, si je puis dire, en nomade rompue aux grandes invasions, galopant à travers la pièce comme un escadron de subsistance pour ravitailler les guerriers affamés. Roger, c'était le stratège des Huns, conseiller militaire d'Attila.

— Nous n'étions pas si nombreux qu'on l'a prétendu par la suite, dit-il. N'a-t-on pas parlé de 500 000 combattants ! 40 000, et ce n'est déjà pas mal pour le temps, dont 5 000 cavaliers, plus 5 000 encore quand les chariots étaient dételés. Chez vous, en face, quelque 30 000 guerriers avec un peu moins de cavalerie mais des machines de guerre en plus, tout ce qui restait de la technique romaine avant la grande nuit mérovingienne mais concentrée comme à Verdun. Nos flèches ne portaient qu'à 50 mètres, nos pierres de fronde à 40, nos francisques à 10, nos lances à 2 mètres seulement. Cela explique la disparité des pertes : plus de 10 000 chez nous, la moitié seulement chez les alliés...

Je connaissais la bataille par cœur, mais j'écoutais passionnément. *Nos* flèches ! *Nos* frondes ! *Nos* chariots ! *Notre* cavalerie ! Le cousin Roger parlait en témoin oculaire et c'était proprement extraordinaire d'entendre toute cette érudition déballée dans le feu de l'action comme le rapport d'un aide de camp qui vient de sauter de son cheval. Il avait déplié sur la table un immense plan des Catalauniques, dressé de sa main, couvert de carrés et de rectangles figurant les corps de troupe et de flèches multicolores précisant leurs mouvements.

— Ici, en arrière de nos lignes, parallèlement à la Seine, un long chemin de terre assurait nos communications d'une aile à l'autre de l'armée. Sage précaution, car la retraite vers les gués de Seine pourra s'y effectuer au galop. Ce chemin-là est encore visible à travers champs ; n'importe quel vieux Jouquin vous y conduira. Nous l'avons toujours appelé « voie d'Attila ». Près de la ferme de Malminoux, au carrefour de Vaudepuits, vous trouverez la pierre d'Attila, un rocher de grès enfoncé dans le sol, avec, sur sa partie émergée, l'empreinte d'un sabot de cheval nettement dessinée...

J'ai vu le chemin rectiligne, propre aux déplacements de cavalerie. Je n'ai pas retrouvé la pierre, probablement disparue lors de l'installation d'une ligne électrique souterraine mais intacte dans le souvenir des vieux fermiers de Malminoux. Et c'est exactement cela que j'étais venu chercher et que j'avais découvert, la symbiose inespérée des anciens d'Origny-le-Sec, de leurs légendes et de leur passé. Les Aïnous d'Origny-le-Sec, en quelque sorte...

Emile était venu nous rejoindre, une bouteille de cidre bouché sous chaque bras, et au fil de sa démarche lente, il avait gratté sa mémoire : la légende de l'ossuaire introuvable, à Ossey-les-Trois-Maisons, anciennement Ossium ; les marches d'Attila, près de Saint-Martin-de-Boissenay, en plein champ de bataille, quatre rangées de terrasses géantes au flanc d'une colline basse qui me firent irrésistiblement penser à une forteresse inca de la vallée du Vilcanota ; d'autres pierres d'Attila, encore, à Marcilly et Soligny ; deux petits vallons, voisins d'Origny, connus chacun sous le nom de « fosse aux millières », où d'après la tradition locale des milliers d'hommes auraient péri ; enfin cette pépite d'or sur la piste des peuples perdus, ce galop solitaire par certaines nuits sans lune de septembre, que des vieillards aujourd'hui morts depuis un demi-siècle assuraient avoir encore entendu quelquefois, du côté de la voie d'Attila...

— Et, ajouta Emile, ils ne plaisantaient pas.

— C'était Moundzouk, dis-je.

Nous en convînmes gravement en faisant péter le bouchon de la deuxième bouteille. Comme j'étais le seul de nous trois à ne pas avoir les yeux bridés, j'estimai protocolaire, au terme de mon ambassade, de lever mon verre le premier à la mémoire du fantôme équestre, silencieux pour l'éternité.

15

Tribus blanches • Les Ouled-Nounettes, fils de nonnes • Retour de croisade dans le Dévoluy • La lettre du meunier • Quelques nouvelles récentes de la bataille de Poitiers • Cimetières maures • Les Bédouins de Chinon

J'ai rouvert mes vieux dossiers : une poussière de peuples oubliés...

A la suite d'une chronique intitulée *Tribus blanches* que j'avais publiée dans *Le Figaro* il y a vingt ans, on m'avait beaucoup écrit. Encore des Huns en Sologne, qui se proclamaient tels en 1914... Des Celtes dans les marais des Dombes... Des Scytho-Alains et fiers de l'être, au hameau de Chalmazel, dans le Forez... Des Vikings à l'île de Groix, où les vieux marmonnaient des histoires de drakkars, à moi signalées par l'un des leurs, Erik Raude, ce qui veut dire *le Rouge*... Et les cagots des Pyrénées, descendants de lépreux, de Sarrasins, de Wisigoths vaincus, de Néandertaliens attardés, d'hérétiques traqués, de gueux en fuite, probablement tout cela à la fois, sortes de sous-hommes, d'intouchables, avec lesquels il faudrait faire un livre entier de recherche initiatique et dont un vieux monsieur assurément aujourd'hui archimort m'écrivait que cagot lui-même, à l'école de son village, les autres enfants refusaient de jouer avec lui et que leurs mères leur collaient des taloches s'ils s'avisaient de lui tendre la main... Derniers signaux d'une mémoire qui s'éteint.

Voici trois de ces lettres. La première raconte une histoire que je trouve charmante et dont je n'ai nulle raison de douter. Elle me vient maintenant d'outre-tombe, car elle fut écrite il y a vingt ans, d'une écriture tremblée, par un M. Mezian Oussedik, replié en Haute-Garonne :

« Lorsque éclata à Saint-Domingue la révolte fomentée par Toussaint-Louverture, Bonaparte envoya une escadre dans le but de la mater. A bord d'un des vaisseaux, le *Banel,* prirent place des nonnes hollandaises désireuses de porter la bonne parole par-delà les océans. Leur vœu ne devait malheureusement pas se réaliser. Partie de Toulon, l'escadre croisa d'abord en Méditerranée. A la suite d'une tempête, le *Banel* se trouva déporté en vue des côtes algériennes et vint s'échouer dans une crique abritée, non loin d'un village appelé plus tard Francis-Garnier et devenu aujourd'hui Bouraya.

« Les habitants du pays attaquèrent les passagers du *Banel,* qui, bien armés, se dirigèrent en combattant vers Oran où ils arrivèrent après avoir perdu beaucoup de monde, notamment les malheureuses nonnes, abandonnées à leur triste sort, et qui furent toutes capturées par les Berbères. Les notables berbères se les partagèrent aussitôt et leur firent subir les derniers outrages, non sans les avoir préalablement épousées selon la loi coranique. Mais les religieuses ne tardèrent pas à subjuguer leurs ravisseurs par leur douceur et leur infinie bonté. La mère supérieure fut vénérée à l'égal d'une sainte et, à sa mort, on lui éleva un mausolée devenu lieu de pèlerinage. On le désigne sous le nom d'Emma Binette, c'est-à-dire Mère Binette, sans doute le nom de la supérieure.

« Les enfants nés de ces unions berbéro-hollandaises sont presque tous blonds et forment aujourd'hui une importante tribu : les *Ouled-Nounettes,* les fils de nonnes.

« A l'intérieur de la mairie de Francis-Garnier, on peut voir l'une des ancres du *Banel* repêchée à mon initiative sur les lieux du naufrage. J'ai relaté ce fait il y a une vingtaine d'années dans *L'Echo d'Alger* et *Le Progrès d'Orléansville...* »

Qui me dira si à Bouraya, ci-devant Francis-Garnier, on se prévaut encore de cette amusante hérédité tout à fait digne des anciens Barbaresques ou bien si l'on a débaptisé les sympathiques Ouled-

Nounettes dans la grande lessive de l'ancienne toponymie française?

La seconde lettre nous transporte dans les Hautes-Alpes, à en-tête de la mairie de Saint-Etienne-en-Dévoluy (téléphone : 26). Elle me fut adressée à la même époque par M. Jean Grandmont, qui m'avait écrit à la main, d'une écriture intelligente que je retrouve avec plaisir :

« Je suis maire d'un pays, le Dévoluy, où, au fil des siècles, on n'a connu que des " départs " et jamais d'établissement de gens venus de l'extérieur; jamais aussi de " retours " des enfants partis. Ajoutons que " l'étranger " commence à la limite du Dévoluy. Dans ces conditions, il semble que la population ait pu se conserver dans l'état pur de ses origines. Les historiens sont peu locaces sur ce pays. On dit que le Dévoluy n'a été habité qu'à partir du XIe siècle. Les communications sont difficiles, les hivers très rudes : six mois de neige (on dit dans le patois local : " C'est long comme un hiver dans le Dévoluy ").

« Les premiers habitants furent des Templiers repliés des Croisades avec leurs hommes d'intendance et leurs esclaves. Ceux-ci étaient de deux sortes : des montagnards du Liban et des gens du Maghreb. Ils étaient un peu plus d'une centaine. Ils ont travaillé avec beaucoup de peine les terres caillouteuses de ces montagnes. Ce petit noyau accueillit quelques années plus tard des Vaudois hérétiques qui avaient pu se sauver du nord du département à travers les cols grâce à leurs jarrets musclés.

« Jamais le Dévoluy n'a dépassé le nombre de 2 000 habitants. Aujourd'hui encore, on voit des types d'hommes et de femmes très caractéristiques : les uns, grands, blonds, aux yeux bleus et au port altier ; les autres, moyens et petits, à la peau plus foncée et au regard très méditerranéen. Mais les hommes de science ne disent rien sur notre histoire... »

Ils n'en diront certainement plus rien, à jamais. Le 26, numéro de téléphone de la mairie de Saint-Etienne-en-Dévoluy, comporte à présent huit chiffres qui le relient au monde entier, Nagasaki, Brisbane ou Pétaouchnoque à l'automatique, mais le fil du temps est coupé. La télé, l'usine à neige de Superdévoluy, le grand brassage socio-culturel, tous devant la boîte à images qui a tué les conversations où se transmettait le passé, les petits bruns au regard noir et les grands blonds aux yeux bleus uniformément décervelés, en attendant — c'est pour demain — que les types ethniques se confondent. Tout de même, c'était extraordinaire, ces deux minuscules peuplades, la templière et la levantine, bloquées dans ce pays paumé, coupées du reste du monde, inexorablement face à face pendant d'interminables hivers et qui avaient jeté si peu de ponts entre elles et si peu de liens charnels en neuf siècles qu'il y a encore une vingtaine d'années on les trouvait intactes, côte à côte, sans métissage. Comment définir cette obstination ? Y aurait-il eu (y a-t-il encore ?) parallèlement à la notion de territoire qu'on sait aujourd'hui naturelle à l'homme, celle d'un territoire *ethnique* tout aussi inconsciemment défendue ? La perte de l'une comme de l'autre engendrera l'homme du troisième millénaire...

La lecture de la dernière lettre exhumée, datant de la même année 1970, me remit en mémoire une expédition sans cesse différée pour mille raisons que j'ai oubliées, comme si je n'avais pas, en vingt ans, trouvé le temps d'aller à Chinon ! Un meunier de la région, M. Louis Hubault (téléphone : le 105 aux Rosiers) m'écrivait :

« Vous devriez venir aux pays de Véron. Il s'agit d'une sorte de presqu'île entre la Loire et la Vienne, tout de suite en amont de leur confluent. Dans ce pays, les gens prétendent descendre de Maures ayant envahi la France à l'époque de Charles Martel. Beaucoup s'appellent d'ailleurs Mureau. Il y a un lieu-dit portant le nom de " cimetière des Maures ". Enfin, on retrouve chez certains indigènes des traits de physionomie mauresque frappants.

« Je me souviens d'un jeune soldat originaire du Véron, pendant la guerre d'Algérie, qui s'était habillé devant moi, au cours d'une permission, comme l'étaient les soldats algériens ; c'était absolument ressemblant. On avait envie de l'appeler Mohammed plutôt que Pierre Mureau... »

A l'époque, j'avais lancé sur la piste un vieil ami auquel j'avais envoyé la lettre du meunier. Il s'appelait Jacques Druet. Professeur de dessin au collège de Chinon, érudit d'ancienne manière, fluet, fragile, délicieux, il était marié à une monitrice d'éducation physique qui avait la carrure d'une basketteuse et la voix d'un sergent de la Légion. Le vin de Chinon arrangeait tout cela. Cruellement chahuté par ses élèves, il les insultait en arabe littéraire, langue qu'il parlait et écrivait par je ne sais plus quel concours de circonstances. J'ignore ce qu'il est devenu et, cependant, je l'aimais beaucoup. Je relis ses notes avec émotion Elles sont l'épine dorsale de ce dossier.

La bataille de Poitiers (733), naturellement. Je ne sais si l'on enseigne toujours aux petits enfants de France, notamment dans les classes à haute densité d'immigrés, que Charles Martel arrêta les Arabes à Poitiers, sauvant la France de l'invasion, alors que par le Var, le Vaucluse, les Bouches-du-Rhône, l'Aude, l'Isère, la Seine-Saint-Denis, le Nord, le Bas-Rhin, le Rhône et vingt autres départements les cavaliers venus du sud ont repris leur marche en avant. Je vois plutôt quelque chose de flou, tandis que la mémoire arabe reste très vivace à ce propos. C'était une guerre de religion. Le très pieux Abd-er-Rahman visait la conquête de l'abbaye de Saint-Martin-de-Tours, qui était un phare de la chrétienté, puis son pillage et sa destruction. Sait-on que les musulmans tombés à Poitiers sont encore aujourd'hui aux yeux des Arabes des martyrs pour la foi ?

Elle n'a pas du tout eu lieu à Poitiers, cette

bataille, mais plutôt non loin de Châtellerault, entre la Vienne et le Clain, à Vouneuil, Moussais-la-Bataille, Cénon. D'autres tiennent pour Néré-le-Dolent, près de Loudun. D'autres encore pour Sainte-Maure-de-Touraine et Villeperdue, un village en bordure de la nationale 10 qui tirerait son nom d'une agglomération détruite pendant le combat. Les landes de Miré, ou landes de Charlemagne, sur la rive sud de la Loire, entre Tours et Villandry, ont également leurs partisans. Ils ont tous plus ou moins raison. La bataille, en réalité, dura plusieurs jours, selon la chronique de *l'Anonyme de Cordoue,* plusieurs mois même, précédée et suivie de combats un peu partout dans la région où s'étaient déjà installés de nombreux colons arabes auxquels on doit, dit-on, les célèbres plantations d'abricots de Montgamé et même le secret de la fabrication du chabichou ! Les bandes sarrasines ayant décroché définitivement, les villages de colons suivirent. Charles Martel repassa la Loire sans se soucier du destin des vaincus. Les chefs francs se partagèrent les prisonniers. A Tours, on les parqua dans une fosse où ils crevèrent comme des mouches et sur la fosse aujourd'hui comblée passe dans le vieux Tours la rue des Maures. D'autres furent mieux traités, assignés à résidence dans le Véron, sur le domaine royal, avec femmes et enfants, là où mon meunier me les avait signalés. Les villages de Huisme, Avoine, Savigny-en-Véron et Beaumont-en-Véron furent sans doute créés à partir de camps de prisonniers ou de réfugiés arabes.

C'était loin d'être un paradis. Aujourd'hui insolemment fertile, le Véron, au VIIIe siècle, était un marécage insalubre, et, comme le soulignait mon vieil ami Druet, « bien fait pour que des prisonniers dont la survie n'était pas tellement souhaitée y attrapassent des accidents pectoraux... ».

Ils survécurent et on les y oublia. Ils enterrèrent les derniers morts de la bataille, des blessés qu'on avait ramenés là. Gustave Gallé, ancien maire de Savigny, raconte qu'un peu avant 1914, à l'occasion de travaux de voirie (l'établissement de buses sous la route) juste en face de sa maison, on les retrouva alignés côte à côte et tournés vers La Mecque, jeunes, car ils avaient toutes leurs dents, le crâne reposant sur une pierre en guise d'oreiller. Un peu plus loin, au « cimetière maure », c'était un cavalier à cheval qui aurait été enfoui tout armé. Celui-là n'a jamais été retrouvé. Au fil des siècles, la terre rendait parcimonieusement des morceaux d'épées sarrasines que tripotaient rêveusement les Mureau (94 habitants de ce nom sur 825 en 1946), les Mureau-Mureau (pour se distinguer des précédents), les Ally, les Mazards (de l'arabe Maz'har, ainsi que l'expliquait lui-même l'ancien boucher Mazard, de Savigny) qui avaient vu au XIVe siècle leurs surnoms se transformer en noms de famille comme dans toutes les campagnes tourangelles.

Naturellement, ils ne sortaient quasiment jamais de leur Véron, sauf les jours de foire à Chinon où on les voyait arriver en caravanes de mules et de bourricots, certains montés sur de magnifiques chevaux, ayant laissé leurs femmes à la maison ou dans les champs où elles travaillaient beaucoup plus durement que les hommes. L'historien Auguste Chauvigné [1], tourangeau lui-même et témoin oculaire, raconte qu'en 1892, aux grandes foires de Chinon, « ils étaient l'objet de l'attention générale, non seulement par leurs airs sauvages, mais encore par leur constitution corporelle et par le caractère de leurs physionomies. Généralement maigres et nerveux, le teint basané, les traits énergiques, les yeux blancs, aux prunelles noires, ils portaient des cheveux luisants et ondulés, une barbe noir de jais. Le nez, souvent arqué, et les dents blanches sur des lèvres minces achevaient l'illusion qui aurait été complète sous le turban et le burnous. Ils étaient vifs, intelligents, soupçonneux, et parlaient avec précipitation. On les désignait sous le nom de *Bédouins de Savigny*, ou *Bédouins du Véron...* ».

Le reste du temps, on ne les voyait pas. La plupart des jeunes conscrits originaires du Véron qui se rendaient à Chinon à l'occasion de leurs obligations militaires, y venaient pour la première fois de leur vie. Mme Bruneau (autre surnom), de Savigny, que rencontra Auguste Chauvigné, « une vieille femme qui portait tous les traits de son origine sur le visage », n'avait, à quatre-vingts ans passés, jamais mis les pieds à Chinon.

Naturellement aussi, ils se mariaient entre eux.

1. « Géographe historique du pays de Véron », par Auguste Chauvigné, *in Revue de la société de géographie de Tours*, avril 1892.

Encore ne fallait-il pas transgresser les usages. Les gens de Beaumont-en-Véron, par exemple, devenus un peu plus tourangeaux que leurs voisins de Savigny, ne prenaient jamais femme chez ces Bédouins-là. C'était hors de question. Il y a trente ans encore, le tabou fonctionnait : je le tiens d'un vieux vigneron du Véron, M. Jamet. Cela donna, classiquement, à côté de très beaux types humains, pas mal d'infirmes et d'idiots, et c'est précisément cela qui attira l'attention d'un professeur en médecine, le docteur Fodéré, lequel, en 1821, fut le premier à publier un texte sur les Bédouins du Véron. Au surplus, l'Islam s'étant éloigné et la vigne ayant poussé dans le Véron, donnant un remarquable petit sauvignon, qu'on appelle le *breton* de Chinon, les Bédouins s'étaient mis à tutoyer quelque peu la bouteille. D'où l'expression chinonnaise de *bédouinner,* que je certifie authentique, et qui signifie : marcher en titubant...

Et aujourd'hui ?

Avec vingt ans de retard, j'ai quand même fini par y débarquer, dans le Véron. C'était en août de l'année 1988 *bis.* La centrale nucléaire de Chinon, au bord de la Loire, a défiguré tout le nord de la presqu'île. La départementale 7, qui longe la rive du fleuve, s'est donné des ambitions d'autoroute. Huismes et Beaumont, ci-devant localités sarrasines, sont devenues des banlieues de Chinon. Ça pavillonne dans tous les coins, F3, F4, F5 hérissés d'antennes de télé, rectangles de parpaings sur tumulus avec le garage par-dessous. Rien qu'à voir les jardinets bien léchés semés de faux puits et de brouettes fleuries, on sait d'entrée que la terre ne rendra plus jamais le moindre fragment d'épée mauresque et que les cavaliers ensevelis creusent fébrilement avec les os de leurs doigts le fond de leur tombe pour s'y enfoncer encore davantage et ne pas risquer le déshonneur d'être découverts par ces gens-là. Le village d'Avoine, au centre du Véron, très joli village d'ailleurs, a pris au milieu des vignes des allures de petite capitale, avec zone piétonnière et pavement décoratif.

Ne connaissant plus personne dans la région depuis le départ de Chinon et la probable ascension de mon vieil et merveilleux ami le professeur de dessin, j'avais décidé d'employer la méthode qui m'avait si bien réussi chez les Huns d'Origny-le-Sec et d'entrer quelque part en demandant tout de go : « Y aurait-il des descendants de Maures de la bataille de Poitiers, par ici ? » Un panneau publicitaire répété avait attiré mon attention sur le tronçon de route d'Avoine à Beaumont-en-Véron : *Vins de Chinon, Jamet père et fils, producteurs-récoltants depuis cinq générations*. J'avais bu de son sauvignon dans un bistrot de Chinon. Il était bon. C'est donc aux cinq générations de Jamet que j'irais poser ma question en achetant quelques bouteilles. Ce fut une jeune femme qui me reçut. Oui, elle était bien Mme Jamet. Oui, elle avait vaguement entendu parler de cette histoire... Manifestement, elle s'en contrefichait. Elle alla tout de même prévenir son beau-père qui binait ses plates-bandes au jardin. Béret, moustache blanche, œil clair, un fantassin de Charles Martel. Je hasardai ma question : « Connaîtriez-vous des descendants de Maures de la bataille de Poitiers, par ici ? » L'œil du vieux monsieur s'alluma.

— A Beaumont, non, dit-il, mais à Savigny, oui. Les Bédouins de Savigny.

Comme on dit dans les bons romans : c'était donc vrai ! Il m'apprit deux ou trois choses que j'ai déjà rapportées dans ce récit, mais ajouta que ça n'intéressait plus grand monde à présent, à commencer par les Bédouins eux-mêmes.

— Où les trouver ? demandai-je.

— Ça dépend.

Ça dépendait de quoi ? Il hésita.

— Vous vous rendrez compte par vous-même. En sortant de Savigny, tournez à droite au hameau de Roguine, vers la Loire. Le chemin n'est pas très bon mais ça va.

C'était la partie étroite de la presqu'île. Avant la construction du pont de Candes, sur la Vienne, un cul-de-sac paludéen. Des landes de sable, d'anciens marécages, des petits bois de peupliers plantés n'importe comment, des taillis sauvages, rien qui rappelât l'ordonnance classique des paysages ruraux de Touraine. Sur une boîte aux lettres déglinguée ficelée à un arbre au bord de la route, je lus : *Mureau-Mureau*. Un chemin de terre sinueux montait en pente douce vers ce qui me semblait être, de loin, une ferme composée de petits bâtiments. Je fis une centaine de mètres à pied et m'arrêtai en vue de la ferme. Des chiens aboyaient furieusement. Et là je compris. Le vieux M. Jamet avait voulu me laisser la surprise tout en s'abstenant du même coup de commentaires qui auraient pu paraître désobligeants à l'égard de gens qu'il aimait bien. Ce que j'avais devant moi, c'était une mechta ! Un hameau du bled sarrasin de Touraine ! Construites en pierres taillées du pays, il y avait vraisemblablement fort longtemps vu leur état de décrépitude, une dizaine de petites maisons sans étage, à une seule pièce et une seule fenêtre, avec des toits de hauteurs inégales offrant des angles biscornus, étaient accolées en désordre, toutes différentes par des détails qui découlaient d'une absence de plan, fenêtres irrégulières, portes plus ou moins larges ou hautes, seuils de plain-pied ou assortis de marches, quelque chose comme un campement anarchique, mais en dur, en admirable calcaire blanc de Touraine. La moitié de ces maisons était en ruine, mais tout aussi inégalement. Toute une tribu avait vécu là, serrant les rangs au fur et à mesure des départs, des « intégrations » accomplies, à la suite desquelles les derniers Bédouins de Savigny avaient laissé l'une après l'autre s'écrouler les tentes lithogènes devenues inutiles. Rien ne semblait avoir été jamais réparé. La cour évoquait un foutoir de nomades mal sédentarisés. Cela pouvait aussi faire penser à une cour de ferme de la Mitidja après le départ des colons français et la restitution des terres aux indigènes. Je repérai deux tracteurs rouillés et un troisième qui ne valait guère mieux dont un grand diable tout noiraud auscultait le moteur d'un air sombre, au milieu d'un univers de ferraille, d'outils de jardin épars, de carcasses de voitures où caquetaient des poules et jouaient des enfants tout aussi Mureau que leur père, de bidons vides et de tonneaux éventrés, avec, il faut le reconnaître, un très beau tas de fumier à l'odeur expectorante.

J'en étais là de mes observations quand j'entendis un pas derrière moi.

— Qu'est-ce que vous faites là ?

Le ton signifiait à peu près que ce que j'avais à faire pouvait tout aussi bien s'accomplir loin d'ici, au diable de préférence. L'œil noir n'était pas plus aimable. Un fichu étroitement noué sous le menton dissimulant son cou, ses oreilles et ses cheveux, c'était une femme d'une quarantaine d'années, à la peau sombre, le nez arqué légèrement épaté, les lèvres presque bleues. Elle tenait à la main un bâton de berger mais aucun troupeau ne la suivait. Au seuil du mystère, je calai, remballant ma question qui me paraissait à présent manquer de tact : « Y aurait-il par ici des descendants de Maures de la bataille de Poitiers ? » Au lieu de quoi je m'entendis lui demander, comme Stanley s'adressant à Livingstone :

— Madame Mureau-Mureau ? je présume...

— Et alors ? répondit-elle, signifiant que l'entretien était terminé.

Je ne sais pas ce qui me prit ensuite, mais au moment de tourner les talons, je lui dis :

— Tenez bon. Les renforts approchent...

16

Retour au Japon : les vieux catholiques du Kyûshû • Une étrange messe : fin de la piste • En France à nouveau : les irréductibles de Vendée • Sur les chemins du Rouergue à Peniscola, en Espagne, où s'est réfugié le pape Pedro de Luna – Election de Benoît XIV et sa disparition dans les Cévennes • Benoît XV et la papauté invisible ? • Dernier appel et fin de piste irrémédiable

Enfin, il y a ceux qui n'émettent plus aucun signal et qu'on ne pourra plus rejoindre. Non qu'ils aient véritablement disparu ; ils refusent simplement tout contact. Leur fidélité est à ce prix. Ils se sont psychologiquement murés. Dans notre monde d'intercommunication instantanée où rien ne peut plus être caché, ils sont parvenus à couper les pistes qui menaient encore jusqu'à eux. Sans doute font-ils acte de présence parmi nous, et pour ma part j'en ai rencontré, mais leurs âmes ont pris le maquis. Nuit et fidélité... Peut-être la flamme a-t-elle été transmise et continue-t-elle de se transmettre, mais elle n'est plus perceptible. Tout juste peut-on distinguer un vide encore plus opaque au sein de l'obscurité. C'est là. Abandonnez toute espérance et la foi vous sera donnée.

Au XVIe siècle, à l'ouest du Kyûshû, au Japon, Nagasaki était le siège d'un évêché romain très vivace placé sous l'autorité de saint François-Xavier, évêque de Macao, Canton et Nagasaki. Puis vinrent l'expulsion des prêtres et des étrangers, la torture et la mort pour les missionnaires qui tentaient de débarquer, la destruction systématique de tous les édifices et objets de culte jusqu'aux plus humbles images pieuses, le reniement des faibles, la persécution des obstinés, enfin le silence et la nuit. En 1638, cependant, les catholiques se révoltèrent et perdirent 40 000 des leurs à la bataille de Shimabara où ils furent sabrés sans pitié. Leur dernier prêtre périt ce jour-là. Les survivants, quelques centaines, disparurent dans la clandestinité, enfouissant rites et prières au fond de leur mémoire. Ils se les transmettaient oralement et ne les célébraient ensemble qu'à de rares occasions épouvantablement meurtrières pour leur communauté trahie et dénoncée. De génération en génération, les prières perdirent leur sens, le latin s'altéra jusqu'à devenir méconnaissable, les rites se dégradèrent en pathétiques caricatures. Il en resta cependant l'essentiel : des mots, des gestes, une fidélité, la foi et la volonté du sacré.

L'essentiel, tout défiguré qu'il fût, chemina souterrainement pendant plus de deux siècles et de façon si secrète que les autorités japonaises le croyaient enseveli à jamais. Puis la lumière revint au bout de ce long tunnel. Quand l'Occident fit ouvrir à coups de canon, dans le dernier tiers du XIXe siècle, les portes du Soleil levant et s'écrouler le pouvoir féodal xénophobe des shoguns, on découvrit près de Nagasaki d'étranges communautés chrétiennes. Les survivants de ces catacombes et les prêtres catholiques récemment débarqués marchèrent à la rencontre les uns des autres. Ils eurent tant de peine à se reconnaître, sinon par le signe de croix, que certains de ces chrétiens de l'ombre regagnèrent aussitôt leurs refuges, croyant à un nouveau piège tendu par leurs persécuteurs. Pendant près d'un siècle encore, rien ne put les en déloger. Pourtant, ils n'étaient plus menacés, seulement traqués avec bienveillance par des missions vaticanes répétées avec lesquelles ils finirent par couper tous les ponts. Ils avaient dépassé l'espérance. Ils ne désiraient plus rebrousser chemin.

Au large de Nagasaki, dans le détroit de Corée, quelques petites îles difficiles d'accès forment l'arrière-garde de l'archipel japonais. J'y fus en 1956. Ils y attendaient toujours le retour des prêtres de la vraie religion promis autrefois par saint François-Xavier.

Un soir, à l'extrémité d'un village, on me conduisit assez mystérieusement dans l'arrière-cour d'une maison, et là, à l'abri des *shoji* précautionneusement fermés sur ce petit univers clos, je fus témoin d'un étrange office religieux. Il s'agissait bien d'une sorte de messe. Un homme se tenait debout devant une table haute, ce qui était déjà significatif dans ces campagnes où, à cette époque, on vivait encore au ras du sol. La table était recouverte d'un linge blanc immaculé. L'homme avait une cinquantaine d'années. Il était normalement vêtu et rien ne le distinguait des autres. Il éleva au-dessus de sa tête, des deux bras, une galette de riz en forme d'hostie puis il la consomma dans le plus parfait recueillement, renouvelant ensuite ces mêmes gestes avec une coupe de saké. Il n'avait pas le pouvoir de consacrer, et sans doute le savait-il car il ne distribua pas la communion. Une vingtaine de fidèles l'entouraient, à genoux, non pas à genoux sur les talons, à la japonaise, mais à genoux debout, comme dans une église au pied du saint sacrement. Tous murmuraient des paroles incompréhensibles qui n'étaient pas du japonais ni aucune autre langue connue, mais bel et bien des sonorités que je reconnus pour latines et qu'ils récitaient avec ensemble, tout bas, comme s'ils craignaient d'être entendus. A un moment, identifiant le *Pater Noster* à quelques lambeaux à peu près intacts, je mêlai mon vrai latin à leur pathétique baragouin et ce fut une des meilleures prières de ma vie.

Entre l'arrière-cour et la ruelle, trois guetteurs étaient postés, en relais. Pour guetter qui ou quoi?

En 1956 ! Je m'étais engagé à ne pas poser de questions et à taire ce que j'avais vu au moins pendant vingt ans, mais j'ai mon idée là-dessus. Symbolisant trois siècles de persécution, les guetteurs faisaient partie intégrante de leur liturgie, tout comme l'absence scrupuleuse d'ornements, de vêtements sacerdotaux ou d'objets particuliers de culte. Fuir très vite sans laisser de traces, tel avait été longtemps leur souci. La manière furtive et hâtive dont ils quittèrent la maison à la fin de l'office, comme des fantômes, après avoir démonté la table et réparti les morceaux, sans mot dire et séparément, relevait aussi de cette liturgie.

Aujourd'hui, la plupart d'entre eux ont cédé. L'Eglise conciliaire l'a finalement emporté à force de persuasion et a dépêché au Kyûshû de vrais prêtres du tout dernier modèle œcuménique garanti. Certains de ces vieux catholiques s'obstinent encore, m'a-t-on assuré récemment. C'est plutôt encourageant. Dans les temps que nous traversons, ce n'est peut-être pas le moment de supprimer les guetteurs. S'il n'y va point de l'honneur de Dieu, au moins y va-t-il de l'honneur de l'homme.

C'est d'honneur aussi qu'il s'agit avec la « Petite Eglise » de Courlay, près de Bressuire, dans les Deux-Sèvres. Ils sont encore un millier à se réunir chaque dimanche dans une des chapelles du bocage. Sans prêtres depuis 1830[1] et sans évêque pour en

1. Année de la mort de leur dernier prêtre réfractaire.

ordonner, leur dénuement religieux serre le cœur. Privés de sacrements, ils n'en font qu'exprimer le « désir » au cours de leurs offices. La « communion de désir », la « pénitence de désir »... Ils enseignent à leurs enfants le catéchisme de 1790 du diocèse de La Rochelle et la messe est lue en public par le récitant dans un missel dominical de la même époque. 1790, c'est l'année de la constitution civile du clergé, de la vente des biens d'Eglise, de la suppression des ordres religieux, du serment imposé aux clercs et des prêtres réfractaires. On connaît la suite : les guerres de Vendée, les colonnes infernales, les noyades de Nantes, la terre brûlée, le génocide. C'est au nom de leurs trois cent mille martyrs que certaines paroisses de la Vendée militaire refusèrent le Concordat de 1801 imposé par Bonaparte au pape.

On les appelle aujourd'hui « dissidents », mais leur devise est : fidélité. Il n'y a que le mariage avec des catholiques qui parvienne à leur faire quitter la communauté, mais cela arrive de plus en plus souvent. Ceux qui s'en vont disent qu'ils « se changent ». Il reste un noyau d'irréductibles. Depuis 1955, trois évêques et un cardinal s'y sont cassé les dents, n'obtenant que quelques ralliements considérés par les autres comme autant de trahisons envers la mémoire des ancêtres. Ils refusent désormais tout dialogue avec l'autorité religieuse, fuyant même au premier contact et multipliant les guetteurs aux créneaux de fortifications invisibles. Ce sont pourtant des gens excellents, des chrétiens de grande qualité, amicaux, serviables, modestes, mais sur le chapitre de la foi ils estiment que leur « position est de celles qu'on ne discute pas ». Si vous tentez d'en savoir plus, ils répondent par une autre question : « Pourquoi venez-vous tourmenter des gens qui tiennent à vivre cachés ? » Ils ont dépassé l'espérance. Laissez-les en paix. Ce sont des justes.

Quelqu'un qui les connaît bien m'a dit : « D'opposants par souci de leur foi, les voilà irréductibles au nom de la fidélité. »

C'est pourquoi ils ont leur place dans ce livre.

Voici, pour finir, une histoire qui sous des apparences de légende est cependant une histoire vraie. J'en ai ramassé les morceaux sur certains chemins du Rouergue et des Cévennes et au fond de quelques bibliothèques.

Jean Carrier était cardinal de Rodez et de Saint-Etienne. Toujours botté, cuirassé. Le rire d'un capitaine et les épaules d'un laboureur. Il chevauchait, l'épée à la main, les montagnes de ses diocèses glacials, comme un condottiere de la foi, suivi d'une troupe d'illuminés nourris de baies sauvages et vêtus de peaux de bêtes. On disait qu'il charmait les loups, les serpents et les oiseaux nocturnes qui se relayaient à monter la garde sur le seuil des grottes où il reposait. Ses soldats étaient les vaincus d'hier, semence d'hérétiques, gibier de croisade. Il célébrait la messe dans les plus pauvres chapelles et dédaignait ses cathédrales. Les armées de vingt rois le pourchassaient, lancées à ses trousses par le pape de Rome, Martin V.

Nous sommes au début du XVe siècle. La ronde folle des papes, le Grand Schisme... Les Benoît, Clément, Boniface, Grégoire et Innocent s'excommunient les uns les autres, de Pise, de Rome, de Constance, d'Avignon, jusqu'à quatre papes à la fois qui se battent comme des chiens sur un os pour l'allégeance des évêques et des rois. Ils s'expédient des assassins, des empoisonneurs, des spadassins, des confesseurs bardés de stylets et de fioles, ils se couvrent mutuellement d'or pour s'acheter les uns les autres à défaut de pouvoir s'étouffer. Magnifique ! Qu'on se disputât à coups d'antipapes la chrétienté comme des chiffonniers prouvait au moins qu'elle n'était pas morte !...

Lorsque Martin V fut élu par le concile de Constance pour mettre fin à ce grandiose désordre, les autres papes et antipapes se soumirent, sauf un : Benoît XIII, l'immense, l'incomparable Pedro de Luna. Héritier des papes d'Avignon, se proclamant seul successeur légitime de Pierre et l'étant certainement pour peu que l'on se penche sur la question, il refuse de transiger. Chassé de tous les royaumes d'Europe à l'exception de celui d'Aragon, il s'enferme avec ses dernières troupes dans la forteresse de Peniscola, au nord de Valence, en Espagne, un roc marin couvert de cicatrices et battu par les vents. Deux cardinaux seulement l'ont suivi, plus ou moins traînés de force. Un troisième bat la montagne en son nom : le cardinal de Rodez, Jean Carrier. Ses derniers diocèses l'abandonnent. Le seul pape légitime n'est plus le pape de personne. Alors Pedro de Luna se tourne vers la mer. Sur son rocher couleur de sang, il effacera de son univers les hommes qui l'ont renié. Il ne vivra qu'en compagnie de Dieu et des grandes vagues qui le protègent et qui parlent son langage. On l'a appelé le pape de la mer. Sa mort est l'assassinat de Dieu. Benoît XIII est empoisonné par son confesseur.

Mais voici le cardinal Jean Carrier qui dévale de ses montagnes jusqu'à Peniscola ! Il est accompagné d'un saint homme qui porte la bure des franciscains et dissimule son visage sous le capuchon constamment rabattu sur son front. Nul n'a jamais vu de lui que ses pieds nus, ses mains blanches qui accomplissent parfois des miracles et bénissent les pauvres gens, et l'éclat de son regard bleu. On connaît son nom : Bernard Garnier. Un moinillon armé compose toute leur escorte. A coups de botte, Jean Carrier enferme avec lui en conclave les deux autres cardinaux qui s'apprêtaient à se vendre à l'antipape de Rome. Fumée blanche. A trois, ils ont élu le cardinal Gil Sanchez de Muñoz, pape légitime, mais couard et traître : Clément VIII. Des mulets arrivent chargés d'or, envoyés par Martin V pour soudoyer ce qui reste de la curie de Peniscola. Clément VIII abdique, les poches pleines. L'autre cardinal s'enfuit. C'est alors que Jean Carrier, cardinal de Rodez et de Saint-Etienne, ayant invoqué Dieu et célébré une messe solennelle, entre seul en conclave, tandis que veillent dans l'église déserte l'homme au capuchon rabattu et le moinillon d'escorte dont l'histoire cévenole a retenu le prénom : Luis...

Au matin réapparut le cardinal, annonçant qu'il avait, dans la nuit, élu un nouveau pape. La tiare de saint Sylvestre et l'anneau du pécheur étaient inutiles. Comme au temps des apôtres, il consacrerait le nouveau chef de l'Eglise par l'imposition des mains. Alors il se tourna vers le franciscain sans visage.

— Tu es l'héritier de Pierre, lui dit-il. Ne crains pas. L'esprit du pape Luna dictera tes paroles et guidera tes gestes. Tu porteras son nom qui brille déjà parmi les confesseurs et les martyrs de la foi.

Ainsi que me le raconta il y a un quart de siècle l'un de ceux dont je tiens cette histoire, Christian Murciaux, il régnait dans l'église de Peniscola une paix mystérieuse, la joie grave d'une résurrection née d'un tombeau vide et d'un matin d'espoir. Le cardinal de Saint-Etienne, Jean Carrier, se prosterna devant ce nouveau pape dont la chrétienté ne connaîtrait pas le visage, et Benoît XIV le bénit.

Puis Jean Carrier se tourna vers Luis le moinillon et lui dit :

— Maintenant, tu iras seul à travers le monde. Tu annonceras à tous que tu as vu et entendu le nouveau pape, que tu t'es assis pour rompre le pain avec lui. Tu témoigneras comme les apôtres parmi les gentils.

A la fin, ils se séparèrent et choisirent chacun leur chemin.

Jean Carrier regagna ses montagnes et retrouva

ses soldats en guenilles. Les portes des quelques monastères qui le soutenaient encore se fermèrent l'une après l'autre. Il ne lui restait qu'à mourir, on ne sait quand et où. Du moinillon Luis, on retrouve peut-être une trace, une très ancienne bergerie perdue dans le causse Méjean, près de Saubert, au lieu dit *Pas-de-Luis*. Sur l'une des pierres d'assise, à gauche de la porte, on distingue encore des clefs de saint Pierre maladroitement gravées.

Quant à Benoît XIV, Bernard Garnier, le dernier pape, plus puissant que tous les rois de la terre ainsi que le Christ l'avait promis à Pierre, personne n'a jamais su ce qu'il était devenu. On m'a raconté, dans les Cévennes, que plusieurs papes se succédèrent, qui n'avaient pas de visage ni de nom pour échapper à la persécution. Ils nommaient des cardinaux. La seule preuve qu'on en aurait était une chapelle dédiée à Benoît XV au fond des gorges du Vioulou, dans le Lévezou, entre Rodez et Millau. C'était une chapelle du XVe siècle, d'un gothique rudimentaire et déjà presque en ruine quand Christian Murciaux la visita [1]. Elle est aujourd'hui enfouie sous vingt mètres d'eau dans le lac de retenue de Pareloup. Il n'en existe qu'une mauvaise photo dans les archives départementales de la direction des Beaux-Arts de Rodez où la fiche que j'ai pu consulter, établie en 1885, porte en jolies rondes avec pleins et déliés la mention : *Chapelle Benoît XV*. Or c'est en

1. *Pedro de Luna, Plon, 1963.*

1914 seulement que le cardinal della Chiesa fut élu pape, à Rome, sous le nom de Benoît XV

Il ne serait en aucune façon raisonnable d'imaginer une sorte de hiérarchie pontificale parallèle se perpétuant jusqu'à nos jours en Auvergne et dans les Cévennes. La chaîne n'a pas dû tenir longtemps, point au-delà sans doute de trois ou quatre papes du silence successeurs de Bernard Garnier. Il n'empêche que j'y suis allé, rôder dans le causse Méjean, non loin de la bergerie de Luis, par une journée d'hiver ! L'endroit était naturellement désert. Mon attitude n'avait pas de sens commun. C'était une attitude, justement ! J'attendais. Personne ne vint. Il n'y avait aucune raison, je le savais, pour que quelqu'un m'apparût soudain, cheminant sur le sentier qui descendait de la bergerie, et pourtant, je m'obstinai. S'il était venu, le pape sans visage, le dernier, avec quel bonheur j'aurais fléchi le genou et placé mes mains dans les siennes...

TABLE DES MATIÈRES

Achevé d'imprimer le 21 décembre 1989
sur presse CAMERON,
dans les ateliers de la S.E.P.C.
à Saint-Amand-Montrond (Cher)
pour le compte des éditions Robert Laffont
6, place Saint-Sulpice, 75279 Paris Cedex 06

N° d'édition : 31187. N° d'impression : 9711-2024
Dépôt légal : février 1990.

Imprimé en France